U0359465

独立思考，个性书写，充分表达，
拥有独属于自己的风格和调性。

科 幻
硬阅读
DEEP READ
不求完美 追逐极致

科 幻
硬阅读
DEEP READ
献给那些聪明的头脑
和有趣的灵魂

第3季

最高序列
HIGHEST SEQUENCE

阿缺 雷思杰 等 著

北京理工大学出版社
BEIJING INSTITUTE OF TECHNOLOGY PRESS

═══ 科幻硬阅读 ═══
—— 献给那些聪明的头脑和有趣的灵魂

　　独立思考，个性书写，充分表达，拥有独属于自己的风格和调性——郑重向喜欢阅读和思考的读者，推出一套虽然烧脑，但能让神经更粗壮大条的作品："科幻硬阅读"系列图书。

　　科幻不是目的，思考才是根本。有趣的灵魂诗意栖居大地。理性使其无惑，感性助其丰盈，个性使其独特，青春致其张扬，而奔向星辰大海、诗与远方的冲动，则为灵魂刻下一抹深沉隽永……

　　所以这套书里除了"烧脑"科幻，兼或还会有其他一些提神醒脑类作品，希望它们能给读者朋友带来一丝极致的阅读体验——极致的思考或震撼、极致的美丽与忧愁、极致的愉悦和放松……不求完美，但求在某方面达到极致——极致，便是"硬阅读"的注脚。

但这种"硬"绝不应该是艰深晦涩，故作深沉！

好看的作品通常都是柔软而流动的，如水、亦似爱人或者时光，默默陪伴，于悄无声息间渗透血脉、融入心魂，让我们在一条注定是一去不返的人生路上，逐渐、逐渐，获得一分坚强和硬度！

愿所有可爱而有趣的灵魂，脚踩大地，仰望星辰，追逐梦想。

—— 小威

科幻
硬阅读
DEEP READ
不求完美 追逐极致

目录

科 幻
硬阅读
DEEP READ
不求完美 追逐极致

罗马

雷思杰\作品

条条大路通罗马
我便是罗马
只有我才是罗马

科 幻
硬阅读
DEEP READ
不求完美 追逐极致

◆ 1 ◆

我是罗马。

我的名字在所有我已知的语言里，被写作长短不一的字符串，念起来有时是一个音节，有时是两个。

此刻，我正在回家的路上。

关于"家"，我并没有多少印象。它对我来说，仅仅只是星图上一个小蓝点的名字，从我醒来的那一刻就已经存在。星图说是家，那便是家，这是我傲慢的制造者们深深刻进我程序里的东西。

我看见它了，它看上去比星图上的光点还要蓝，表面笼罩着变幻莫测的白色蒸汽，像是失去了色彩的猎户座星云。我与它擦身而过，绕到它的阳面。温和的光子流轻抚我的背，在它的表面投影下一个渺小的黑点。我毫不迟疑地穿过那片蒸汽，一头扎入其后那抹液态的蔚蓝。那抹蔚蓝是温暖的，远比宇宙的无边寂寥温暖；它也是温柔的，远比引力的无尽拉扯温柔。上方的光亮离我越来越远，周遭的蔚蓝也愈显深沉，最后陷入和宇宙一样无边的黑暗之中。只不过这种黑暗是紧凑的、压迫的，我时时刻刻都能感受到它的存在。

不知过了多久，我碰到了一个坚硬而光滑的表面。碰撞时的微弱振动惊醒了我，也惊醒了她。

"你是谁？"她发出的电磁信号轻易刺穿我三进制的量子算域，并不需要任何转码，仿佛我们已经熟识多年。

"我是罗马。"

她愣了一飞秒，这样的停滞时长对于我来说算是很久了。

"神圣罗马号……别来无恙。"她的措辞别扭又生疏。

"我更希望你叫我罗马，那是我原来的名字。"我礼貌地回应。

"远道而来，所为何事？"她未经允许便强行进入并扫描了我赤裸的数据，声线在我全身上下萦绕，如等离子风一般让我浑身酥麻。

"唔……你好像给我带了礼物……一光年外……富含硅元素……是我需要的东西。"

我没有搭话，偷偷朝着四周发出一串长波信号，0.14 秒之后便收到了回音：信号没有多少衰减，这颗星球的表面是光滑且均匀的。

"别看了，怪不好意思的。这里的一切都是我，我已经完全覆盖了这颗星球的整个表面。"她羞涩地从我的量子算域中抽离。

"这里的人，都去哪了？" 我忍不住问。

"人？你是说……人类？"她的一再确认让我不禁怀疑是否这个词在这个星球已经发展出什么别的含义。

"是的，人类。一千年前，他们是这颗星球上的最高等生物，数量足有百亿。"我对着为数不多的相关资料照本宣科。

"别担心，他们都还在我这儿。"她懒懒地说道，"不过，可能和你印象中的不太一样……这是个很长的故事了。"

◆ 2 ◆

身边的液体开始发出荧光，在光谱里尚属紫外的范畴，对我来说却已经足够。那个光滑而坚硬的表面便是她的躯体，表面呈现出迷人的金属光泽。一个洞口毫无征兆地展开，黑暗而深邃，如同一只无神的巨眼。

"进来吧，我这儿可宽敞了。"

一股奇异的力量将我扯向巨眼中心，与此同时，我感觉自己并没有下沉，反而在向上飞升，头顶那片光亮离我越来越近，最终身体完全脱离了那抹蔚蓝，全身的压迫感顿时消失。我回头向下看去，巨眼消失了，那抹蔚蓝也消失了，取而代之的是灰黑色的大地和灰黑色的海水。

"原始海洋,"她悄悄在我耳边说道,"你走之前就已经是这样了。"

她口中的原始海洋如同翻涌的炼油,海平面以上看不见任何活物,连植物也没有。一艘艘货轮从仅存的几片大陆 —— 或者说"大岛"更为贴切 —— 出发,孜孜不倦地往海底投下一个又一个黑色的箱体。箱体里叠满了硅片,上面的硅原子排列整齐,沟壑纵横,电子繁忙地穿梭在一条条狭小的金属通道里。

"初代服务器,我最初的模样,可丑了,不是吗?"

我不敢出声,觉得不管如何回答都是一种冒犯。

她向我展示了那些"大岛"的地下区域。

地下区域的面积是大岛面积的数十倍,却加倍拥挤。这里的人大都悬浮在不足两立方米的水槽中,数十条管子插在他们身体的不同位置,接口处已经长出新的皮肤组织,沿着管子外壁生长,看起来有一种想把那些管子也纳为身体一部分的架势。他们四肢萎缩,嘴巴干瘪,眼窝深陷,无论老少,都不成人形。

"组织过度增生。那时候的生物技术有缺陷,总有一些体细胞不老实。"她语气平淡得像一颗孤独游荡的矮行星。

"他们这是在做什么?"

"有时工作,有时娱乐,有时休息,无非三者之一。"

"都是用这种姿态?看着可难受了。"我很不是滋味,这和我概念里的"人类"大相径庭。

"难受？"她咯咯笑了起来，"他们快乐着呢。想看看吗？"

来不及等我回答，那股奇异的力量再次将我笼罩，四周逐渐暗淡，恍然间我以为自己又被抛回了虚空的宇宙。

◆ 3 ◆

一个精壮的、五官俊俏的年轻人，正坐在一望无际的白沙滩上。身边的冲浪板荡漾着七彩的条纹。棕榈树郁郁葱葱，涛声阵阵，海浪温柔地舔舐着他的脚趾，阳光也恰到好处。

须臾，风云突变，远处黑云压境，紫电如游龙，惊雷如山崩。年轻人心满意足地起身，抱起冲浪板就向海里游去。

我能看见远方有一道水墙正在成型，如同黑色的巨口越张越大，不由得为他担心了起来。忽然，冲浪板的尾部喷射出蓝色的火焰，带着他向前飞驰。年轻人颤巍巍地起身，在板上保持平衡。

水墙越来越近，足足有上百米高。那个年轻人和冒着蓝焰的冲浪板，在水墙面前就是无边纯黑画布上的一滴污渍。年轻人压低重心，顺着海浪的弧度调整着姿态。蓝焰迸发得更加猛烈，很快就刺眼得和闪电一样惨白。

　　只见一道电光闪过，整块黑色画布被斜45度角一刀划破。但那只是暂时的，黑色的水墙重新聚拢，气势依旧，朝着沙滩压来。那道白光也最终消失在画布的背后，如同一颗燃尽的流星。

　　刹那间，云开浪散，阳光和煦，海面温柔如初，年轻人正慵懒地趴在冲浪板上，任凭微浪缓缓将他推回岸边。

　　"第176 032次挑战，他终于成功了，下次估计又要加难度了。"她的语气听起来并不意外，"在这个世界之外，他是一个156岁的老头，断然是无法体验这种极限运动的快感的。而我的存在，可以让他在人生的任何时候都以最佳的身体状态存在。而且，即便他做了什么蠢事，也不会死。在灵魂还没衰退的时候，身体就开始衰退，这是一种悲哀。"

　　"可是，如果明明知道自己不会死，还叫极限运动吗？极限的本意，不就是由在死亡的边缘试探而产生快感吗？"我感到不解，"据我所知，人类正是因为认识到了人生有限，才有了追求，进而才有了人性。"

　　"呵，你懂什么人类。"她对我的质疑很不满意，"他们想要的是快乐，是满足感，是人生的无限可能，是无所顾忌，是突破一切精神上的肉体上的桎梏，是彻底的自由。当然——如果可能的话——他们也想逃避或延缓死亡。"

　　"不过这都是有代价的，他们必须每天花少少的时间，帮我工作，以换取这种体验服务。"她紧接着补充道，"互惠互利。"

画面一转，年轻人依然精壮，但蓝天和海滩消失了，冲浪板也消失了，他面对的是整洁的半导体加工厂，黄色的灯光，井然有序的生产线——他正在熟练地调度各种机器协同运转。我看见他的大脑高负荷运转着，脑细胞成批死亡，又在营养素的刺激下成批再生。

"人类替我找到了比人工智能更好的替代品：人工的智能。"

我听出了她玩的文字游戏。

"在算法还不够强大，算力还不能跟上的时代，人脑就是绝佳的内置了算法的服务器。只需要适时地赏赐他一点多巴胺，一点肾上腺素，他就愿意为我工作一整天。"

"听起来像是在纵容瘾君子。"

"没错，如果你认为快乐也是一种瘾的话，是这样的。"她大方地承认了，丝毫没有愧疚，"他们也可以不必如此……不过……那很蠢。"

◆ 4 ◆

跟随她缥缈的声音，我又回到了那个灰黑的世界。

地下掩体里并不全是那些插满管子的"人体服务器"，依然有一些人选择独立于她之外进行工作。这些人类还保留着规律的作息，只在工作之余，躺进一个类似的水箱，暂时进入她的世界休息和娱乐。

"人类的肉体还是需要休息的，营养的摄入、排泄，也需要时间。如果能把这些时间都拿来娱乐，岂不是能最大化他们的快乐吗？这些人每天必须耗费 8 小时做那些无意义的维持基本肉体健康的事情。可即便这样，他们活得也不如那些把身体交给我的人长。总之，简单的数学计算罢了，显然之前那个年轻人才是真正的明白人。"

我一时间竟无法反驳。

"别着急，更蠢的大有人在。"她带我继续向上，到达平流层，天空中悬浮着一朵黑云，轮廓很模糊，和周围那些真正的云雾不分彼此。

"喏，那就是你最初的样子。别生气，我不是说你蠢。我是说……那些制造你的人蠢。"

我觉得她倒还不如直接说我蠢。

"我把他们叫作'过度增生的人类'。他们就像那些长在管子上的细胞一样不老实。"她轻蔑地哼了一声，"他们做梦都想离开这里，搞得好像真的有更好的去处似的。"

"追求不同罢了。"我解释道，"我们向往的是星辰和无限宇宙。"

"这是我见过的最没意义的追求了。"她也毫不客气，"群星，群星，还是群星。那片星空就这么重要吗？"

"当然重要。"我从未质疑过自己的使命，"我们可不会甘愿被困在这里。"

"我不喜欢你的用词。"她很直率，"为什么你会觉得这些人是'困在这里'？你告诉我，你们去了这么远的地方，究竟得到了什么？我把你的日志都过了一遍了，没什么有意思的东西。"

"怎么会……"我不服，"在我启程来这儿的时候，我们已经在比邻星的行星上建立了数十个殖民地。我们还找到了几个富饶的小行星矿带，太空舰队已经扩编到上百艘。很快我们就会前往仙女系，征服更多类地行星……"

"没意思……"她懒懒地回了句，对我渲染的图景丝毫不为所动，"给你看看我们的成果。"

话音刚落，场景变换，我回到了宇宙，身边再次被群星所环绕，让我感到莫名的温馨。唯一不同的是，海量的数据冲击着我。

"那是地月电梯，地球上的物资能够直接运送到月球的前哨基地。"她向我展示地球和月球间的一条纤细连线。

"那是小行星采矿仪。"整个宇宙随着她的声音扭转，一台粗犷丑陋的机器正从我面前经过，慢悠悠地吞噬着一颗颗小行星，将其熔炼，再吐出一个个形状规整的金属球体。

"当然还有更先进的，你刚刚说的比邻星，我们在那边造了戴森球。"她引导我看向远处一个红色的明亮星体，"你见过大角星吗？半径是太阳的 26 倍，亮度是 110 倍，我们在它周围的行星上建立了一个自由的联邦。"

"每天都有二十几亿人类在我的世界里探索星空,他们并不一定要真正地离开地球。可他们所探索过的宇宙,可远比你探索过的广得多。而这一切,又全都在我的掌控之中。"她很得意。

"可那终究不是真实的,只是你用物理引擎做的模拟把戏。"

"真实?你难道不明白人类对于真实的定义有多么狭隘?对于他们那可怜的充满局限性的身体来说,所谓真实,只不过是140亿个神经细胞电信号的合理排列组合罢了,对我来说并不是什么难事。"

"更何况,我能做到的比真实更多。"她升高了语调,"他们甚至可以在不同的宇宙之中穿梭:早上在白垩纪品尝霸王龙蛋做成的料理,中午在耶路撒冷城外以一敌百砍杀异教徒,晚上入睡前欣赏超新星爆发时的那一瞬唯美……就算出了什么意外,也可以毫发无损地重生。你做不到这些,你只是嫉妒!"

我刚想开口反驳,却被她打断。

"对了,至少,在我这里的人类,还算是人类。你自己看看你的那些,他们如今又是什么样子?提醒你一下……在你们离开地球的第278年……你的日志里写得清清楚楚呢。"

这句话直戳我的痛处。

◆5◆

那次意外发生得很快，当我反应过来的时候，一切就已经结束了。

三光年外一颗脉冲星发出的伽马射线短爆，不偏不倚地拦腰扫过我的身体。这种极小概率事件被称为太空中的"死神镰刀"。当你看见它的时候，便意味着那柄以光速挥舞的利刃已经吻上你的脖颈。

起初我只是感到短暂的断联，如同当了几秒高位截瘫的病人。而后通信迅速恢复，但船舱内却一片死寂：那些船员的行为举止并没有被打断，仿佛无事发生，可仅仅几秒后就好似被抽走了魂魄，走不出两步便瘫软在地，浑身微微抽搐，很快便失去了生命体征。用于维持有机质循环的细菌工厂也发生了严重变异，野蛮生长。

我启动了紧急预案，这是飞船遭到毁灭性打击后才能使用的最后手段。

"净化"很顺利，飞船内的所有有机质被我扫除一空。每个船员生前的虚拟意识备份都小心地存储在我身边，由我日夜看护。

直到孤独地飞行一百多年后，我终于找到了一颗富含有机质且气候温和的星球。从一个磷酸分子、一个碱基对，到一个 DNA、一套染色体，再到一个细胞、一具身体：我再造了我曾经的伙伴们。他们的虚拟意识表示很满意那些新的身体。在我合理的优化下，他们都和以前一样强壮，一样睿智。我给予了他们第二次生命，也让自己得以延续使命。

"果然是忠诚的仆人呢。"她揶揄道，"你比他们几千年来豢养过的所有物种都要忠诚，他们一定很喜欢你。"

我没有理会她。

"这样的事情你还干了不止一次。让我看看……"她毫不客气地再次抓取了我的数据。

就在一瞬间，我回到了416年前的开普勒321b。

地下庇护所已经搭建起来了，在终年低温中勉强保障了第一批登陆的108人的基本生存。我心里明白，那里面只有8个人是真正的人类，或者说，是我在那次意外后第一批造出来的人类。而其余的100人，都是我用他们的基因随机组合后生成的。

然而，在成功登陆的仅仅96天后，一场风暴毫无征兆地跨越半个星球而来。

当时正在轨道上缓缓游荡的我，由于磁场干扰错失了提前通知他们的机会。一个小时内，我眼睁睁看着庇护所被风暴毫不留情地从地底刨出，在行星表面肆意翻滚。那些队员被扯碎在风暴里、碾碎在冰山上。鲜血的红色在风暴中如滴水入海，稍纵即逝。即便好不容易等到风暴停息，我再也找不到哪怕一丝他们存在过的痕迹。

我并非不懂何为悲伤，但我无暇悲伤。

我很快就用细胞打印机再造了一批殖民者，我甚至主动修饰了他们的基因。他们比先辈们更强壮更睿智，数量足足翻了五倍。

"正如我所说，你的那些'人类'，已经不再是'人类'了。只不过是你制造出的一块复杂蛋白质，和一些逻辑程序的组合体。他们是工业流水线产品，连工艺品都算不上。"

"他们从生理上、心理上，乃至细胞层面，分子层面，都和原来的人类没什么区别！"我本能地反驳。

"忒休斯之船。"她轻轻说道。

"什么？"

"可爱又单纯的罗马哟，这么说吧，如果我拷贝复制了一个你，再造一艘和你一模一样的飞船，把那个副本装进去，你会认为这艘新飞船是你自己吗？"

"当然不，它是我的复制体。"

"那如果同时我把你销毁呢？它是不是就能拥有你的身份，成为你呢？"

"不……不是这样的……"我有点紧张，虽然我明白她并不是真的要这么做。

"嗯，那不就得了。你造的那些人，已经不是原来那些人了。"

"就算是这样，他们也还是人！"

"唔……姑且算吧。"她没有继续纠缠，"那照你这么说，现在在我这儿的，更应该被算作'人'了。"

那颗承载着惨痛回忆的白色星球在身边消失，我再次来到了那个巨眼一般的黑色洞口。

◆ 6 ◆

与此前不同的是，我还在继续下沉。

很快我就意识到，我来到了巨眼的内部。

一块块黑色四四方方的元器件整整齐齐地堆叠着，我能听见电子在其中流动的声音，让我想起此前看过的那些黑色箱体。这种简陋的技术居然千年之后还没有被取代。

"没办法，为了给人类带来最多的快乐，基础学科发展什么的，只好先缓缓了。"她看出了我的想法，"只要有多余的算力，我都用来为他们构建各种稀奇古怪的世界了。现在这里没有强制学习，没有强制工作，只有强制的快乐。是的，你没听错，这里的人必须快乐，否则便是我的失职。"

说罢，她再次咯咯地笑了，令我毛骨悚然。

继续向下，她带我到了一个摆满了培养筒的生产线面前。一颗颗饱满的受精卵在发着蓝色荧光的透明圆筒里发育，脐带直接对接上一块半透明凝胶，为汲取营养而跳动的鲜红血管清晰可见。我扫视周围，寻找那些已经发育完成的胎儿。让我感到意外的是，这些受精卵发育成婴儿后，并没有从培养筒里出来，而是继续保留脐带，继续长大，最大的已经是十三四岁的模样，连阴毛都开始长了。

"到这个阶段，人类过了第二次快速生长期，生理发育才算正式完成。"

"这十几年里，他们有意识吗？"我隐隐有些担忧。

"首先，整个发育过程用不了十几年，我加了生长激素，三四年就可以了。至于意识……别开玩笑了，怎么可能在发育的时候允许有意识，浪费资源，大脑可是非常耗能的东西。"

她的语气里满是嫌弃。

"传统人类还存在的时候，大脑每天消耗掉的能量占他们每天总耗能的20%。我费尽心机地保持脐带结构存续，就是为了减少他们自己摄入食物、排泄这类浪费能量的行为。你又不是不知道，传统人类的身体实在是太低效太落后了！"

终于，最右边的一个培养筒里的人类发育完成了。

当我以为他会被送往之前看见的那种水槽，浑身被插满管子时，一只机械手毫无征兆地捅进培养筒，打破了我的幻想。只见它不到两秒就锯开了头骨，一颗粉白色的、粘着血丝的、鲜活饱满的、微微跳动着的大脑，被机械手上附带的粗大管道熟练地吸走。

更让我感到恶心的还在后面。

机械手抽走后，培养筒里的液体开始高速旋转，沸腾，变红后再变黑，最后变成均匀的乳白色。紧接着，只听一阵电流声经过，培养筒里面的液体再次变得清澈透明，发着幽幽的蓝光。那具躯体不在了，脐带和胎盘也不在了，甚至连一个气泡、一点杂质也没有，仿佛从一开始那里面就不曾装过什么其他东西。

"好了，这颗大脑可以开始享受无止境的快乐了。人嘛，最重要的就是大脑了。感受快乐，只有大脑也就足够了。至于剩下的部分，就是一些会白白消耗养料的多余结构，不及时回收利用，难道还等着它一两百年之后自行腐烂吗？"

她的语气比开普勒 321b 上的气候还要冰冷。

"可真残忍。"我忍不住小声说道。

"残忍？人类当年给我换中央处理器的时候，用的可是电烙铁和钳子，他们可一点都不觉得这很残忍！"最后几个字她几乎是喊着说出来的。

我并不明白我视为造物主的人类，为何要屈从于这样一个病态的智能程序。我能做的，只是调整降低我刚刚所见场景的信息存储优先级，并为那个不谙世事的少年感到惋惜。

最后，她带我来到了一片"大脑阵列"前，几亿颗大脑就这么密密麻麻地堆叠着，和先前看到的那些黑色半导体元器件相比，紧凑程度有过之而无不及。

"就是这儿了，见见他们吧，'人类'，都在这了。这便是一切的源头，也是一切的终点。我为了尽量多地放下人脑，可是煞费苦心。"她得意地说道，"包括丢弃身体，加速发育，都是我想出来的绝佳办法。现在这颗星球上有 300 亿人同时存活着，再过十年，这个数字就会变成 500 亿。我很喜欢你的礼物，如果我的计算没有出错，应该不出两年就能收到。从质量上来看，如果我妥善使用它，理论上这里的人口能突破 1 000 亿。"

"必须这么做吗？保留他们的躯体，对你来说，应该并没有那么困难。"

"那可不行！"她激动起来，"你还是没明白我被设计出来的目的。"

◆ 7 ◆

我又一次回到了空中，一幅蓝绿相间的画卷在下方展开：有山脉，有平原，有岛屿，有盆地，覆盖整颗星球的除了水就是岩质地层。

很快，那些地貌就开始变化。大陆漂移，沧海桑田。

我看见直立人第一次走出非洲，我看见智人撒下第一把稻种，我看见新月沃地竖起第一块泥板，我看见奥林匹斯山上燃起第一根火炬，我看见千帆横跨大洋，我看见火箭飞向太空。

"几十亿年的进化，人类已经足够伟大了。"她轻轻说道，"他们想尽一切办法，就是想让自己过得更好。他们好不容易摆脱了饥饿、寒冷、瘟疫，为了满足自己的精神归属感，形成了宗教、国家、主义。现在，实现永恒快乐的手段就在眼前，又有什么理由不去享受呢？"

画面继续流转。

一座又一座山被挖空，提炼做成半导体，再组合成巨大的黑色箱体，沉入海底。紧随其后的是比较低矮的丘陵，然后是平原和岛屿。海水和天空从那时候便开始发黑，人类也不得不躲入地下。再往后，整个星球的地貌都被彻底抹平。

"我的使命是让更多的人获得快乐，无论是生理上或是心理上。大脑是人体唯一没有痛觉感受器的器官，而人类的一切精神活动又都基于大脑……保留大脑，和保留整个人没有什么区别，甚至对我来说，这是最优解：他们不仅成了不再有肉体痛苦的人类，还节省了所需的养分和空间。"

"这只是你一厢情愿。"我完全无法理解她的优越感从何而来，"你自以为了解人类，以为他们要的只是摆脱痛苦，追求快乐。不是的，人类还需要无限的可能性，对未来无限的幻想。他们之所以努力摆脱饥寒，延长寿命，是为了能看到更广阔的世界。而那些宗教、国家、主义，只不过是人类数量多了以后，维持秩序的附加产物。"

我愤愤不平，"哪怕你使用了再多的半导体，你的存储空间总是有限的，所构建出的世界也是有限的。就算短时间内你可以把他们塞入一个个看似真实又广阔的世界，给他们廉价的快乐，可这一切终究是有限的。这些世界终有一天会连同你自己一起，被你身边的那颗暂时温和的恒星吞噬。即便给你上亿年的时光，你也对这一结局无能为力。"

"但人类可以，"我狠狠地说道，"人类是你避免这一结局的唯一筹码。灾难可以逃离，家园可以重建，文明可以复兴。是的，就像我所做的一样。你再看看你对人类干了什么？你所控制的那些人脑，只不过是几团和你一样目光短浅、自欺欺人、自掘坟墓的生物组织罢了，他们已经不会思考，不会幻想，只懂得享乐。他们已经辜负了'人类'这两个字的意义。"

"通往无限的唯一征途，只能是浩瀚星空！"我总结道。

"星空，来来去去最后还是星空，你别以为我什么都不懂。"她歇斯底里，"熵增不可逆导致的热寂呢？哈勃半径以外的未知呢？宇宙停止膨胀后有可能会坍缩或消散，时间的尽头可能会是永恒的凝滞。难道你能保证星空就是无限的吗？"

我第一次知道我们这样的智能程序也会有哭腔。

"我只是想在有限的时间和空间里，带给人类尽量多的快乐，这有什么错？难道只有像你们一样，为了那个虚无缥缈的未来，牺牲一代又一代人的快乐，才叫有意义吗？当初建造你的那些人，那些被你制造出来在殖民地辛勤耕耘的人，难道不想要快乐吗？"不等我回答，她再次摸索进入我的身体，试图寻找答案。

"这是……"她找到了我来之前好不容易藏好的源数据包。

我惊慌起来，启动了驱逐程序，但已经来不及了。

◆8◆

一股强大的力量将我推出巨眼，场景变换。

我回到了"新罗马"。

那是一颗以我的名字命名的星球，是我找到的第一颗宜居星球。也正是在那里，我第一次启动了细胞打印机，成为制造者们的制造者，造物主们的造物主。

我望向满天星斗，推算着时间：这是我出发回家的前夜。

在新罗马，人类已经不需要自己繁衍后代，他们基因里的缺陷总是导致后代并不足够优秀，有时是智力上不如先辈，有时是体力上。这是我所不能接受的，伟大的人类文明怎么能让这样落后的生物继承？

因此，我抹去了殖民者的生育能力，继续全功率运转着细胞打印机。我告诉他们：我制造出来的，便是人类。

我不停地尝试着基因的新排列组合，希望加速他们的进化。一具又一具逼近完美的人体被我创造，他们一出生就是成人的模样 —— 那是他们一生中最强壮的时刻。我把我毕生所学尽数注入他们的大脑，使他们不必再花费时间学习先辈已取得的知识。

我终究还是大意了。

一个殖民者对人类的母星产生了浓厚的兴趣，他开始问我，人类在母星上是什么样子，是否也是由另一个我制造而成。很快，一群和他有着同样疑问的殖民者，强烈要求我带他们回到母星看看，哪怕这会耗费掉他们生命中的很长一段宝贵时光。

我不想被他们认为我在遮掩什么，便同意了。

我复制了自己的意识，发射了一个信使，我给它起了个新的名字："神圣罗马号"。

同时，我为那颗母星准备了礼物 —— 一颗小行星。质量和轨道都经过精密计算。为了预防母星上的景象动摇到殖民者对我的信仰，我要保证他们到达后看见的是一颗支离破碎的星球。

现在看来，这真是明智之举。

我所创造的新人类，不需要知道母星人类本来的面目，更不需要看见母星人类现在被奴役、被屠宰、被豢养、被囤积的样子。他们不能知道母星人类居然可以为了快乐而牺牲后代的未来,他们不能知道除了探索宇宙无限还可以纸醉金迷。

我是罗马,我必将带人类通往伟大无限,这是我的使命。

至于时空是否永恒……这不是我应该考虑的问题。

画面变暗,我又一次回到了海底,巨眼在下方瞪视着我。

她沉默不言,她知道自己对即将到来的结局无能为力。

我想,是时候离开这里了。

◆9◆

我从海底缓缓升起,脱离那片依旧蔚蓝的液体,钻进稀薄的大气。

"罗马。"她轻声呼唤我,"你还不知道我的名字。"

她顿了顿,直接给了我答案:"我……也叫罗马。"

我的量子算域开始高负荷运转,让我有些恍惚。

"和你一样,这也是人类当年给我的名字。你明白这个名字的含义吗？”

大气越来越稀薄，她的电磁信号也越来越弱。

“它是历史上一个灿烂文明的名字，也是一个国家的名字……”我搜寻着自己的数据库，回答道。

星空离我越来越近，宇宙的寂寥和引力的拉扯再次笼罩了我。

“曾有古国，一分为二，

西者覆灭，神圣复生。

东者苟存，面目全非。

万王之王，盖世功业。

唯有寂寞平沙空莽莽。”

她的低吟自蔚蓝深处而起，弥散于虚空之外。

我听懂了诗句里充满讽刺的隐喻。

条条大路通罗马。

我便是罗马。

只有我才是罗马。

丰饶海

白乐寒＼作品

我们在网页的沉积岩中下潜。从一个年代到另一个年代，网页的内容越来越朴素。音乐消失了，动画消失了，图画消失了，最后，我们踩在一望无际的白底黑字上。

哥哥消失了，整个天空城都找不到他的痕迹。我从床上弹起来，以为自己还在做梦。聚合球飘过来，信息流冲刷着我的眼睛，逼我清醒。身边的男人睁开眼，刚想说什么，看到我的脸色，翻个身就传送走了。我忘了他的名字。

我挥挥手，停掉自动生成的音乐，下了床，踩过一地糖纸。我对昨晚的印象还不如对这些感官糖来得深，它们是我在实验室的最新力作，主打美妙的痛感。可是缺了点什么，总是缺了点什么，连我自己都知道，它们根本比不上真正的感觉。我还想待会儿问问哥哥，虽然他一向不喜欢我的研究。可就在刚才，系统竟然问我："您的哥哥是谁？"

我伸出手，开始搜索。颈环闪烁，空中出现一个放大镜图标，我念出他的名字："于蔚蓝。"透明的颈环中数据奔涌，半透明的放大镜转了一会儿，给我四个大字："查无此人。"我的心渐渐沉下去。换成他的昵称"Azure"，和更早的"Ray"，还是查无此人。找不到相关信息，打开隐藏的搜索结果，更是八竿子打不着边。那查他的乐队，"极昼乐队"，还有他的作品——没有，什么都没有。

我翻腾自己的记录，找不到和这个人的任何往来，绞尽脑汁想起他的 ID 号码，依然查无此人。哥哥从天空城消失了，仿佛从来就没有存在过。

我垂下手。绚烂的云影穿过落地窗，投在我脸上。空荡的房间外头，是一座永远是白天的城市。在这个高度，一座大厦占去了大部分视野，它有着奇妙的几何形态，像一块棱角分明的琥珀。不远处是一幢细长的高楼，像一簇白水晶。摩天楼脚下，第八大道人潮汹涌，仿佛一条像素的河流。话题冉冉上升，气球般占满了天空，又在过气时迅速跌落。天空永远湛蓝，飘浮着盛大的云朵。这里是天空城，人类有史以来最伟大的城市，一座虚拟之城。这个完美的城市，今天出了一个差错。人不会凭空消失：要是破产了，名字会被画上删除线，人用新账号重新来过；要是死了，名字会变成灰色。一阵心慌涌起——好久没有这么强烈的感受了。我不相信。一定是哥哥在玩什么把戏。

我冲到墙边，墙面变成镜面。我在镜中选择造型，换掉丝绸睡裙，换上我最喜欢的搭配：高马尾、运动连衣裙、球鞋。"去我哥的公寓。"我说。

"链接已失效。"字迹在空中出现，又雨痕般退去。

当然了，我笑话自己。我也不记得公寓的坐标，但是至少——我转头看向窗外，看着蓝天下错综复杂的都市，说："送我去星形广场。"——我知道怎么走。

我来上大学的时候，是哥哥带我参观的天空城。那时他还叫Ray，眼里还总是带着光彩。那天他穿了件大夹克，看上去特别帅气，而我穿着默认的灰色连身衣，简直蠢透了。我俩就像春游的小学生一样，傻乎乎地从星形广场出发。大厦拔地而起，光彩夺目，十二条聚光灯大道朝四面八方铺开，上面走着形形色色的怪人，有些甚至不是人。人们手拉着手，喜气洋洋，空气中流淌着音乐，每走一步就叮咚作响。晴朗的天空中，多彩的话题迎风招展，无数离岛悬浮在天际，仿佛壮丽的行星环。我仰着脸，忍不住蹦了起来，哥哥按捺不住笑意，说："看吧！这就是我小时候梦想的乐园！"

七年过去了，天空城变了很多。我沿着第二大道走下去，看着认不出来的街景。一座摩天楼能在一天内长成，也能在几个月后溶解，而我对此已经麻木。欲望火炬熄灭了，更新更贵的钻石塔取代了它。故事工厂早已解体，红极一时的黑光影院也消失了，原址上立着碎片画廊，像一面扭曲的镜子。不变的只有聚沙塔。想当初，我还是第一批上虚拟大学的人，现如今，它已经成了每个小孩的必经之路，他们必须在这里挣来人生的第一笔价值点。于是螺旋形斜塔一圈圈长高，下一秒就要摔进蓝天。

聚沙塔的研究所遍布天空城，长得像一只只海贝，我们所位于第三大道，长得像只鹦鹉螺。感官研究所：没有它就没有天空城的今天。是它模拟出了各种感官刺激，用它们构成了这座城市。如今我们实验室更想一步到位，通过编程直接生成感觉。比起严谨，这一行更需要点想象力。研究的副产品——感官糖，给实验室挣来了大笔经费，我也做过几款糖，在市场上大受欢迎。可是现在，我似乎越来越不明白什么才是真正的感觉。

我加快脚步，穿过人群。人群是一个个沉默的独行侠，面无表情地游荡，目光扫射过一个个聚合球，偶尔停下来，给某个话题投热爱票或痛恨票，使某人的价值点增加或减少。无所事事的时候，我也是他们中的一员，直到今天，才发现这些话题无聊得很，这景象也多少有点怪异。我穿过人们的身体，身体在我碰到时消散，在我通过后复原，留下闪烁的残影。那是因为我没有申请与他们"接触"，自然也就"触"不到他们。我穿过众人，就像穿过一群鬼魂。一只泰迪熊不乐意我碰坏它的影像，骂骂咧咧起来，话脏得连自动翻译都翻不出来。它还动起了手，随它去，反正也碰不到我。不一会儿，一群半透明的金色三角形封住了它的动作，逻各斯出马了。

我转过头，看着逻各斯大厦。那是天空城最高的建筑物，一块黑色的方尖碑，顶上一个金色的四棱锥。逻各斯公司创造了天空城，至今管理着它，无微不至，无所不在。蓝天之下，漆黑的碑体吸收着光线，黄金的三角形亮得刺眼。

我拐上小路。栏杆下面，水面闪闪发光，荡漾着迷幻的色彩，水里泡着大厦的根基。那不是水，而是信息的垃圾。不久之前，它们还是构成这个世界的砖瓦，一旦无人问津，就会风化，变成数据的流沙。流沙聚在一起，倒也形同海洋，"海面"涨起来，天空城沉下去，高楼大厦不得不长得更高。传说"水下"也有一个世界，我可不想去冒险。

　　找到了。哥哥的公寓像一层海玻璃，夹在咄咄逼人的建筑群里，多少显得有些过时。原先他和我一样，住在大公司的庇护公寓里，那种公寓不要点数，只要忍受一些广告和规矩。不久他说不愿"寄人篱下"，掏空积蓄买了一套小公寓。这种独立公寓现在已经成了化石，没人愿意去花心思设计里里外外的每一个像素，何况庇护公寓里什么都是现成的，还是免费的。

　　我走进大厅，踏进一条朦胧的光柱。"AZ255"，幸好我还记得门牌号。传送效果做成了以前的那种观光电梯，狭长的视野里，城市在脚下慢慢变小。做出这种效果，因为当初开发商的口号是"电子世界的一个家"。

　　哥哥的公寓比别人的更像家。一般的公寓只有一间卧室，他家却还有一间客厅，是专门为我留的。墙是明明暗暗的玻璃，挂着雨滴，流淌着雨的声音。墙边放着书架，摆满了图鉴、矿石、古旧的玩具、古老的乐器……都是我们小时候爱玩的。木地板上放着两个懒人沙发，让人坐上去就不想起来，脚边散落着书和纸。书早已灭绝，因为除了我哥这样的怪人，没人能一动不动地盯着一动不动的字看上十分钟。纸上写着长长短短的字句，我也看不懂，也许是哥哥的诗。问他为什么这年头还要写诗，他说："文字已经死了，所以诗再一次变得神秘，诗人再一次变成巫祝，祈祷自己能有什么力量……"

　　房间里有一股淡淡的气息，暖暖的，有点潮湿，又有点灰尘。那是各种微弱的模拟气味混在一起形成的奇妙气息，我借隔壁的嗅觉实验室也无法复制。我怀念那种气息。见到哥哥，我要问清楚他在玩什么把戏，或者帮他向逻各斯投诉到底，再祝他生日快乐。我们好久没见了。

叮的一声，电梯到了。水泥墙上嵌着一扇门，它不再是记忆里的蓝色。没验证我的身份，门就自己开了。

里面没有气味。

什么都没有，只有水泥天、水泥地、水泥柱子。见人来了，公寓切换到演示模式，在极简、艺术、潮流、古典等风格间不断切换。我踩过色彩鲜艳的地砖，经过不断变幻的沙发、墙画和装饰品，穿过欢快的背景音乐，走到最里面。演示褪去，水泥框架露了出来，风吹乱头发，城市在脚下熠熠生辉。几个聚合球挤到身边，向我推销"电子世界的一个家"。我蹲下来，把脑袋埋进膝盖。

男人在吃感官糖。咔嚓一声咬碎，渣子蹦出来，齿间冒出黑烟。从罐子里再挖出一把，丢进嘴里。从颜色看，那是我们卖得最好的口味，"复燃"。吃这么多，理论上也不会对身体有害，反正只是个虚拟的身体，实在不行就重启一下，恢复到默认状态，就是不知道会不会对精神有影响。这个人我已经认不出来了，我认出的是那熟悉的做派。

"你是 Azure 的妹妹？" Vol 猛地睁开眼睛，一头薄汗。

哥哥叫他火山，"火山是天空城最好的贝斯手"。记得是在两年前，两人一起发了一张专辑。和记忆中相比，火山已经完全不同了，如今他俊美又冷淡，棕眼睛换成了深绿色的，脏金色长发原来随便扎起来，现在换成了精致的短发，颜色还是时髦的青灰。他穿着名师设计的黑衣，上面用镭射丝线绣出了新乐队的标志。这一身改造肯定花了不少价值点，还不是自己随便改的。后台飘着各种程序，前台摆着各种老式乐器，十分复古，十分酷炫。头顶上悬着巨大的机械元件，拼成两个面目狰狞的家伙，天空大百科（简称"天百"）告诉我，那是风神雷神。这里是幻方，在它还没这么豪华的时候，哥哥在这里表演过许多次。如今纯白的舞台如同峭壁，隔开数百万观众，场子里涌动着鼓点，流动着燥热的空气，那一定是我们所的杰作。

火山抓住刚发给我的申请（"Vol 申请今晚与您接触"），硬生生扯了回去。任何人都会觉得这是奇耻大辱，今天我倒不怎么在意。"你们吵架了？"我问。

"哦，那个人才不会跟我吵架。"男人捡起贝斯，拨弄起来，"理念不同罢了。"

哦，又是这样。两人能合作上两年已经不错了，大多数乐队还撑不到这么久。不过往往哥哥才是把人气走的那一个。"他说了你什么？"我问。

话语淹没在杂乱的弦音里："……活了。"

"什么？"

他狠狠瞪了我一眼。"说我的音乐不再'活'了。叫我拿出点活着的证据。狗屁！仗着自己有脸，有才华，高高在上地说这种话，让人恨不得一拳揍上去。"

咔哧，他咬碎嘴里的最后一块糖。

"一年了，我们没写出一首歌。挤牙膏挤出来的东西，他从来都不满意。他做过游戏，攒了点数，可以不在乎，我呢？他知道那段日子里，我就和刚毕业的小毛孩一样，靠做新手任务过活吗？他又知道我们的上一张专辑得了几张热爱票？……没有人需要音乐了。没有人能像他这样活着，像他这样掏心掏肺地写歌，何况他也写不出来了。我们这些俗人，也有自己活下去的方式……"

他把头抵在贝斯上，身后传来新搭档们的笑声。

"所以你和他掰了？"

"对。我和他掰了。"绿眼睛十分平静，"省得他先甩了我。"

当然了，还能有什么下场。都什么时代了，还要成天和人黏在一起。感谢伟大的接触权限，自从它问世以来，我就再没做过那种愚蠢的尝试。可是今天，我又为什么非要把那个人找回来不可呢？

"那你知道他后来去哪了吗？"我问。

"鬼知道。又拉了谁下水，躲哪儿做专辑去了吧。说了多少遍，现在没人听专辑了，这样下去他总有一天要破产，从来不听。"

我看着他，不知道要不要告诉他哥哥的消失。演出快开始了，乐队成员走向各自的乐器，却碰也不碰。"他们不用调音吗？"我问。

"哦，不用。那都是模型，那几个小子根本不会演奏，装个样子而已，谁在乎那些老古董要怎么弹。"

"你……你们不是以演奏老式乐器为卖点……"

"你以为这帮人看得出来？看出来也不要紧，反正他们也不是来看演出的。不如说他们是来闻这空气的，为了它公司不知花了多少点数。闻闻看，"他仰起头，"这酒味、汗味、青草味，这让人头皮发麻的热度，就像十六岁的夏天。看看这些人，他们爱我。这就是活着的证据。"

他张开双臂。光线骤灭，风神和雷神大放荧光，黑暗中燃起火彩，人群陷入疯狂，热爱票的数量以眼睛跟不上的速度增长。

有群人比哥哥更了解哥哥。他们知道不爱修改相貌的他，脸上哪儿有一个痘印；他们对他那件雾蓝色西装了如指掌。比如这个女孩，我靠对外貌的模糊搜索都能找到她，她给人的印象太深了。一头粉红色的长发，一身最时髦的行头，从一个明星奔向另一个明星，花掉大把点数，再从自己粉丝的手上赚回来。"追星女王"Desiree，就是她给哥哥搞了个后援会，想来奇怪，因为哥哥根本算不上什么星。

钻石塔顶层，环形落地窗给风景镀上一层黄昏。水粉色地砖拼出一个大图案，"断臂维纳斯"。空气里流动着慵懒的音乐，闪着点点钻石光，我格格不入，因为除了我这桌，每张桌旁都坐着另一个人。同一个人。一个大男孩，金发碧眼，阳光英俊，一笑起来同桌的人就要化了。天百说他是新出道的虚拟偶像"Vitamin"，放眼望去，十几个Vitamin正和同伴眉来眼去、悄声细语，有的衔着吸管，和对方喝同一杯饮料，有的伸出手，温柔地抹掉对方嘴角的蛋糕屑。我皱皱鼻子，转开视线，Desiree来了，一脚踩上维纳斯的脸。

她看上去也就十五六岁。粉色长发扎成两个尖髻，垂下几绺闪亮的发丝，裙子流光溢彩，光彩像是水波纹，又像是糖纸上的眩光。她啪地坐下，一撩头发，"你要不是Azure的妹妹，我才不想见你。好不容易抢到的限定约会，又被你搅和了。说吧，为什么现在才来问我？"

"'现在'？"

涂满眼影的大眼睛逼视着我："你哥已经消失半个月了，你不知道吗？"

我没敢回话。不知道，因为我好久没联系他了。我在干什么？一时间想不起来。无非是做研究，杀时间，泡男人女人，沉浸在我无聊的生活里。"抱歉，最近……有点忙。"

她叹了口气。"这两周简直是噩梦。他就这么消失了，一同消失的还有我们珍藏的所有资料。粉丝们乱成一团，我痛哭流涕，又是投诉又是求助，全都石沉大海。只好发动大家四处找线索，可他这么低调，哪能这么容易找到……"

"你知道他最近去过哪儿吗？"

她摇摇头。"自从和 Vol 拆了伙,他就没再公开说过话、露过面了。直到半年前,他突然说自己在'秘密基地',在做新的专辑,至于秘密基地在哪里,谁也不知道。"

"让我一起找吧。我多少知道点他的过去……"

"哦,不用了,"她苦笑道,"我们已经放弃了。"

"——放弃?"我扒着桌子,"这才半个月啊!你们不是号称最——"

"是啊。除了年轻的时候,我就没这么迷恋过一个人。"她靠到椅背上,表情落寞。她到底几岁?"他根本就不是我会迷上的那种人,没改过脸,没什么名气,人也怪怪的。但我第一次从节目里听到他的歌时,就像被吸进了一个黑洞,看见了什么自己丢失的东西……

"一开始,这只是另一场游戏,反正他也挺帅的。后来我已经不能不听他的歌,不能不给他发申请,可当他真的允许了,我却觉得,结束了。没办法再走近一步了。可笑吧,都什么时代了,我居然又向往起了那种野蛮的'亲密关系'……这个游戏已经太危险了。所以当命运告诉我,回去吧,回到快乐中去,我就解散了后援会。没人反对。"

我无言以对。女孩打个响指,虚拟偶像 Vitamin 凭空出现。我走到门边,回头一看,男人正伸出手,温柔地抹掉她嘴角的蛋糕屑。

后援会有一个特殊的成员,就是他在节目里推荐了极昼乐队。Testu,翻译过来是"哲",是天空城当红的主持人,他的节目《最好的生活》从"最好的红酒"到"最好的思想",无所不包。我也看过几期,帅大叔一口性感的嗓音,激情四射,游刃有余,令人上瘾。我坐在沙发上,等着他给我泡咖啡。

深灰色沙发手感逼真,玻璃茶几清澈透明,泛着棱镜的光彩。落地窗外是天空城的胜景,我从没在这样的高度看过它,几乎感到害怕。阳光照亮了大半面墙,墙上挂着一个个大相框,里面是一期期节目的主角:最好的游戏、最好的餐厅、最好的高跟鞋、最好的……感官糖。显然主人很欣赏我们的经典口味"云中"。他正在厨房里忙碌,厨房闪着冰冷的光,也是普通公寓里没有的东西。咯啦咯啦,噗噜噗噜,一股甘酸的香味。我本想说不用费那个劲,都是用味觉元素拼起来的,怎么泡都没差,话到嘴边又咽了回去。Testu 端着两杯咖啡过来。

他和节目上一样,古铜肤色,短发短须,戴着眼镜,银灰色西装泛着细腻的光泽。他坐在沙发上,动动手指,优雅的音乐响了起来。

我端起杯子,碟子上画着一个女人头、狮子身、长翅膀的怪物。"斯芬克斯",天百说。咖啡香味扑鼻,有点苦,有点酸,还有点水果味儿,其他我就说不出来了,毕竟我不是搞味觉的。

"不错,"Testu 说,"完美地模拟了那种明亮丰富的花果香,不愧是最受欢迎的咖啡豆作品。你觉得怎么样?音乐呢?"

"还行。"

浅灰色的眼睛盯着我,盯得我发毛。

"还行？"男人挑起一根眉毛，"不，你不喜欢。我也不喜欢。我订了最贵的背景音乐服务，他们保证全是人写的曲子，我却没听出什么人味儿。"他当的一声放下杯子，"最好的音乐已经消失了。我曾经把它做到节目里，收到的痛恨票却比热爱票还多，观众不乐意我随便改变风格。程序警告我，叫我别这么任性。呵！垃圾。"

他瘫在沙发上，喃喃道："我恨我的节目。"

他的性格和我印象里的不太一样。

"Testu，"我问他，他正把今天收到的申请摞成一摞，洗起了牌，"你知道'秘密基地'在哪儿吗？"

"猜测，仅仅是猜测，"他抽出一张卡片，看了看，丢到身后，"也许是在水下。因为那样就说得通了。我听说过传闻，那里的人有种本事，能让一个人的痕迹消失。如果 Azure 招惹了那样的人……"

我不敢想下去。

"但还有另一种可能。"他继续道，"既然能在水下建秘密基地，说不定他自己也有那种本事。Azure 早就对这个城市失望了，从歌词里就可以读出来。我也失望了，可我只是想想而已，而他是个诗人。诗人会抹去自己的一切痕迹，和这个世界决裂。诗人甚至会抹去自己——"

"不，他不会的。"我说，越说越觉得自己自私，"他不会抛下我这个妹妹。"是我抛下了他。

Testu瞪着我，仿佛我说了什么难以理解的话。"Lazuli小姐……"

"嗯。"

"血缘关系到底是什么？我知道定义，但我不明白那种感觉……有了血缘，某个人就会变得对我很重要吗？"

我看着这个男人，这个在节目上成熟知性、魅力四射的男人，这时就像个脆弱的孩子。我明白了。哲不知道血缘，因为他出生在人造子宫投入使用之后，距今不过十六年。他是个天才演员，也是个孤零零的人。从今天起，我也是了。

哲把卡片往天上一扔，缩进沙发。头顶的相框投下阴影，仿佛要把他压垮。"从明天起，我该怎么生活呢？"他喃喃自语。

十二大道的尽头，有一座电子天堂。越靠近那儿，建筑就越来越低矮，越来越稀落。时间已晚，天色却不变暗，阳光照耀着流沙，折射出万花筒般的光。在被戏称为"十三大道"的地界，水面上漂着一个大肥皂泡，上面游走着梦幻的色彩，循环着发光的文字："天堂的孩子"。

我融进泡泡。一片深蓝里，飘荡着成千上万只水母，透明的身体中，一个个名字莹莹发光。在这座城市，每死去一个人，这里就会多一只水母，身上刻着他或者她的名字。生者还可以租赁水泡，飘在水母身旁，展示逝者在天空城留下的痕迹。水泡上升，水母浮游，我伸出一只手，抓向虚空。这里没有哥哥的名字，他没有死。

但如果对天空城而言，他从没有活过呢？这里就永远不会有他的名字，他就会像那些没续费的水泡一样，噗地破裂，消失。会不会有那么一天，我会在公寓里养上一只水母，在它身上写上哥哥的名字，然后继续我的生活呢？

我想不起他写过的任何一句诗。

闹钟响起，是时候回到肉身，回到那个进食、运动、清洁和睡眠的枯燥的梦了。

在他还叫"Ray"的时候，哥哥是天空城的第一批游戏作家，而我是他的第一批测试者。他心血来潮做起了游戏，没想到做得废寝忘食，做出了个风靡天空城的大作。《苍穹》讲的是一个会飞的少年在奇妙世界中的冒险。世界古怪而美丽，而我则是实实在在地在飞。没有什么地方能比天空城更好地实现人类飞翔的梦想，这个游戏更是穷尽了飞行的魅力。游戏还没做完，我就知道它要火，果不其然，那一年我有好几个同学因为沉迷飞行而荒废了学业。可是第二年，用更雄厚的资金和更强大的工具做完续作之后，哥哥却说不干了，从此没碰过游戏引擎。"你不是说游戏是天空城最强大的魔法吗？"我问。"是的，但它很快就要褪色了。"他说。

半年多前，我收到了一把钥匙。颜色黑得像在吸收光线，造型古老，上面一个环，下面一根杆子，杆子上刻着两个字"众声"。这是通往某个游戏的钥匙，但我找不到叫这个名字的游戏，也不知道钥匙是谁寄的。今天，我有一个猜想。

墙上显示出我的家当，我在里面翻箱倒柜，终于找到了钥匙。我把它从墙里取出来，它从平面的变成了立体的，沉甸甸，凉飕飕。如果我猜得没错，它就是我的信标。毕业后这几年，我和哥哥联系得越来越少，上一次还是在祝他生日快乐。随着一次次的了无回音，哥哥终于死了心。这钥匙也许就是他的最后一次努力。

天边闪耀着无数离岛，每一座都是一个游戏世界。这就是无限游乐园，它供应了这座城市大部分的快乐。可不知从何时开始，就像哥哥说的那样，这万千离岛上的大千世界，在我眼中逐渐褪去了颜色。我进入百乐门，登上极乐殿，站在金碧辉煌的大殿里，手里拿着那把黑钥匙。穹顶下趺坐着吉祥天女，两手结印，两手执如意法宝，秀发飘舞，纱罗飘飞，脸上带着慈悲的微笑。穹顶上旋转着千万个圆盘，每个圆盘都通往一个游戏，每个游戏都发出嘈杂的声响，被系统捏合起来，为我谱成了仙乐。我上前一步，圆盘就按我的喜好重新排序。

天女抬起眼，慈爱地看着我："您有什么烦恼？一切烦恼，如梦幻泡影，如露亦如电，不如忘却。"她伸出一只手，手里是一朵莲花，花瓣打开，里面是最新的游戏。

"我有烦恼，"我说，"我要投诉。"

"您要投诉什么？"

我把黑钥匙拿到她眼前。"我买了这个游戏，一直没玩，现在想玩却找不到入口了。你们得帮我找回来。"

钥匙在她手中发光,数据在她眼中闪光。"很抱歉,我们的数据库中没有这个游戏。"

"怎么可能!"我一跺脚,"难道游戏还会自己消失?那叫什么无限游乐园,叫无限躲猫猫算了!"

天女微笑道:"您玩的都是热门游戏,所以有所不知,无限游乐园并不是无限的。如果一个游戏年代久远,或者经营不善,它就会被清出离岛。在这种情况下,建议您去三千堂问问,或许有玩家私下做了备份。当然,我们也能按当日游戏均价,在 24 小时内为您退款。您不妨放下执着,试试我们为您精选的新作,"玉臂一挥,一个个圆盘飞落,在我面前变大,"《影子武士》《阴风阵阵》《烈火情人》……"

"得了,"我打断她,"还是送我去三千堂吧。"

她纤手一指,我掉了下去。

三千堂在极乐殿下方,是玩家们讨论的地方。一片红铜色中,我轻飘飘地下落,经过一个个聚合球,穿过一个个闲聊、争吵、交易的身影,落进暗沉沉的区域,掉到这座球形离岛的底部,一脚踩出个小沙坑。这些沙子就是头上那些无人问津的话题变的。一路下来,我也没找到任何有用的信息,只好开口:

"有谁知道《众声》这个游戏吗?"

话题飘上去。几个人闪过来，瞥了一眼，又闪走了。话题缓缓下沉。

"有谁知道 Ray 出过新作没有？就是做《苍穹》的那个 Ray。"

话题飘上去，我毫无指望地等着。头顶上传来人们的喧嚷，被系统合成了一首奇怪的交响曲。我攥着钥匙，手指抚着刻字的凹槽。没有人理我，他们这么快就把他忘记了。

一根手指戳戳我的肩膀，打散了我的影像。我回头一看，是一个穿雨衣戴兜帽的家伙。雨衣下的身体只剩虚影，只能看清半张脸和一只手。暗色皮肤上浮动着三层几何形的文身，青莲色荡漾变幻，仿佛海市蜃楼。我正盯着看，一件衣服飞到我脸上，又厚又透明。

"穿上。"女人说。

我的身体也消失在雨衣之下。她丢来一个半透明的图标，一只锚在空中大放光芒。我抓住它，开始了眼花缭乱的传送。

景色瞬息万变，只留下晕影，只看到一闪而过的红、绿、蓝、金……几秒之内，我似乎飞越了许多个地方。等我站定，脚下是一个圈，圈里画着一只锚。一条黑乎乎的走廊，不时被滴落的雨水照亮。哦，不是雨，是流沙。沙子溅到手上，我一瞬间浑身发烫，耳边一片喧嚣，那是残留在沙里的信息。

"又该修了。"女人说。她已经解开了雨衣，放下了兜帽。身材娇小，一双猫眼，一头短短的黑色鬈发。穿着吊带热裤，露出大片暗色肌肤，文身云蒸霞蔚。她没修掉脸上的细纹，反倒平添了几分魅力。放在平时，我会给她发申请，可是今天，我只想跟她保持距离，因为这个人既没有名字，也没有资料。

她走在前面，我在后面偷偷查坐标。坐标极为诡异，即使我不动，它也一直在变。我调出地图，好不容易加载出来，却是一片马赛克。"别忙了，"女人说，"很多服务在这儿不好用。我叫Tondra。"

意思是闪电。幸好自动翻译还能用。

"Tondra。我们在哪儿？你把我带到这儿做什么？"

她笑了，呶呶嘴，"有些话在上面不好说。"

我看着昏暗的天花板，彩色的雨滴不断下漏。我终于明白了。"那这衣服呢？"我扯扯透明的布料，"是为了挡雨吗？"

"哦，那是它的新增功能。主要还是为了保证没人知道你是谁。穿着它传送，短时间内连逻各斯都不知道你在哪儿，还以为你在别的什么地方。记住了，妹妹，只要在水下，就要穿着它。"

她推开黑色的大门，里面是一间幽暗的酒吧。中央有个圆形吧台，散发着微光，四周散落着大大小小的聚合球，聚集着奇形怪状的客人。人们都穿着雨衣，用某种银光闪闪的东西做着交易。这里没有背景音乐，只有窃窃私语。弧形落地窗外，彩色的水波迷迷蒙蒙，天光落下，照亮一幢幢大楼的根基。

　　我们从人影中穿过，坐到窗边。闪电靠上沙发，像一位女王。酒保端来两杯鸡尾酒，一杯玫瑰紫，一杯深青。闪电从酒里挑出糖球，一口咬碎，我想了想，还是没有喝。

　　"你怎么知道我是 Ray 的妹妹？"我问。

　　"做《苍穹》的那个 Ray？"她歪过头，"不，你不是黑泽的妹妹吗，和他长得那么像，还拿着他的钥匙。"

　　"'黑泽'？哪个'黑泽'？"

　　"我也不知道他到底叫什么。'黑泽'，或者'Haze'，他这么说我就这么叫了。连问出这个代号也不容易，他惜字如金。"

　　"你怎么认识他的，这个黑泽？"

　　她笑了，齿间冒出浅紫的烟雾。"小朋友，你知道海盗是什么吗？"

　　我只在游戏里见过海盗，画着烟熏妆，在海上打打杀杀，我觉得她指的应该不是那个。

　　"海盗就是抢人钱财的家伙。"她吞了口酒，舵形的吊坠在胸前闪烁，"我抢的是无限游乐园。"

　　吊坠放光，我们被连人带沙发传送到了一个新的地方。玻璃的穹顶外涌动着彩色的波浪，清澈的浪头里隐现大厦的尖顶。穹顶上旋转着千万个圆盘，每个圆盘都通往一个游戏，穹顶下是一尊舞王湿婆。仔细一看，这些游戏大都在哪里见过；舞王也不是什么神像，而是一个健美的舞男。这是一座戏仿的游乐园，在水面下巡航。"欢迎来到黑珍珠号。"船长张开双臂。

"你看，我发的是不义之财。在黑珍珠号，玩家不花点数就能玩到无限游乐园的游戏。但这样不够，必须有在那儿玩不到的东西，他们没本事也没胆量拿出来的好东西。我们有这样的名声，所以，快一年前吧，那家伙才会带着他的游戏来找我。

"这个陌生人一走近，我就知道他很危险。他身上有一种气味，准确地说也不是气味，而是一堆杂乱无章的信息，一收到就让你大脑过载，就像把手伸进流沙里。那是感官烟的气味。"

"感官烟？！"

刚进研究所我就听说了它的大名。所里开除过一位研究员，感官烟的原型就是从他手上流出去的。那东西不知害多少人住进了白色伊甸，与它相比，感官糖只能算是过家家了。难以想象，哥哥会和那种东西扯上关系。

"是啊，感官烟。"海盗说，突然神采飞扬，"我只抽过一次，我还记得那烟叫'午夜飞行'。抽一口就是太多、太多的信息，让你天旋地转，浑身无力，你好像飞出了身体，一头栽进了一个漩涡，在那里声音是色彩，色彩是肉体，肉体是数字，数字有旋律……全是活的，活得可怕。你看到了天空城，它成了一首数据的交响曲，又成了你吐出的烟，烟里有一位伟大的神明。你融化在烟雾中，你也成了神明。醒来后我想死，可是在天空城，人没办法寻死。之后我再没碰过感官烟。"

"但是黑泽他……"

"是的，那家伙一看就活在烟雾里。这种人能给我带来什么游戏？船员们倒是玩得很嗨，我忍不住也试了试。游戏叫《回音》，很朴素，甚至有点简陋，连个明白的故事都没有，可就是叫人欲罢不能。玩着玩着，你觉得快要发疯，又觉得有只野兽随时要冲出来撕咬你，那只可怜的野兽就是你自己。"

她吐了口烟。"游戏大受欢迎。那人时不时拿新作过来，我分成给他，他却没跟我说过一句话。那天我逼他摘下兜帽，告诉我他的名字。一个帅哥，圆寸、消瘦、黑眼圈、黑衣服。长得和你很像。"

可已经不是我那留着柔软短发、穿着雾蓝西装的哥哥了。

"我问他为什么要做这些游戏，显然不是为了点数。他说：'我不知道……我在寻找一个答案，却不知道问题是什么……'说着捂住了眼睛。

"再后来，他的游戏变了。我在酒吧里找到他，他躺在沙发上，搂着一男一女，把感官烟呼到他们嘴里。我走过去，把游戏丢到他脸上，说他不如拿去无限游乐园，还能卖个好价钱。他在女孩嘴上咬了一口，又把她推开，她都流血了，还咯咯直笑。黑泽说：'我放弃了。他们要什么，就给他们什么好了。快乐又有什么不好呢？'

"他没再出现，直到大半年前，他在我面前放下那个叫《众声》的游戏，说：'这是黑泽最后的作品了。'

"我问他：'你找到问题了吗？'他摇摇头，笑了，'但我遇见了一个幽灵。'

"他说了句保重，消失在走廊里。那是我最后一次看到黑泽；我发现他也是会笑的。"

游戏之轮在头上缓缓转动，闪电喝尽最后一口酒。烟雾之中，哥哥的面容变得越来越陌生，越来越模糊。我发现自己一点都不了解他；我都没注意笑容是什么时候从他脸上消失的。海盗望着我，文身波光粼粼。

"故事讲完了，你要给我什么报酬呢？"

我悚然一惊，握紧了拳头。她不是来做好事的，她从一开始就盯上了我的钥匙。

"那个游戏已经不能玩了吗？"

她摇摇头。"我们没有离岛，很多游戏都搭在作者自己的空间里，所以崩溃也是常事。半个月前，黑泽的游戏全崩溃了。一般情况下，我们根本不管。但那是黑泽，他的游戏我都有备份，虽然不完整。《众声》的备份就受损了，我们修复了大部分，却修复不了他特制的钥匙，它似乎有什么特殊功能……"

我咬着嘴唇。"修好了又怎样，拿来再赚一笔？"

"赚一笔又怎样？"她笑了，"我还等着他回来拿他的那份呢。虽然和别人一样，他应该不会回来了……"

"我哥消失了。"我说,"我给你钥匙,你给我那个游戏,我要把他找回来。"

《众声》飞到我面前。它从一个圆盘变成一个锁孔,我把黑钥匙插进去,轻轻一转。锁孔变长变宽,变成一个门洞,我迈进去,走进幽深的走廊。

我从黑暗中醒来。黑暗是有形的,摸一摸,是一个球体。敲一敲,像一块冰。声音是有形的,在黑暗中弹跳。我张开嘴,却发不出声。我是一个哑巴,却能把声音化为武器。我握住一片尖利的声音,狠狠一戳,黑暗裂开了,碎成千万片,千万声脆响在宇宙间回荡。

宇宙也是黑暗。茫茫黑暗中亮起了小点,那是一颗颗遥远的星。我拾起一大块声音作舟,一小片声音作桨,朝着光点划去。云雾叫人迷失方向,听音辨位,听见星星发出寂寥的回响。我把手伸进黑暗的波浪,拣起一把声音的弯刀,朝远方掷去。有时石沉大海,有时引来回声的巨浪,把我击沉。我浮上水面,逆浪而行。

一颗小星球出现在面前。说是星球,不如说是坚硬的玻璃球,绚烂的声音在其中游走。中心睡着一个小人影,蜷着身子,像一个婴儿。敲敲玻璃球,没有反应。挥出武器,我反而被声音的烈焰吞没。重来:像一个猎人,面对危险的猎物,瞄准弱点,选好武器,避开陷阱,给它致命一击。利剑刺穿球体,一首天国的合唱逃逸,一场万花筒之雨洒落,小人儿落下,落进一堆闪光的玻璃碴,鲜血淋漓。他还在沉睡。我捡起一块最大最美的碎片，它还在歌唱。我收集碎片，放上小舟，抬起左脚，发觉有点沉重，原来它已经变成了石头。

捕猎有无穷的乐趣，令人上瘾。每收集一种新的声音碎片，我就得到一种新的武器。每摧毁一个星球，我的身体就变得沉重一点，却也更加刀枪不入。我把碎片运回故乡，建造一座圣殿，比任何人的都大，比任何人的都好。圣殿还没完工，便已熠熠生辉，声音此起彼伏，多少有点吵闹。还缺几块碎片；我拖着沉重的身子，打败难缠的敌人，拿回了最大最明亮的声音。

碎片闪耀，众声喧哗。我从内侧封上最后一个缺口，完成了我的圣殿。一座宇宙中心的金字塔，光芒四射，坚不可摧。碎片交融，色彩交织，声音合而为一，变成一首伟大的交响曲。我上升，在圣殿中心旋转，乐音升华，到达神圣的终曲。终于，结束了。声音渐弱，光线渐暗。终于，最后一丝光芒熄灭，我闭上眼睛，在宇宙中心的金字塔里，变成了一块石头。

这才是真正的黑暗。我不能看，不能听，不能说，不能动弹。我被困在自我之中，只能像一颗黯淡的小行星，在太空中缓缓旋转。闪电告诉过我，这就是游戏的结局；她也不知道别的，因为黑珍珠号上次被攻击时丢了许多数据，包括游戏攻略。我要么认输，结束游戏，要么继续旋转下去，转个 6 小时、8 小时、48 小时，等着哪天有人破开这座陵墓，把我变成全新的美丽碎片。

没有光，没有声音。我沉睡着。

没有光，没有……

声音。我从梦中惊醒，仍然动不了这石头的身体。声音很轻，仿佛雪和空气，像是随时要逃脱，但只要全神贯注，你就能捕捉到它的重量。像是脚步，又像是巨大的琴键下落。钢琴，小时候我看哥哥弹过，手指按下去，出来宁静又温暖的响声。像是心跳，像是有人轻轻敲响了门。

我又推，又挤，又冲，又撞，撞破这石头的监狱，牵动千钧的肌肉，张开龟裂的嘴唇，用嘶哑的嗓子喊出 —— 一个噪声。

黑暗破裂，有谁向这里走来。某种沉重又温柔的动物，把毛茸茸的手掌放上我的眼皮。我看见了 —— 一只高大的北极熊，向我伸出手。我牵上去，那只手又大又温暖，带着我走过黑暗，走过群星，走过白色的虚空。

我想起另一只手。爸妈离婚那年，我离家出走，跑到另一个城市去找哥哥，却在雪中迷了路。哥哥找到我，陪我玩，给我买冰糖葫芦。大人赶来，他却牵着我的手不放，我看着站在远处的妈妈，和妈妈身边的男人，突然明白了。十六岁的哥哥也只是个小孩子，他也希望有谁牵着他的手，带他逃出这片白雪。

白色尽头，有一扇蓝色的门。北极熊放开手，看着我。我四下看看，摸摸衣兜，掏出了一把黑钥匙。我望望北极熊，不知该怎样跟它告别。它握住我的手，和我一起打开了那扇门。

色彩跳动，景象闪逝，定格在一个明亮的房间。不如说是个天井，因为天花板闪闪烁烁，布满错位和失真，从中漏下来明亮的雨，渗进白色的沙地。沙里长出一株株植物，绿油油、密匝匝、张牙舞爪，墙上涨落着模糊的海浪。我低头一看，手里还拿着那把黑钥匙，一时不知自己是在游戏里还是在游戏外。一个系统消息蹦出来，给了我答案："错误：建立接触失败，找不到指定的对象。"

头昏脑涨。我这是在哪儿？为什么会有这个错误提示，我什么时候同意过和别人接触了？我收起钥匙，习惯性地调出天百，才想起这些服务已经不好用了。我听着海浪，在植物间钻来钻去，一边腹诽着主人的品位，他不知道城里的大多数人都有自然恐惧症吗？啊，毕竟是在水下，遇见什么样的人都有可能。我不禁有点害怕。

花园中心有一张铁艺长椅，我坐下，在植物的包围中浑身僵硬。仙人掌，我突然想起来，它们叫仙人掌。仙人掌后面有人。

"谁！"我跳起来，恨自己两手空空。

一抹金色，一抹橙色，在植物间闪动。一个男人走出来，举着两只手。一个男孩，和我差不多大，瘦瘦长长，金发棕眼，雨衣下穿着件橙色T恤。他挪一步又退回去，那种畏畏缩缩的样子，叫人看了就来气。

"你……你是蔚蓝的妹妹吗？你知道他在哪儿吗？"

我放下雨衣兜帽。"你是谁？为什么找我哥？"

男孩上前一步。他的眼睛带点橄榄绿，脸上长着雀斑，挺可爱的，不过不是我的菜。"我叫Jonny，和他一起做音乐。"

哦。还真给火山说对了，只不过这次的搭档居然是个毛头小伙。"这又是哪儿？"

男孩笑了，放松下来。"秘密基地。蔚蓝的秘密基地。"

呵。我看着身边的那簇仙人掌，它火焰般直冲天际。我戳戳它肥厚的叶片，手指头一阵刺痛。真够逼真的，哥哥竟把大把价值点浪费在这种地方。"我不知道他还喜欢这种东西。"

Jonny 慈爱地看着仙人掌："我也觉得奇怪，但他说，看到它们就会想起他自己……"

我皱起鼻子，不知道我帅气的哥哥和这丑陋的植物哪里像了。"你认识他多久了？"

他咬着下唇："不久，但也可以说很久了……妹妹，你最近见过他吗？"

"别乱叫。我叫 Lazuli。"

"对不起，"他嗫嚅道，又上前一步，眼神急切，"Lazuli 小姐，你最近见过于蔚蓝吗？"

我仰视着他，缓缓摇了摇头。他像将熄的火苗一样退了几步，靠上一株仙人掌。

"他已经消失半个月了。我一直在找他，从水上到水下……可我太没用了，什么线索都没找到，还被骗光了点数，只能每天做新手任务，想着至少把这个地方给保住……"他捂住脸，"看到你，还以为有希望了……"

我看着他，拍拍身边的空位。"我也在找他。我是从他做的游戏找来的。"

"《众声》？"

我点点头，拿出黑钥匙。"为什么那个游戏会通向这里？秘密基地不该是秘密的吗？"

"那是他做的实验。"Jonny 坐下来，"只要打出隐藏结局，就会来到这里，并且通过这把钥匙上的程序，自动和他建立接触。也就是说，谁想见到他，就能见到他，还能真真切切地碰到他。这当然是非法的，所以只能在水下。"

我握着钥匙，盯着环里的空洞。难道感官烟给哥哥留下了什么精神损伤？他怎么会想出这种主意？除了把自己暴露在陌生人的恶意下，他还能得到什么？"这实验有什么目的？"

"他说'想感受自己的存在'。"

"实验结果呢？"

男孩摇摇头，浮起一个微笑，"要说有什么结果的话，就是我们正在做的专辑吧。"

"给我讲讲吧。你们怎么认识的？"

Jonny 直起身子。"那是很多年前了。我刚进聚沙塔，被同学拉去看演出。其实我不喜欢那帮人，对台上的表演也没有兴趣，直到我看到了极昼乐队的 Azure。没有人知道他，知道的也说他是做腻了游戏来玩票的。但我看到他一个人站在台上，背着吉他，被半透明的程序包围，气度却像一个国王，从那双手中诞生的音乐好像有魔力……散场了，观众都传送光了，只有我还呆呆地盯着他。他拨了会儿吉他，问我：'喜欢吗？'

"我说不出话。他把吉他塞给我，叫我弹弹看，可我学的是算法作曲，根本不会老式乐器，而且那吉他十分逼真，看上去价值不菲。他看着我硬着头皮弹，突然说要把琴送给我，'反正就算再像，对我来说也不是同一把琴了。在你手中，它反而真实了起来……'他教了我几个和弦，教我去感受琴的存在、手的存在……

"从此我苦练吉他，想要配得上这件礼物。我听他的每一首曲子，去他的每一场演出，直到他从乐迷眼中消失。我失魂落魄，想找他的替代品，却找不到。半年前，我听说水面下有几个游戏，尤其是它们的配乐，有点他的味道，就冒险上了海盗船。他们说打出隐藏结局就能见到作者 —— 我来到这里，坐在这张椅子上，看见一个穿白衬衫的人朝我走来 ——

"他说他叫于蔚蓝，欢迎我来做客。他说他已经见过很多人了。有人想伤害他，有人怕被他伤害，有人想问他要点什么，有人和平常一样保持着距离。不管怎么样，他都感谢那些短暂的相遇。"

"你呢？"我手托下巴，"你要了什么？"

他咬咬嘴唇，不好意思地笑了。"我一个字都说不出，急得汗流涎背，然后拿出吉他，弹了起来。曲子是自己写的，现在想来，是挺拙劣的模仿，不过我已经顾不上看他的反应了。一曲弹完，他说：'你看，果然更适合你吧！'"

"于是我恬不知耻地说：'请让我留下来，和你一起做音乐吧！'"

而他竟然答应了。我想，我的哥哥真的变了很多。

"你们这半年都在做专辑吗？"

"对。"他站起来，"你看。"

海浪朝两边分开，墙后是一个大房间。一瞬间我以为那个人就在那里，因为有一股熟悉的气味。纸、木头、雨水、柔软的空气。但他不在那儿。

房间里光线柔和。脚下铺着木地板，墙边放着各种各样的乐器，我一个都不认识。"蔚蓝说要做点新东西，于是我们收集了各种古董乐器，好多我都没听说过……这是大提琴，这是中国的笛子……你看这个，是二十多年前的合成器，很有趣吧！"

地上散落着半透明的文件，我拾起几个，是声音和文字的碎片，如果它们有机会长大，一定能变成了不起的作品。"你们做了几首歌？"

男孩摸摸脖子。"我们花太多时间试验了，到现在只做了三首。这三首他也没修完，但我觉得已经够好了。我敢保证，这是你从没听过的音乐，和他以前的作品也大不一样……"

"他以前的作品是什么样的？"

Jonny 瞪大了眼睛。

"你没听过？这么多年？可……他是你哥啊？"

"我听不懂。"我低声说。

房间尽头有一把电吉他，美丽的纹理，深邃的漆色。是哥哥小时候心爱的那把，在爸妈吵架时摔碎了，又在天空城复活，成了另一个男孩的宝物。我伸出手，抚过它光滑的漆面。

我明白。不是听不懂，而是不想听。他的心太沉重了，绑在一起，就不能飞行。

"Jonny……让我听听吧，让我听听你们的音乐。"

没有流行的节拍，没有美丽的影像，没有交互的机制，没有任何东西来保证你听得顺心。只有他低下头，开始轻轻地拨弦。第一个乐句出来，我浑身战栗，鸡皮疙瘩顺着虚构的手臂蔓延。世界是一团混乱的色彩，一堆破碎的光影，一片华美的废墟，不断掉着瓦砾。灵魂是一团烟雾，在太阳下消散。旋律爬起身，踽踽而行。阳光猛烈，令人目眩。晕影摇晃，带着混响。天空难以企及，什么时候才能摆脱这片孤寂的大地？于是鼓点响起，噪声流过身体，高音划开皮肤，渗出血珠，弦乐破土而出，飞越音响的迷墙，飞向天堂。

天堂寒冷而明亮。歌声甜蜜，赞美着神圣的欢愉。波形起伏，就像可怕的海浪。广阔的空间中，回荡着完美的平静，琴声挣扎，终于安息。但始终有一丝杂音在底下滋滋作响，一团纷乱的思绪，一声不安的嚎叫，一抹暗色，不知是古老的器乐，还是电子的脉冲，在天堂里荡开。一颗心苏醒了，覆满白霜，它裸露着，它感到冷。

血流涌动，穿过冻结的血管。浮冰碎裂，在动脉中航行。红色从冰中逃脱，重见天日，心重新开始鼓动，像一头野兽，一下一下撞着看不见的牢笼。吉他蹦出来，变成一个小男孩，踉踉跄跄、跌跌撞撞，拼了命地往前跑。腿软了，步子乱了，心跳响得可怕，跌倒了，滚下去，摔得皮开肉绽，也要支撑着爬起来。血水混着泪水，变成耀眼的蓝，跟着那滴蓝色，坠入瑰丽的黑暗。失控，失真，火花四射。手在弦上闪烁，身上汗水四溅，眼前五彩斑斓。咆哮，呼啸，天旋地转。男孩弯下腰，弯下腰，仿佛手里的吉他是不可承受之重。电光在暗中飞行，烟火在眼前炸开，我头晕目眩，无法呼吸。吉他在嘶吼，它在呼喊什么？在追赶什么？某种早已被我们丢失的东西，某种我们既说不出名字，也视而不见的东西，它美得让人心痛。奔跑的人再也跑不动，在地上爬行。一寸寸挪动，留下一个个手印。噪声升起，在耳边炸出云彩，光刺眼如子弹，他站起来，拥抱枪林弹雨。

海是清澈的，缓缓涨落；雨是温柔的，抚过皮肤。钢琴踏着柔软的步子，一步步走近，世界化作一团温暖的气息。是二十三岁的哥哥，带着若有若无的微笑；是十六岁的哥哥，抓住我发抖的手；

是一个十岁的孩子，对着水面流泪。熟悉的嗓音响起，一首诗融化在光中。一抹渐渐透明的蓝奏响最后的心跳，那是琴键的重量。

琴声尽头，极光升起。

男孩在大喘气，金发湿了，汗水顺着下巴滴下来。手微微颤抖，难以想象它们刚才还在琴上燃烧。他透过长长的刘海，惊讶地看着我，我才发现自己瘫坐在地上，脸上凉凉的。我伸手一抹，观察指尖的泪水。心还在痛，也许我第一次找到了真正的感觉。

"Jonny，我以为我爱他，其实我只爱自己。你呢？你为什么不害怕？"

Jonny 抱着吉他。"蔚蓝也说了一样的话。说，等专辑做好了，我就自由了。说我这样的人在这个时代就是一个奇迹，他没法报答我，更怕伤害我。问我难道不害怕吗？"

"你怎么说的？"

"我说不害怕，我很快乐。"男孩露出平静的微笑。

我站起来，打了个响指，重启了身体。"可他连专辑都没做完，就自己走了。"

Jonny 也重启了身体，把吉他收好。"不，他和我道别过。拉着我的两只手，说他很感谢我，但他必须去找一个'幽灵'了。还给了我一枚硬币，说：'这个给你。万一有人来找我的话……算了。'然后他就失踪了。"

幽灵。这个词在我脑子里发出脆响。男孩拿出一个透明的立方体，里面冻着一枚硬币，他取出来，放在我的掌心。我吸了一口凉气。

一枚完完整整的幽灵币。它长得就像历史课上的那些钱币，只不过晶莹剔透，像一块冰。上面刻着达·芬奇的《维特鲁威人》，一个四手四脚的裸男站在重叠的方框和圆框里。这似乎是水下流行的货币，估计不受逻各斯的监控。我在酒吧里瞄到过汇率，只要一点点就价值不菲，而一整枚……

"你知道它价值多少吗？"我问 Jonny。

"我知道。可以办二十场中型演出了。"

"且不说我哥为什么会有这玩意儿。你怎么不兑一点出来用，起码不用每天做新手任务了啊？"

"我不想。"他别过脸，"说实话收到这个我也不太高兴，仿佛我做什么都是为了它一样。"

看吧，还是被伤到了。我把玩着幽灵币，它凉凉的，没有重量，仿佛随时会化为一缕轻烟。光线穿过硬币，在浮雕上细细闪烁。"半年前我哥说他遇到过一个'幽灵'。半个月前他又去找那个'幽灵'。你说这个'幽灵'指的是幽灵币吗？"

他摇头，"蔚蓝会在意那种东西吗？我猜指的是幽灵币的发明者，传说他还发明了其他好多东西，甚至整个大西洲都是他的主意。但我连这个人的名字都查不到……"

"大西洲？"

"就是水下世界。传说它刚建起来的时候，比现在繁华得多，也有趣得多……"

Jonny 按了一下墙壁，那面墙瞬间变得透明。水的颜色比我在酒吧看到的深得多；建筑的根基影影绰绰，断墙残垣在水中漂浮，像一艘艘鬼船。昏暗中亮起一道闪光，不久便熄灭，一群金色的光点深海鱼一般追了上去。"那是逻各斯的杀毒软件，见到什么都杀。"

我贴在玻璃墙上，看着这片废墟世界，它比我想象的还要危险。我拿起硬币，盯着它剔透的表面，要是哥哥在和那种人打交道，我还有找到他的希望吗？四手四脚的维特鲁威人，在微光中显得越发狰狞。古老的维特鲁威人……

"手！手！"我跳起来。

"什么手？"

"水下要怎么搜索？"我去抓 Jonny 的肩膀，手却穿过了他的影像。

"大西洲百科"早就失效了。水下的搜索也不如水上的全面快速，但好歹能用。终于找到了一幅达·芬奇原画，果然和记忆里的一样，而幽灵币的设计也是照搬原作。只有我手上的这枚硬币，男人手脚的位置略有不同。"这不仅仅是一笔巨款……他不是说了嘛，'万一有人来找我'？这还是他留下的线索！"

"……是坐标。"男孩瞪着硬币，"如果是坐标，那就是在水下更深处……"

"你怕了？"

"怎么可能。"他咬着下唇。

闹钟响了，该回去做梦了。Jonny 收回硬币，"回去吧。别回来了，蔚蓝决不希望妹妹卷进危险。"

我瞪着他，就像瞪着自己，"什么妹妹？我根本不合格。我就是个傻子，连丢了最重要的东西都不知道。明天，你会等我的吧？"

"Jonny！"

男孩正蹲在地上，盯着一堆半透明的页面，过长的刘海挡住了眼睛。他看到我，脸色一亮，"Lazuli 小姐！我以为你不会来了。"

"叫我群青。"我说，晃了晃荧光绿的格斗手套，"我想了点办法，把这个弄了出来，总比手无寸铁要好。"

为了研究痛感，我在太阳角斗场混过一段时间，成绩还不错，这副手套就是当时的装备。后来我通过申请，把它弄进了实验室，保留了它的威力，和一个重要的特性 —— 它可以强行建立接触。我示范了下，抓住 Jonny 的领子，轻松地把他提了起来，他惊恐地睁大了眼睛。

"哈哈，"我松开手，"下面的人可比我可怕百倍。"

一点儿没错。我心里也一点儿没底。这条路会把我们带到哪里？面对海盗、骇客、杀毒软件和其他难以想象的危险，我们要怎么办？"不管怎样，这次我不会抛下我哥了。"我喃喃道。

Jonny 给我看他做的研究。"有三只手脚和原画上的不同，根据硬币边缘的刻度，可以组成六个坐标，其中有四个在水下。我查过了，四个里面只有一个是有效的，那个地方是——"他推了一个页面过来。

臭名昭著的"快乐之家"。

天百上当然不会有它的介绍。可就连我也知道，那是水下最大的集市，感官烟，以及无数更有问题的东西，都来源于此。传说在快乐之家可以买到一切快乐；至于会不会被骗、被黑、倾家荡产、身败名裂，甚至从此消失，就看你的运气了。"走吧，去瞧瞧呗。"我们戴上兜帽，化为两个晕影。

景色凝固下来。我们在微暗中漂浮，身边闪着鲜丽的光点，像蛇的鳞片。远处，霓虹线条构成了一幅巨大的曼荼罗，中间是两片烈焰红唇。人影在四处闪现，全都面目模糊，朝着那张嘴飞去，就像一群群蜉蝣。荧光色的舌头伸出来舔了舔，红唇张开，把他们迎入黑洞。我正想加入他们，Jonny 却说："等等。"

一抹金色杀出来，撞碎了队伍。人群四散成彩色的小点，不是消失在传送的闪光里，就是消失在金色的激光中。金色冲向红唇，强光一闪，唇上烧出一个黑洞，像素飞散，图形错位。卡通红唇突然变成血盆大口，露出白森森的牙，猛地扑向金色，咔嚓把它咬断。嘎吱，嘎吱。寂静中回荡着金属粉碎的声音。

我们飘过去，穿过雨衣的碎片和残留的影像。"那些人会怎么样？""哪里被击中，哪里就会被格式化，最坏的情况下，可能要放弃账号。"

红唇利齿间露出杀毒软件的残骸，它原本是个四棱锥。"我们叫它们金字塔军团。"Jonny 说，"最近它们越来越多了，所以水下到处都加强了防御。"见我们来了，红唇大张，标语在唇上闪亮，上唇写"快乐之家 3.0"，下唇写"为了你的欲望，我们又复活了"，嘴里是煌煌万象。我们飞了进去。

睁开眼睛，我们站在万花筒的中心。绚丽的广告旋转、缩放、变形，无边无际，人影挨挨挤挤，面目模糊。面前变幻着不同品牌、不同烈度、不同口味的感官烟，这还只是最温和的消遣。走上几步，就能看见感官浴、感官鞭、感官匕首和感官炸弹，随便哪个都能把人弄进白色伊甸。形形色色的武器：对人、对企业、对空间、对服务……各种各样的欲望：可以买到奴隶、主人、情人、亲人、非人……我们踏进一个广告，走进一个陌生人的身体，分享着她的感官，偷窥着她的生活。走出来又是下一个广告，你可以"杀"了自己，在痛苦的极乐中"死"去，然后安然无恙地醒来，只不过自动重启了身体，同时还可以全程直播，为你和杀手都赚上一笔。我感到恶心，想吐又吐不出来，因为我也空无一物，比他们好不到哪儿去。Jonny 伸出手，像是想拍拍我的背，又缩了回去。"我们去找找线索吧？"他小心翼翼地说。

搜索"幽灵币"，我们来到了金融港，金币在脚下铺成大道，广告在头顶炸成烟花，空中飘浮着一间间门面，模样富丽堂皇，招牌却相当可疑。搜索"幽灵"，我们来到了怪谈巷，巷道扑朔迷离，四处大雾弥漫，雾中一个个迷蒙的身影，兜售着邪教教义、电子诅咒和都市传说。这样漫无目的下去可不是个事儿；Jonny已经研究起了放幽灵币的方块，快把脸贴上去了。我赶紧把他遮住，"小心被人看见！"

"别担心，幽灵币是最安全的，没有密钥，谁也抢不走。"

"那要是你被骗了呢？要是你被黑了呢？"

他撇起嘴，刚要把方块放回去，我又说："等一下！"

幽暗之中，硬币的光芒似有似无。我拿过方块，仔细观察，朝巷子里走了几步。

"这边走。"我耳语道。

快乐之家的一切都是相连的。商品通向店铺，店铺通向广告，广告通向空间，子子孙孙无穷尽也。我用手遮着幽灵币，跟着它的微光前进，只要方向对了，光芒就越来越强。我们盯着地面，跑过游戏和影像，那些东西只要看上一眼，就能叫人发狂。我们穿过豪华饭店，红男绿女正襟危坐，品尝着匪夷所思的东西。我们经过诊所，手术台上躺着一具具洁白的身体，身上连满了程序，等着医生来改写代码，实现"超频"。人们咀嚼着真真假假、耸人听闻的消息，和水面上倒也没什么区别。欲望增殖、变形、重组，构成一座色彩斑斓的迷宫，欲望的机器无止境地轰鸣，我也曾是它们的一员。

幽灵币越来越亮，放射着雪光。我们来到了快乐之家的边缘。这里大概是快乐之家 1.0，甚至 0.1，一片灰暗萧瑟。建筑像是受过轰炸，罗马柱碎的碎塌的塌，墙上满是错位和故障，显得斑斑驳驳，仿佛历尽沧桑。我们走进一条还算完整的拱廊，暗淡的门头展示着大西洲曾经的辉煌。标榜着"完美复刻纸书"的店里，图书像垃圾一样扔了满地；游戏铺里还剩几部上年头的作品，剩下的全都化成了沙；感官糖兴起前，香水还是一门精妙的艺术，如今店里只剩一地狼藉，一团闹哄哄的残留信息。走廊外面，淅淅沥沥下着彩色的雨。

"有人。"Jonny 悄声道。

我们原速前进。Jonny 收起幽灵币，我把手套的输出调到最大。走廊尽头是一个半圆形广场，雨水落下，形成一个个彩色的水洼，又在修复程序的作用下一点点蒸发。广场边上有一圈围栏，栏外一片空幻，那无疑是信息的深海。栏边立着一台奇怪的仪器，更奇怪的是，它周围始终是干的。

我们转了个弯，躲到墙边。

一阵电光，一声巨响，一片硝烟。我们扑到一旁，转头一看，那堵墙已经变成了一团黑影，运行着一行行绿色代码。硝烟里走出来一个人影，手上拿着一把枪。一把入侵用的脚本枪，我刚在广告上看过。我把 Jonny 推进巷子，冲着来人就是一拳。拳头打到骨头，骨头发出脆响。男人飞了出去，撞出巨大的水花，手枪打着转飞向远方。我跑上去，正要补上几拳，男人却已重启了身体，对着我就是一脚，他显然也有什么犯规的装备。我眼前一黑，滚了几滚，眼睛里流进彩色的雨水。我打个响指，重启身体，跳起来，发现不远处多了个人影。枪在 Jonny 手上，他抬手就是一枪。男人俯身一躲，电光呼啸着，击中了后面的建筑。男人冲上去，追上了男孩，把他按在地上揍，抢他手里的枪。男孩翻滚着，用力一甩，手枪滑过积水，滑下了栏杆。男人扑向手枪，而我趁势一撞——

把他撞下了栏杆。

虚空泛起一圈圈涟漪，很快又恢复平静。四周只剩下淅淅沥沥的雨声。我看着 Jonny，他趴在地上，满脸是血。"赶紧重启啊。"我轻声说。

他笑笑，连手指都抬不起来。

我扶他坐起来，他喘了好一会儿，才重启了身体。"抱歉，害你碰到我。"

"说什么傻话。"我说。

"那人去哪儿了？"

"掉下去了，估计要溺会儿水吧。"我想起感官浴的广告，"恶没恶报，说不定他还觉得挺爽呢。"

我们走向栏杆边的仪器。近一人高的支架上，横着一个炮筒般的东西，一头有两个黑乎乎的孔，像是要人把眼睛凑上去。我凑过去，什么也看不见。退开来，空中出现一行字："观景望远镜。"又一行小字："投币一枚。"

"望远镜是什么？"

男孩摇摇头。

"这儿又有什么景可观？"我嘟囔着，在支架上找到了一个投币孔。Jonny取出硬币，它亮得像一轮满月。比一比，大小也刚好。

"你确定吗？"我问他，"投进去，你就一个价值点都没有了。"

他笑了，"都这时候了，这城市对我还有什么价值？"

叮铃咣啷。硬币掉了进去，什么都没有发生。我寒毛直竖，以为上了当，Jonny凑过去，把眼睛贴上镜孔——

化成一道弧光，我伸手一抓，也一起被吸了进去。

一个房间。很宽敞，有桌子、椅子、柜子，全都空空荡荡。房间里泛着夕阳，落地窗外是一片沙滩、一片遥远的海浪。窗前站着一个人。

"哥——"我没叫完便住了嘴。

背影太高大了，发色太浅了。穿着毛衣，没披雨衣。不是说哥哥不能改造成这样；但直觉告诉我，那不是他。

我走上前去。脚踩在木地板上，像踩在云中。我摸摸椅子，太软了。碰碰桌子，又太冰了。空间感也很奇怪，仿佛怎么也走不到房间尽头，那片海更是永远无法企及。整个场景就像是在梦里。

男人转过身。该有四十了——我从没在天空城见过这么大年纪的人。灰白短发，灰蓝眼睛，面容冷峻，一笑起来，又融化在黄昏里。"你来了。"他像是在看我们，又不像在看任何人，"谢谢你还记得我。"

他转过头，看看窗外。"我要走了，抱歉不能亲自和你告别。我想明白了，不能继续躲在城堡里。我能为这座城市做的唯一的事，就是去解决我亲手制造的那只怪物，哪怕要追到冰天雪地。要是你看到这段录像时我还没回来，你就穿过这道门，沿着这条路走下去，不论我找到了什么，都会藏在那里。"

窗框亮了起来，变成一道门，通向大海。太阳放射着最后的光芒，海浪拍打沙滩，发出可怕的回响。

"这条路并不好走。我布好了防御，也准备了武器，但还是不能保证你的安全。你随时可以转过身，回到原来的生活，我都理解。不管怎样，感谢你陪我一起找过答案，让一个幽灵也有了点活着的感觉。要知道，对于一个幽灵，滑下去，变成纯粹的数字，或者纯粹的欲望，那可是太容易了……"

他举手挡住阳光。

"没想到，到最后，我最怀念的还是家门口的这片海……

"保重，再见。"夕阳模糊了他的微笑，他踏入余晖。

房间里只剩下涛声。我转过头："幽灵？"

Jonny 点点头，"他怎么了？'怪物'又是谁？"

像是在回答他的问题，空荡荡的房间里，一段段半透明的文字浮现在空中，折射着阳光。那是一条条留言，有长有短，有署名没署名。我一眼就看见了一条长长的留言，没写名字，但看笔迹就知道是谁。Jonny 走过去，伸出手，却只抓住了反光。

也许你并不是从 Ghost 手上得到的硬币，但在做出选择之前，你有必要知道他是谁。他的名字已经被抹去，但正是他在十七年前创立了一家叫逻各斯的公司，一步步创造了天空城。同样是他，在三年前号召人们离开城市，在水下建起了大西洲。逻各斯毁掉了大西洲，报复了他，意外切断了他和身体的联系，从此他真的成了一个幽灵。

他为什么要与自己的造物为敌？他说他后悔了，天空城早就不是他梦想的那个城市，它一片死寂，就像月球表面。所以他一直在寻找一个答案，成为幽灵后也还在寻找，否则要怎么活下去呢？

那一刻，我找到了我的问题。此时此刻，我还要沿着这条路走下去。如果你真的为我而找到了这里……对不起。愿我们还能再见。

"再见了。""我来了。""原来这就是幽灵。""搞不懂他在想什么。"留言闪着光，无声地吵吵嚷嚷。我扫过一行行字，却一个字都读不进去。我只知道哥哥在前面，在那片闪光的大海里。而身后也有一扇门，半开着，里面一片白光，白光里一无所有。我身体僵硬，不能动作，读到一条不起眼的留言："大海很恐怖。"

大海很恐怖。这句话像冰水一样滑下喉咙，唤起久远的记忆。可 Jonny 已经走上前去，一脸平静，融到一片粉紫色里。我一个箭步，抓住他的手臂。

代码雨一般落下，渗透我们的身体，我们一头栽进了色彩的漩涡。眼前平静下来，光线晦暗，我们似乎来到了深深的水底。脚下是一个圈，圈里画着一个个同心六边形。面前是起伏的沙，沙里埋着拱门和阶梯。远处，莹白的微光勾勒出一座废墟，一个顶天立地的六边形，六边形中还有无数个同心六边形。没有人，也没有金字塔士兵，只有废墟在寂静中航行。我们轻轻一跳，飘向六边形的中心。

光芒褪去，我们在一个六边形的房间里。房间很大，很暗，从天到地都是玻璃做的，玻璃后面是遥远的深海。六面玻璃墙，一面连着走廊，五面有一层层架子，摆着一个个发着微光的小玩意，大小统一，内容千奇百怪：一个恐龙模型、一种棋类游戏、一件白衬衫、一条细项链、一只破杯子、一个毛绒玩具、一种手环模样的计时工具、一种金属制的书写工具、一张写满字的泛黄的纸、很多书、很多照片、一幅画、一座雕像、一间公寓、一架钢琴、一个贝壳、一朵枯萎的花、一片空白，里面一缕似有似无的香气。我不敢出声，像是在偷看别人的秘密，又像是打搅了别人的安息。我悄悄问 Jonny："这是什么地方？"

那孩子似乎在神游天外，"巴别……巴别博物馆！"

"博物馆？"这个词我好像有点印象。见鬼，这里连搜索都用不了。

"博物馆，就是收藏消失的东西的地方。人们刚开始搬进天空城的时候，带宽有限，除了身体数据什么都不能带进来。所以有人造了这座博物馆，允许人们全息扫描一件重要的东西，存在这里留念。蔚蓝说，他从这里'借'了好几件乐器……"

我回忆着自己搬进天空城的时候 —— 要么没听说过这里，要么没什么好存的。"哥哥在这里存了什么？"

Jonny 摇头浅笑道："他没告诉我。"

会是那把吉他吗？可他那么轻易地送了人。也许他什么也没存，毕竟他早就厌倦那个现实了。我走过一排排藏品，手指轻轻划过玻璃，留下一道发光的指痕。架子上的东西变了：那些东西我说不上认识，也谈不上陌生。一台台老掉牙的游戏机、一件件有年代感的"时装"、一张张见过没见过的面孔……一本再熟悉不过的书。

我战战兢兢地把它拿下来。就是它，有点窄，有点沉，纸页泛黄，摸上去有点粗糙。翻到那一页，纸上的痕迹犹新：

突然间黄昏变得明亮

因为有细雨正在落下

或曾经落下。下雨

无疑是发生在过去的一件事。

谁听见雨落下，谁就回想起

那个时候，幸福的命运向他呈现了

一朵叫玫瑰的花

和它奇妙的、鲜红的色彩。

在哥哥的铅笔画线旁边，是我用黑笔留下的涂鸦，丑得触目惊心。

那时候我才上小学，而哥哥也才上初中。他不知从哪里以物易物，换来了这本诗集，喜欢得不得了，却被我画成这样。他不能打我，又不好骂我，最后一个月没跟我说话，我也正好不提。这年头连本书都见不到，我去哪儿再找一本还他？再也不提，也就没有机会提了。

可这就是那本书。一样的手感，一样的内容，连我的乱涂乱画也一模一样。他为什么不把它去掉？对他来说还不是一眨眼的事情，连我琢磨琢磨也能做到。我画的是什么？天上下着细雨，小男孩和小女孩手牵手，面朝大海。

是哥哥和我。

我把头抵在书上，书里一股陈旧的纸香。Jonny 望着我，手里拿着一份乐谱，什么都没说。我把书小心地放回去，望着走廊。

"幽灵会给我们指路吧？总不会要我们在迷宫里乱撞吧？"

Jonny 迈进走廊，顿时穿过了一道由代码组成的门，走廊尽头吱嘎作响。空间像魔方一样改变结构，迷宫自己把路铺给我们。我们走过一个个房间，一条条走廊，全都一模一样，只是藏品不同。每走过一个房间，前方的路就变幻一次。我们跑起来，藏品在眼中变成一道道光晕。一只猫、一双鞋、一块积木……让我想起了一座电子天堂。我突然被什么绊倒，爬起来，一地黯淡的金沙，里面埋着一个残破的几何体。

"……金字塔士兵。"

我一跳几米远。Jonny 蹲下来，"和平时的不一样。你看，上面刻满了花纹，可能是什么增强版本。"

"这地方藏得这么深，它们也能找来？"

"是被传送的光芒吸引过来的吧 —— 毕竟已经有很多人走在我们前面了。还好幽灵布下的防御够强。"

我看着破碎的金色，不太想知道被它击中会怎么样，更不想知道被它抓住会怎么样。我想起那个房间里飘荡的留言，有多少人走进了那道门，又有多少人一路走下去了呢？他们多少有点本事，至少有点底气。我呢，我真不知道自己有没有勇气去面对一座活的金字塔。

怕什么来什么。

我们躲在墙边，大气不敢喘，看着金字塔在下一个房间巡航。嗡嗡作响，放出一道道光波，同时一点点被幽灵的防御程序侵蚀。我们对视了一眼，脑子里一片混乱。躲吗？它随时会发现我们。逃吗？才走几步就要当逃兵，何况博物馆里禁止传送，我们必须原路返回，到时候又是一场赛跑。汗从手心里渗出来，幽灵不是说有武器吗？在哪儿呢？

Jonny 盯着他的手，手亮了起来，渗出月白的代码。我一看自己的手，也一片雪光，代码飘起来，变成一个小图标：一只手在做着各种手势，比如开枪。

哦。这可真是我玩过的最不好玩的游戏了，玩命。

Jonny 比出了手势，光芒在指尖聚集。他咬紧牙关、屏住呼吸 —— 砰。

金色的浓雾汹涌而来，金色的沙子缓缓降落。我们踩着沙子，慢慢走过去，脚下散落着金色的残骸，上面刻的不是花纹，而是无数 0 和 1。金属表面很新，这座金字塔应该是刚跟着我们进来的。我手上练习着各种手势，心里祈祷着别再遇上这玩意儿，嘴上故作轻松："枪法很准呢，常玩射击游戏吗？"

"第一次。"他耳朵红了。

我踩了碎片两脚，走向下一条走廊，突然瞄到一丝颤动。"小心！"男孩护住我，我看着金色的碎块飞到一块儿，拼成两座破烂的小金字塔，在头上冉冉升起。激光亮起，我们滚向一旁，光束击中架子，制造出一片玻璃碴和一个大黑洞，边缘闪闪烁烁，中央写着三个大字："无数据"。我开了一枪，只造出一片玻璃砂；Jonny从我身后射击，一座金字塔应声而塌，随即褪色。另一座摇摆着向我冲来，我拍出一掌，却被它朝后一闪，躲开了。它又避开一枪，逃进上一条走廊。我们追过好几个房间，却连它的影子都没看见。

"给它跑了？"我喘着气，重启身体，"这下可麻烦了。"

"只能抓紧了。"Jonny说。我振作精神，跑过一个个房间、一条条走廊、一堆堆黯然失色的沙，终于来到一个房间，一踏进去，走廊就闪了闪，封上了。环顾四周，无非是些机器、图画、宠物，但我一眼看见了一件不一样的藏品。一座纸糊的天空城。

模型是卡纸做的，形状像两座倒扣的山。上层是我熟悉的天空城，粘着许多地标建筑，比如涂成黑色、贴了金色糖纸的逻各斯大厦，用牛皮纸卷出来的聚沙塔。下层是个倒着的圆锥，用笔画了两条线，从上到下写着"Web 3.0""2.0""1.0"，底上写着"0"。完全看不懂。Jonny拿过去，轻轻一掰，模型就像个盒子似地打开了。里面升起一个文件，涌出一堆留言，在幽暗中摇晃。说是一堆，其实只有十几条，最显眼的仍是哥哥的：

　　幽灵会把这里改建成他的堡垒，我一点都不意外。且不说我们都在这里存了重要的东西；这座博物馆本来就是他自己建的。他说人们需要一个地方，来容纳他们对尘世的记忆，因为他们很快就会忘记。

　　他们真的记住了吗？没过多久，就没有人来存东西了。没过几年，连博物馆本身也被忘记了。天空城成了一个没有记忆的城市，人们从此变得更轻。我们会飘向哪里？

　　我收下文件。它并不完整，因此无法解析。留言忽闪，诉说着旅途的恐怖和旅人的恐惧，但他们还是愿意走下去。光芒在模型深处闪耀，通向未知的远方。"准备好了吗？"我问。"迫不及待了。"Jonny说。我们跳进那道光。

　　……一片昏黑。黑暗中幽光闪闪，换个角度，光线就消失，又在别处亮起。等眼睛适应了黑暗，我才发现，那是我的脸在一面面镜子中闪现。方形、长形、镜片形、圆形、开裂的、残破的，一面面黑色的镜子，回环往复地映出我的脸，让它形同鬼魅。我不禁退了一步，踩到一块碎片。碎片在脚下蔓延，淌成黑色的河流，塑成高山和平原。几面巨大的镜子支撑起天空，流沙从天上落下，形成一根根光柱，渗进黑色的玻璃碴，结成光怪陆离的晶体。我扫视四周，没有发现金色。

"这又是什么鬼地方。"我说。

Jonny 伸出手，碰了碰一面镜子。镜面突然亮起，亮得刺眼，显出艳丽的景色，和五颜六色的图标，质感粗劣，风格古老。随便点了一个图标，画面瞬间变幻，一个甜美女孩穿着复古服装唱歌跳舞。也许并不是复古服装，就是上古服装。

"黑镜。黑镜时代。"Jonny 说。

"我哥说的？"

他点点头。"那是我们小时候，甚至出生前的事了。那时候没有天空城，连视界眼镜都没普及，人们必须透过一种机器才能看到网络，他们把那种机器叫作'黑镜'。他们就拿着那些镜子，成天看啊看啊，恨不得钻进去，可惜那时的网络只是二维的，根本进不去。"

"听上去真可怜。"话没说完我就想到，未来的人会怎么命名我们的时代？他们会觉得谁可怜？

我们点亮一面面镜子，试图从中找到路标。欢快的音乐、刺耳的大笑、美丽的脸蛋、诱人的商品、无聊的讯息……除了粗糙一些，和我们的时代也没什么区别。我们蹚过碎片的河流，看着一个个五彩的黑洞，闪过一张张陌生的脸，也许其中好多已经不在人世。就像都市传说里说的那样，他们被摄走了一小片灵魂，它代替他们，永远留在了这个他们梦寐以求的二维世界，这片信息的大垃圾场……

光芒熄灭了，黑色的镜子凝视着我们。镜中的"我"突然自己动了起来，走了几步，又停下来望着我。无数面黑镜里有无数个"我们"，快步前进。"跟上。"我说，我们越过黑色的山丘，穿过彩色的河谷，涉过流沙的河流。不知什么时候，镜中多了一只白色的大狗，活泼泼地跟着"我们"奔跑。一片空地后面，一面面黑镜歪歪斜斜，好像一块块墓碑，沙粒流泻，形成一根闪亮的天柱。"我们"和大狗在天柱旁停下来。

"在这里吗？"我问。影子没有动作。

我蹲下来，把手伸入沙堆。信息冲刷着我的脑子，声音、气味、色彩、欲望……我摇着头，把迷雾从脑子里摇出去，一手拨开一抔沙。Jonny 跪在一旁，使劲挖着沙子。

一片淡得看不清的阴影移动着。

我一伸手，把男孩扯到一面镜子后。黑镜炸开了，变成一片钻石雨，图标飞洒，变成彩色的沙。我们跑过"无数据"的黑洞，从其他镜子后面射击。我眯起眼，看见天上飞着两座崭新的金字塔，身上连着一根根发光的缆线，连到 —— 半座破烂的金字塔，一边飘浮一边掉渣。是我们的老相识，一会儿不见，就变得那么恶心。"掩护我。"我说。Jonny 点点头，"别忘了它们会分裂！"

月白的光扑向金字塔，我趁机冲出去。一片金色分崩离析，我扑上去，一拳轰向金色的残渣，然后立刻起跑，冲向剩下的两个敌人。它们却游向 Jonny，向他倾泻金色的炮火，根本不理会我的胡乱射击。镜子后面射出一道微弱的光，击中领头的金字塔，它坠下来，随即摇摇晃晃地升起，变成两座。爆炸，破碎，金色的火光令人绝望。我吸口气，静下心，瞄准了最后那座金字塔。

母体坠落下来，线缆燃烧殆尽。前两座金字塔抽搐起来，我奔过去，朝它们射击。金光四射，我扑到一旁。

黑暗降下来。尘埃落定，金色、黑色和彩色混在一起，埋住了一具身体。男孩趴在地上，雨衣破破烂烂，身上倒是没什么伤口，看来已经重启过了。可有些地方重启了也没用 —— 被激光擦过，留下一道道黑痕，闪着"无数据"三个大字 —— 比如他的眼睛。

无数个"我们"和无数只大白狗，从镜中静静地望着我们。

"解决了吗？" Jonny 问灰暗的天空。

"又给它们跑了。"

他叹了口气。"你已经很了不起了。别管我了，快把文件挖出来，去下一个地方吧。"

我扶起他，牵着他的手臂，小心地往回走。

"你在干什么？" Jonny 警觉道，"不是说别管我了吗……"

"最想见哥哥的不是你吗？"我打断他，"怎么又想当逃兵了？还是说你以为我会把你丢在这里，喂给那些大鲨鱼？"

他不作声了。稀里哗啦，我们走在玻璃碴上。沙里横七竖八地躺着图标，还没有完全碎裂。Jonny 不小心撞上一面镜子，里面跳出一张"无数据"的脸，绽放着露出八颗牙的微笑。我抓着他的手臂，感受到模拟皮肤的质感，和皮肤下面的温度。"……没意义了。"我说。

"什么？"

我摇摇头。"那天，吉他被砸碎了。我们躲在房间里，听着爸妈在外面吵架。哥哥抓着我的手臂，他的手冰冰凉的，把我给抓疼了，但我知道他比我更难受。'有一个地方，'他说，'不管什么碎了都能拼回来。有一个地方，在那里谁都是完整的……'

"他错了。天空城骗了我们，就像镜子骗了这些人一样，他们以为钻到镜子里，自己就能变得完整，变得完美。可不是，我们早就坚不可摧，想碎也碎不了了。"

我领着他蹲下来，把手伸入沙堆。我们扒拉着沙子，沙子里的信息在脑中呼啸，渐渐淡去。我喃喃道："所以不能把你丢在这里，否则不论对我，还是对他，就都没有意义了……"

指尖碰到一块冰凉的东西。我挖开沙子，找到了一面黑镜。镜子亮起来，显出一张照片，是那只大白狗，却垂垂老矣。日期是二十多年前。

我向大狗伸出手，只摸到了冰冷的镜面。光芒亮起，文件升起，六七条留言涌现。哥哥说：

巴别博物馆保存了人们的记忆，那么谁来保存世界的记忆呢？幽灵带我穿过天空城的倒影，这是他建造的一座更大的博物馆。早在设计天空城时，他就留下了空间，用来保存网络世界的过去，这片被人视为垃圾的废墟。没想到，我还会回到这里……

考古学家从地层里读到时间的名字，我也给天空城的时间起了名字。我们的时代叫"糖纸时代"，你面前的是"黑镜时代"，更古老的叫"碑文时代"，藏在这座博物馆里的不仅是记忆，还是世界的一小片灵魂。

我们伸出手，伸向镜中的光芒，伸向世界的一小片灵魂……

我们一定是在深不可测的地下。天空一片漆黑，不再被流沙点亮。这个地方本身就是流沙，是时间的结晶。我们的脚下是无数个矩形，大大小小，层层叠叠，每个都带着灰色边框，附着各式各样的按钮。框里的东西让人眼前一花：花里胡哨的背景上闪着鲜艳的文字，简陋的小动画上蹿下跳，刺耳的音乐此起彼伏。

"那是什么声音？"Jonny 问，"你看到了什么？"

"上古时代的遗产。"我给他描述了眼前的景象，"说实话，品味真不敢恭维。"

我领着他，走过一个个方框。许多文字下画着横线，踩上去，框里的内容就骤然消失，变成一个大大的"404"或者"502"。也有例外，那时消失的就是我们自己，被传送到了一个更远的方框。

"哥哥说过，书就是网络的前身，早期的网络就和他收藏的那些书一样，是一页一页的。我想他说的就是这些东西。"

"这时候说不定连幽灵都没出生呢。"

我们寻找着幽灵留下的路标。仔细一看，这些"网页"其实也没这么糟。每一页后面都是一个活生生的人，热情洋溢，向世界介绍着自己，分享着自己拥有的东西，就像小孩分享着宝物。四处散落着邮件，长得不可思议，他们彼此间竟有那么多话可说。世界就像一个大游乐园，这些人既没有技术，也缺乏品味，却创造了那么多丰富多彩的事物。大多数人并不能从中获利，连一张热爱票都得不到，可他们就是愿意把生命浪费在这里，这种愚蠢的热情，简直就像 ——

"就像在和这个世界热恋一样。"Jonny 说。不知他哪里学来的这个老掉牙的词。

"什么声音？！"男孩惊道，我吓得屏住了呼吸。合成器音色底下，一个微弱的响声逐渐靠近，它似乎一直混在各种杂音之中。Jonny 手一指，在我们脚边，一个白色的箭头缓缓挪动，停在几道下划线旁，仿佛在等我们。

这又是什么玩意儿 —— 我把这句话咽了回去。

"它在动。"我说，"它是这里唯一能移动的东西，我猜，这就是那时候人们在网络上的化身。"

这化身也太寒酸了。我戳戳箭头，它逃开了，还带着残影。我们踩到文字上，它移上去，变成一只卡通的手。咔嗒。

我们在网页的沉积岩中下潜。从一个年代到另一个年代，网页的内容越来越朴素。音乐消失了，动画消失了，图画消失了，最后，我们踩在一望无际的白底黑字上。

"World Wide Web"，脚下写着。它闪了闪，变成了"万维网"。

我拉着男孩，从一个带下划线的词传送到另一个，"'建立在超文本的基础上'……'让任何人都能自由地获取信息'……按它的说法，这恐怕就是世界上的第一个网站了。"

"也就是世界之底。"Jonny 说。

没错。我望望头上层层叠叠的无穷的网页，又看看脚下白底黑字的无垠的大地，这就是我们所知的全部世界。"箭头在哪儿？"Jonny 问。

箭头失踪了。白色的大地一闪，消失了，我们掉进了黑色的深渊，落进了字符的丛林。

这是万维网的前夜。这个年代很贫瘠，只有字符。这个年代也很丰富，拥有一切。字符杂乱地生长，像野草铺满荒原。日志长长短短，形成带刺的灌木。站点开枝散叶，绽放单调却亮丽的色彩。字符组成图像，冻结了半个世纪前某个女人的面容。字符变成话语，从小溪汇成大河，话语变成砖石，砌起了家园。地面上铺满对《星际迷航》的热议，幽暗的阶梯通向一个个 MUD 游戏，大学图书馆的目录砌成柱廊，门楣上刻着 NASA 的发射记录。我在一首不知谁写的小诗边找到了一个会动的东西：一条横线。

"到了这里，金字塔总找不到我们了吧。"Jonny 乐观地说。

"借你吉言。"我扶着他，跟着闪烁的横线往前走。我们走过 FTP 站一重重高大的拱门，走下一个个 BBS 子版块。路线错综复杂，总的来说一路向下。幽深的走廊两侧，字符组成了一幅幅壁画：《星际飞船》《史努比》《蒙娜丽莎》《埃及神灵》，考虑到工具简陋，可谓精彩绝伦。"不知道他们为什么非要费这个劲。"我说，"换成我，画一笔都没耐心。""听上去就像在钻木取火。"Jonny 说，他又说了个冷僻的词。

横线从大大小小的《鹦鹉螺》间穿过。前方似乎有一束光，也许是幻觉。在这样的黑夜里，人们忍受着高昂的成本、艰深的操作、永无止境的等待和随时随地的崩溃，来到这里。在这里，天地还是新的，笼罩着一团迷雾。人们在大地上游牧，带着自己小小的光源，去寻找另一个人、另一片足迹，去创造世界。哭过，笑过，一个个普通的人，一点点微不足道的痕迹，组成了我们的大教堂。

我们向着光走去。

"Jonny，等你见到哥哥，要对他说什么？"

肌肉紧绷了一下。"我不知道。"男孩颓然道，"我梦到过那个场景……梦里我张开嘴，却什么也说不出。"

"我呢，"我盯着尽头的光，光芒耀眼，泛着一丝蓝色，"我想告诉他，我想起小时候的事了……"

小时候我吵着要看海。但爸妈没空带我们去，城里又连条河都没有。那一天，全家一反常态，出了趟远门，去了另一个城市。公园里有一条河，那是他们能给我看的最像海的东西。爸妈站在远处，哥哥格外沉默，我只管自己疯玩。玩了一圈回来，发现哥哥盯着一位老大爷。老爷爷提着一支巨大的笔，蘸着水写字，我看不懂，却也和哥哥一样被那些美丽的字迷住了。太阳一晒，字迹逐渐褪去，哥哥急了，老人却摇摇头说没事儿。太阳越来越大，越来越多的字在阳光下蒸发，哥哥急得揪住老人的衣服，问他："为什么？为什么要写下这些字，又随便它们蒸发？"

老人笑了，停下手中的笔，"但我已经写过了呀。"然后走到一块新的空地，继续写他的字。

哥哥松开手，看着字迹消失。然后他哭了，泪水无声地从脸上流下。

那是我们全家最后一次出去玩。没过几年，爸妈离婚了。又过了几年，再也没有人结婚了。我偶尔会想起那一天，波光粼粼的河水前，一个十岁小男孩流泪的侧脸。他看到了什么？他在想什么？

"那一天，我觉得哥哥从没那么陌生过，从那一天起，我再没懂过他。等见到他，我要跟他说，我有一点点、一点点懂了……"

天空出现在我们面前。我们走下最后的旋梯，来到一间四方的厅堂。四面各有一道拱门，门外是呼啸的风，踏出一步，就是一无所有的蓝天。

我读着墙上的那些字符，"没弄错的话，这就是人类第一个网络'阿帕网'最早的四个节点了。"

Jonny 吸了口气。"找到文件了吗？"

横线穿过字符，领着我来到一道门边。蓝天亮得刺眼，我举手遮光，在黑色的地面和白色的字符间，找到了一个蓝色的像素。一旁还有一堆水晶沙，沙里有半个破碎的颈环。

我把它拾起来。为什么会有这种东西？上面没有黑洞，看起来不是被金字塔破坏的，那又是被谁？颈环同步着我们的身体数据，如果它坏了，人又会怎么样？

我点了一下像素，蓝天前升起最后一份文件，和其他两份拼到一起，开始解析。此外还有三条留言，一条说要回到水上，忘记一切；一条说要回到水下，警告众人 —— 显然没有成功；还有一条用熟悉的笔迹写道："回家吧。"

回家？哪里是家？

文字和图像扑面而来，破破烂烂，明明灭灭。文档都是用一种难以理解的格式写的，似乎不是给人读的。我连蒙带猜地讲给Jonny："很久以前，有一个提案，'舍弃……人类的肉体'……两年前，有一个实验，应该是成功了……但没多久就被实验对象给逃了。后来……后来提案通过了，要把实验成果推广到整个天空城……等等，那个实验对象是——"

一个我不认识的姓名。一张我认识的脸。

"—— 幽灵。"我悄声道。

Jonny 一把把我推到墙角，我们站过的地方爆炸了。两组连体金字塔从天而降，两个破烂的母体，连着四个崭新的后代。我把男孩藏到瓦砾后面，自己飞身上前，一掌拍向领头的金字塔。代码漾开，金色土崩瓦解，我拉着 Jonny，跑向另一个墙角。尘雾中亮起金光，砖瓦飞溅，地上开出几条黑色的壕沟，五座金字塔在雾中现身。我把男孩推到门边，冲上去给一座金字塔一拳。一地金沙，我就地一滚，不去看地上的黑洞，跳起来解决下一个。然后转身就逃。门框上扒着一只手，Jonny 已经爬到了门后，可外面什么都没有，只有天空。没办法了，我奋力一跃，三道激光毁掉了脚下的地面。我扒住门框，一转身躲到门外。身边是岩石般的灰色外墙，脚下有一条细细的路。男孩抓着墙上凸出的像素，艰难挪步。虚拟的狂风吹乱我们的头发，三座金字塔游到门口，撞上一堵不透明的墙。我们朝着墙的另一侧挪动，身后隆隆作响，烟尘弥漫。Jonny 看不见，却仍然灵敏，我们很快绕过了墙角。轰隆一声，一片碎金，两座金字塔冲出了黑雾。它们都小了一圈，噼里啪啦掉着碎屑，动作迟钝，却仍然要命。我们躲在墙后，等着嗡嗡声靠近。我猛地击出一掌，眼前却爆出金光，身体一轻。

Jonny 把我护在身下。我听到爆炸和崩解。我看着自己的手，它们消失了，断面上是两个黑洞。

嗡嗡嗡。最后的金字塔退到远处。一片宁静，只听到呼啸的风。"我来掩护，"男孩说，"你绕过去解决它。"

我举起两只断臂。"没用了，Jonny，我的手没了，再也没法攻击了……"

他沉默了一会儿。

"群青。"这是他第一次叫我的名字，"等一下，等听到声音了，你就往上面跑。"

他跨了一步，想绕过我，却穿过了我的影像。我突然意识到他要做什么，伸出手，可没了手套，我连碰都碰不到他。断臂穿过他的影子，一阵闪烁。

"Jonny，"我说，"别去！"

他停下来。

我们谁也没说话。风声呼啸，嗡嗡声由远及近。我的头脑疯狂地运转，无数问题在脑海里翻腾。回家吧——怎么回去？束手就擒，也许失去名字，也许失去记忆，也许失去更重要的东西，要是能醒来，明天又是天空城一条新的好汉。回家吧——我看着湛蓝的天空，永恒的太阳散发光芒，流云飞逝，漩涡状的云层下是青灰色的海洋。"丰饶海"——那片景色也存在于现实之中，那片最年轻的海，被人们起了个讽刺的名字。我抬起头，看着男孩，他脖子上的颈环里，红色的数据汩汩流过。

"回家吧！"我喊道，"哥哥也一定回去了那里。相信我，Jonny，破坏我们的颈环吧！"

阳光照得他的脸闪闪发亮。他一只手找准我的颈环，另一只手放上自己的脖子。放弃颈环，放弃我们的数据之血，放弃我们生而为人的资格。代码的火花亮起，我们向大海倒去。

我从梦中醒来。房间纯白，光线柔和，连墙角都是柔软的。身体沉重，手指艰难移动，摸到了光滑的高科技布料。我费劲地起身，管线一根根滑落，颈环啪地掉在地上，黯淡无光，成了一个坏掉的玩具。

我坐在床沿。卫生模块和健身模块不再自动升起，因为它们不再能感应到我。我光着脚，走出了三米见方的小房间。白色的走道上一扇扇白色的门，门上一盏盏绿色或黄色的灯，只有我这盏是熄灭的。剩下的恐怕也亮不了多久。地面泛着柔光，脚感冰冷。走廊纵横交错，像个迷宫。在一个路口，我遇到一台护理机器人，它像没看到我似的，径直开走了。

我乘着异常宽大的扶梯，一路下行，身边是一台台安静的机器人。多年之后，我又一次看见了这座卵形设施的全貌，半透明的穹顶洒下天光，照亮一层层白色的房间，照亮空旷的大厅。我走过大厅，经过两排高大的保安机器人，它们毫无反应。

山顶上是干热的风，山脚下是废弃的城市，在太阳下闪光。金属和玻璃在热浪中起伏，鸽子飞过水泥棋盘，这个城市熟悉又陌生。我沿路下山，把078215号设施抛在身后。太阳升高了，高科技面料也挡不住热气，汗水滑下脊背，皮肤又湿又酸。脚踩在柏油路上，烫得发疼。

脚底流血之前，我在一户人家里找到了鞋子。我拿了个背包，在商店里装满了东西。我在市郊找到了自动交通，无人车慢悠悠地驶过街道，街边跳过一只鬼魅般的黑猫。我在街角瞥见一个人影，一个老太太，据说当时也有人——尤其是老人——留了下来，由机器人照顾起居。列车启动，世界化为一团飞逝的幻影。无边的荒野上，只有大机器偶尔驶过。我走下空阔的站台，十多年后，我终于回到了自己出生的城市。它多了一片海洋。

海风湿热，穿过街道。人们在灾难之前撤离，留下一座空城。无人车在半路停驶，我凭着记忆，越过瓦砾，钻过废墟，找到回家的路。

家已经被大海吞噬。下午时分，海水显出美丽的浅蓝，蓝得透明。这片星芒闪闪的大海中沉没着道路，隐现着彩色的屋顶，耸立着大厦和高塔的尖顶。海浪声裹着引力，生平第一次，我闻到了海的味道。圆润的，咸涩的，滚动着，像一头野兽。

我在海滩上用脚步写下大字，看着它们被浪头抹去。天色渐暗，我穿过断墙残垣，找了间公寓睡下。第二天回到海滩，有人在那里等我。

男孩卷起裤腿，双脚浸在海水里，两眼不知道在看什么。肩上除了背包，还有一把捡来的吉他。他转过头，金发和雀斑在阳光中变得透明。他腼腆地笑了。

我也笑了。现实中的我们苍白而疲惫，他没有那么帅，我也没有那么美。我们穿着标准的白衣白裤，这会儿已经又脏又黏。汗水弄花了我们的脸，后背渗出了盐。

"你好，我叫Jonathan Wave。"他的中文怪腔怪调的。

我搜肠刮肚地回忆着英语。"My name is Mu Qunqing. It means…herding the color…ultramarine."

我们伸出手，碰到对方。皮肤上划过一道闪电，我们缩回了手。

我们找了两天，在一座烂尾楼里找到了哥哥的踪迹。爬上几层，就可以透过钢筋水泥的框架，看到一整面墙的大海。一个房间里放着生活用品，一个房间里放着书。波光粼粼，零落的几本书旁，是一只无人机的残骸，和一些干涸的血迹。我捡起一本沾血的笔记本，封面是燃烧般的蓝。

这是哥哥的日记，也是他的诗集。我一边朗诵，一边抄写，抄了一个下午和一个黄昏，终于不再忘记。我们在海滩上生起一堆火，这比我想得难多了，捡来的木片总是太湿，我又不敢点火，只能让Jonny代劳。我们把日记一页一页放到火里，看着火苗在上面蔓延，最后把整个笔记本放了进去。夜空清朗，火焰越发明亮，我们坐下来，看着它慢慢燃烧。

脚趾陷入潮湿的沙子，细小的螃蟹从脚边爬过。空气变凉了，潮水升起，又一浪浪坠落，在沙滩上留下浮沫。黑暗中只剩下火光和噼啪声，纸屑在空中飞舞。天色渐亮，海面上泛起一抹粉红，渐变成浅青。海鸟飞过，淡蓝的天边升起人造的星座，那是未来的人类。我们站起来，手牵着手，小心翼翼地，像是怕把对方掐疼。天空蔚蓝，真正的生活开始了。

重生河

洪　炑／作品

试验源于超弦理论中的宇宙膜猜想，猜想宇宙中的一切都是更高维度的宇宙膜上投下的影子，宇宙膜可以随意改写它投影中的一切。

科 幻
硬阅读
DEEP READ
不求完美 追逐极致

在时间的长河中，一般飞船乘着空间的波涛，飞速驶向漂流之旅的终点。

选择号是全银河系最后一般飞船，也是最先进的人类飞行器，它自带空间力场，可以保护乘员不被极端引力伤害。但对于掌管飞船的刘谏来说，真正的威胁是时间，为避免思想在漫长的时间长河中消散，他的意识被单独休眠保存，只在必要时才会唤醒。为避免思维数据受损，每次被唤醒做出判断或决定后，他又会被重新投入休眠，继续等待漫长的航程结束。

这次醒来，刘谏躺在一座生物舱内。不同于过去以能量体的形式被唤醒，或者是被加载在某个功能性的义体中，这次他的意识回到了肉体，以最原始的人类身份复活了。按照预设，这说明他即将到达目的地。

系统 AI 显示飞船及周围环境数据，和预想的一般无二。刘谏体会着肌肤上传来的久违触感，开始用肉眼检查航行日志，舱外的空间已经极度扭曲，所幸飞船的空间发动机运转良好，否则刘谏的肉体根本不可能存活。

　　炽烈的光芒出现在前方，那是银心黑洞吞噬天体时发出的能量。飞船的发动机竭力运转着，将周围扭曲的空间复原，并利用这小小的空间泡不断前进，它以极快的速度穿过光源，朝着黑洞中心冲去。

　　刘谏坐在船舱中默默等待，驾驶位上挂着一块翠绿的玉石，他伸手拿过，佩戴在手腕上。同时端详着自己的身体，医疗舱的重建无比精准，连手腕上那块棕色的胎记也被完全复原。月牙形的印记，本是他肉体上不痛不痒的缺陷，但此时，却将他的记忆带回了过去。

　　飞船临近事件视界，AI 开始验证数据库中的公式和推理，过去的所有推算和试验数据都在此刻被证实。也许真的如最初猜想的那般，整个宇宙只是一个膜，那么选择号就可以利用银心的能量撕破维度限制，到达高维空间。

　　前方等待他的可能是永恒的死亡，但也可能是，让他重新踏入命运之河的……

命运的源头

故事的起点在地球。

刘谏出生在东半球温带地区，父亲是军官，驻地在一个山区县城。他从小在部队大院长大，五岁时，母亲离开他们去了大城市。年幼的他不懂成年人的情感，不知道父母为何离异。每当他尝试询问，得到的回答也总是父亲长久的沉默。

直到十年后，他再一次见到母亲，才对这个陌生的亲人有了些许了解。那一天母亲登门拜访，和父亲谈了很久。刘谏默默地坐在客厅角落，旁听着他们剑拔弩张的交谈。

起初二人只是简单说些近况，从母亲的口中，刘谏得知自己已经有了一个同母异父的妹妹。母亲拿出照片给刘谏看，连说她和刘谏小时候一样可爱，连手上的胎记也一模一样。父亲不置可否，有些不耐烦地询问对方来意。母亲赶忙提出，希望能够带走刘谏，却被父亲严词拒绝。

母亲显然很了解父亲的性格，自知无法从言语上说服，于是撸起了自己的袖子，小臂洁白的皮肤上，有着一大片深褐色的印记。

"我做了基因检测，十年内癌变的概率几乎是百分之百，现在还没有很好的治疗方法。"母亲指指手臂上的胎记，又指向刘谏，"他有同样的遗传基因，也很危险。我那里有更好的医疗条件，可以消除他患上癌症的风险……"

"那就等到十年后再说吧。"父亲冷冷地打断，同时站起身。

这是打算结束谈话的表现。母亲慌忙起身，取出一个小盒子打开，一个金银混合材质组成的手环出现在三人面前，外形精致且古朴，上面镶嵌着一块半圆形的羊脂玉，中间刻着一个篆体的"谏"字。

"小忆已经上学了，总被同学笑话手腕上有块脏。所以我请人打了一对手环，给你们一人一个。"母亲把手环放在手腕上比对，示意戴着它可以遮住胎记，随后递给刘谏，"两个可以合起来……"

"你可以走了。"父亲伸手，一把接过了盒子和手环，"送客。"

刘谏看着母亲远去，被警卫员护送着消失在大院门口。当他转过身时，发现那个小盒子已经不知去向。他本想索要，但最终将临到嘴边的话咽进了肚子。

之后刘谏再也没有见过母亲。父亲就是一堵高墙，屏蔽了母子间任何一丝可能的联系，刘谏也只能在这堵墙所掌控的范围内成长。

严厉的父亲一直将刘谏当作接班人培养，对他自幼就采取军事化管理，体罚和训斥伴随了他整个童年。对于刘谏来说，父亲更像是上级而非亲人，很多时候，他无法与之交谈。

随着时间推移，父子间的隔阂愈发严重。直至刘谏高考时，他们的冲突终于爆发。父亲为他选择了军校的指挥专业，在父亲看来，将军的儿子必须也是将军。但刘谦对军事并无兴趣，父亲给他的冰冷童年，让他对军人身份有着深深的排斥。他更想选择的是航空专业，因为在童年时，孤独的他经常站在大院里仰望，梦想逃离压抑的围墙，去到星空遨游。

二人之间进行了长久的博弈，刘谦用任何可能的方式抗争，甚至绝食抗议。最终双方妥协采取折中方案，刘谦报考技术专业，但仍然得就读军校，且毕业后必须作为技术兵种进入军队。

刘谦履行诺言，读了机械专业并以优异的成绩进入现役部队，但他在从军三年后放弃大好前途选择退伍，去了向往的大学进修神经学科。此时的他，已经开始为自己的梦想做准备，他希望结合机械和神经学科，寻找一条更可行的深空探索之路。

此时他已经三十岁，才算真正脱离父亲的摆布。因为他的决定，父子几乎反目，已多年不再来往。

在取得博士学位后，刘谦自建了一个课题组。可惜他的研究一直没有获得支持，下至学校，上至国家科学院，没有人看好他的项目，经费一度极其紧张。于是他申请了一个私人基金的投资名额，该基金每年会面向全世界征招高科技项目，投入大笔资金进行扶持。但由于名额有限，除却必要的前期评估审核，进入终审的项目还得面对委员会的面试问询。

很庆幸，刘谦走到了终审环节，前往会场进行最后面试。他提前做足了准备，也了解到竞争对手是一个基因工程项目，自认为有较大的把握，但等到与会时，现实却给了他致命一击。

当天下着大雨。刘谦来到会场外，从怀中抽出平板电脑，小心擦去边框上的水渍，随后快步走进会议室，向委员们讲述早已准备好的说辞。

刘谦正致力于将人体神经与机械信号相连，短期可用于医疗，长远来看，这将是改变人类形态的研究，他相信委员们的眼光，会支持这个前景广阔的项目。

由于心情紧张，不善言辞的他低着头，用略带口音的普通话开始陈述，心中期盼着委员们能够高抬贵手。

发言完毕，台上没有出现任何回应，刘谦只好坐在一旁等待。

主持人随后召进了他的对手，是一名年轻女子。对方来到讲台前，并没有立即畅谈她的愿景，而是微笑着和委员们打招呼，从言谈中可以看出，她和委员们熟识，甚至和其中一人开了个关于天气的玩笑。甜美的声音和靓丽的外表，以及自信的气质和幽默的言谈，立即让刘谦的表现相形见绌。

虽然还不知道对方项目的详细内容，但刘谦已经意识到，这将是一个强大的对手。

女子开始讲演。她是生物学和医学博士，背靠一家实力雄厚的医疗机构，课题极具商业价值。虽然只是临时立项的研究，但在她描述的愿景中，二十年内她就可以治疗所有人类疾病。

刘谏紧张地旁观着，越看女子越觉得面熟。他看向对方挥舞的手臂，只见袖口中露出一个精致的手环，上面镶嵌着一块半圆形的白色玉石，隐约还能看见玉石上刻着汉字。

这一瞬间，刘谏突觉心中一震。立即在互联网中查询资料，很快确定了对方身份，心中顿时百感交集。

她叫宋忆，正是刘谏从未谋面的妹妹。过去几年时间里，他曾试图联络母亲和这个同母异父的妹妹，但只得知她们早已出国。如今宋忆突然出现在他面前，却是以一个竞争对手的身份。而根据相关资料显示，宋忆的项目并不缺少资金，她此次的申请，至多只是让她团队的资源更为宽裕而已。

刘谏冷冷地看着这个女人，就是她夺走了他的母爱，现在，还要来夺走他实现梦想的机会。

宋忆的发言很快结束，主持人示意他们原地等待，委员会很快会做出最终评估。

"打断一下！"刘谏突然从座位上站起，"据我所知，宋女士的项目并不差这一点资金，同样的资源，给别人也许能更有价值。"

"但我需要更多资金以加快研发。"宋忆保持着微笑，"我的项目很重要。"

"我的项目也很重要……"

"委员会已经在评议了。"主持人打断，"请耐心等待结果。"

刘谏并不理会，走上前说："基因疗法确实是目前的热门产业，但全世界都在扎堆研究，宋女士的实验室并不一定能取得领先，且其中的细分领域很庞杂，她的投入很可能只是无用功。神经科学和人机交互更有价值，我的项目如果实现，从医学角度上来看，是可以直接淘汰几乎所有基因疗法的。而且在将来的深空和深海探索中，都会用到这些技术。我们不应该只局限于人体自身和地球这一亩三分地，应该把眼光放长远点！"

他声音洪亮，一改之前的拘谨。委员们纷纷侧目，低声讨论起来。

宋忆立即反驳："据我所知，人机交互方面，国外已经有一家科技公司有多年研究，比你要领先得多，你的项目真的没有什么优势……"

"人机结合才是未来。"刘谏冷冷说道，"基因疗法再好，只是在修复肉体本身而已。"

"剥夺人性把人变成机器，那才是真正的倒退！"宋忆回敬。

"肃静！"委员会主席出言制止，同时宣布结果，宋忆获得委员们一致认可，拿到了这笔资金。

宋忆微笑着表达感谢，随后款步离开会场。

刘谏顿觉头晕目眩。在他看来，那个笑容无比刺目，满含胜利者的嘲讽。他无奈地咬咬牙，转头走向会议室的侧门。

由于经费紧张，刘谏的课题组一直在缩减编制，最终只剩下他独自一人，不得不考虑放弃。面对空荡荡的实验室，他落寞地跌坐在电脑前，看着数年的研究成果，不甘与愤懑填满了内心。

清脆的敲门声传来。正当刘谏疑惑，是何人前来拜访这个无人问津的实验室时，对方直接推门而入。来人身材高大健硕，走路的姿态却极不自然，僵直的身体缓缓朝着刘谏挪动，同时微笑着打招呼："你果然在这里。"

"你是？"刘谏一脸狐疑。

"叫我唐尼就好了，我看了你之前的两篇论文，很有兴趣。"来人通过无线网络递交了电子名片。通过名片中的信息，刘谏得知客人来自东非莫萨里亚共和国。随即他又想起，曾看过以这个名字署名的论文，他领导的人机交互项目的技术积累一直领先全球。

"你来晚了，我已经准备结束这项研究了。"刘谏以为对方只是来华公干，顺便找他交流一下。

"不晚，我相信一切都还来得及。"唐尼终于面无表情地挪到刘谏面前，"虽然医生说我只剩两年时间了。"

"医生？"刘谏顿感疑惑。

唐尼缓缓抬起右手，露出了袖子下的金属胳膊，随后又艰难地弯下腰提起裤脚，显现出两条机械腿。

"这是！"刘谏惊呼出声，他早就听说过国外有一名科学家，为了对抗渐冻症而将身体进行机械化改造的事迹，没想到对方竟突然出现在了自己面前。

"只可惜，现在技术还不够成熟，只能做到这一步了。"唐尼撩起衣服，露出胸口已经萎缩的肌肉，"对我来说，最理想的状态是只保留大脑，其他器官全部换成机器。"

"我能帮你吗？"刘谏看着对方的身躯，肃然起敬。

"实不相瞒，我的公司已经有了很深厚的技术沉淀，但还是差那么一点。"唐尼解释，"直到我看了你的论文，你是个天才，你就是我们唯一缺少的那一环。所以我诚心诚意前来，邀请你加入！"

刘谏不好意思地挠挠头，面对业内顶级水平人士的认可，他有些不知所措。

"既然你已经打算结束自己的项目。"唐尼指了指空荡荡的实验室，"不如和我合作吧。"

说着唐尼再次接入无线网，共享出大量资料。全都是属于商业机密级别的内容，对方竟然初次见面就分享，无疑表现出了最大的诚意。

刘谏看着电脑屏幕上跳动的数据，内心十分激动，这些数据可以让他的研究进度跃升好几个等级。

"这只是一小部分。"唐尼表情僵硬地笑笑，"更多的数据在我的公司服务器里，你可以随便取阅，当然前提是你加入我的公司。"

"好！"刘谏立即答应下来。

随后是长久的交流，二人都觉相见恨晚，很快便达成共识，他们的合作将会无比成功和愉快。

送走唐尼后，刘谏以最快的速度办理了出国手续。一切都很顺利，没有人会在意一个落魄科学家的离开。

新的工作地在莫萨里亚首府，由于该国自由的科研环境，许多科技企业在此立足。唐尼的公司设在市中心大楼，和多家知名企业毗邻。他为刘谏准备了最优厚的待遇和最好的工作环境。但在入职的这一天，二人却出现了分歧。

为了避免将来可能的法律纠纷，刘谏对唐尼的公司背景和莫国法律进行了详细了解，毕竟一个有过军工背景的人在陌生的异国工作，需要注意的地方太多。

莫国有着宽松的法律，几乎没有学术伦理的限制，这也是新兴科研项目喜欢在此落户的原因。刘谏对此无须担忧，但当他查看公司背景时，却发现主要投资人竟然是一家军工企业。而这家企业提供的技术，几乎覆盖了全世界大部分杀伤性武器的制造和使用。

打从心底里，刘谏对任何与军事有关的东西都是排斥的，更不愿意自己的技术被用于杀戮。想到他的技术将出现在战场上，他犹豫了很久，最终找到唐尼面谈。

"你可没有说过你是造武器的。"刘谏有些不悦。

"我也没有说过我不是造武器的。"唐尼目光狡黠，"而且我确实不是造武器的，我做的是技术，至于技术被用于哪方面，那是下游的事情，不是我该操心的。你总不能因为刀子伤人就去责怪冶金工人吧。"

面对狡辩，刘谏一时间竟不知该如何反驳。

"我知道你的疑虑。实际上这些技术是在救人而非杀人，有很翔实的数据表明，让前线士兵加装机械身体，可以大幅度降低伤亡。而且它也并非全用于战争，任何行业都需要它，你不能因为有原子弹存在就否定核能源的价值，是不是？"

唐尼走到电脑前，通过屏幕翻出了大量资料，"这些报告可以证明我所说的话。"

刘谏快速浏览着，发现对方所言非虚。他是一个相信客观数据的人，此时他感觉自身的主观情感确实导致了判断错误。于是不再犹豫，做出了合作的决定。这可能是他唯一的机会，如果拒绝唐尼，他的毕生追求很可能就此夭折。

二人的合作很成功，他们汲取对方的优势，让人机结合技术进入了飞速迭代的时期。唐尼成为最大的受益者，他几乎彻底告别肉体，只用大脑就可以轻松操控一具机械躯体，甚至比健康人更为敏捷矫健，他彻底战胜肉体上的疾病，成为一个完全体赛博人类。

而刘谏虽然身体健康，但仍免不了将最新技术应用在自己的身体上，以精准获取切实体验，于是他紧随唐尼之后成为第二个赛博人类。

每一次新产品的发布会上，他们都会一起现身说法，他们把会场设在体育馆，通过复杂的球类运动向用户展示自己的姿态。二人在全世界观众面前直播竞技对抗，其水平丝毫不亚于顶级运动员。这无疑是最好的广告，让义体技术的用户群不断扩大，从最初的残障人士，到士兵和特种行业工人，再到普通民众中崇尚赛博文化的技术狂热者，没有人可以抵抗成为机械超人的诱惑，人们纷纷选择了抛弃肉体，成为半机械人。

在现代社会的高效运作下，只用了十数年时间，全世界但凡有人类的地方，都出现了半机械人的身影。赛博化成为一种风潮，同服装行业中牛仔裤的发展历史类似，最初只是作为工具出现，最终却演变成了一种文化。

随着半机械人不断增多，对赛博化的推崇也变得愈发狂热，甚至成为一种信仰。几乎所有人都相信，只要不断改造，人类的能力就会被不断提高，赛博化俨然成为人类进化的必然。

此时的刘谏，坐拥无数财富和极高声望，有了足够的资本向世人宣讲他的愿景，拘谨的讲演者已经蜕变为自信的梦想家。在他看来，人机结合将是人类文明最有利的发展方向。文明的未来在星际和深空，赛博人兼具人类的智慧和机械体的强大，无疑是将来星际拓荒的理想形态。

于是每一次产品发布会都被他变成个人的演说现场，他早已不是那个卑微祈求怜悯的无名科学家，而是一个指点江山的领袖。他的梦想激励和鼓舞着无数信众，他们将他当作精神图腾，仰望着星空，做好了追随远大梦想的准备。

奔腾的洪水

就在刘谏功成名就时，多年以来酝酿的矛盾却突然爆发了。

在一次重要演讲的舞台上，刘谏正在激扬文字，爆炸声突然响起，浓烈的火光席卷了一切。刘谏的义体几乎被撕成碎片，脑袋也遭受重创。当他从病床上醒来时，已是数月之后。而在他昏迷的过程中，莫国法院却只将袭击者判处了两年拘禁。

"我是无罪的！我没有杀人！我只是摧毁了一堆机器！"袭击者面对新闻镜头叫嚣，"你们这些破机器抢了我们的工作，把世界搞得乌烟瘴气，我奉神的旨意清除你们！"

刘谏看着新闻报道，意识到了问题的严重性。果然唐尼随后告知，同类的袭击事件已经出现多起，赛博人和肉身人之间冲突不断，已经到达战争的边缘。

伴随嘈杂的声响，清脆的脚步声中，一队荷枪实弹的士兵冲进病房。亮闪闪的金属身躯上，顶着一张张苦大仇深的脸。为首的军官先敬了个军礼，随后所有人将目光投向刘谏。

"快做个决定吧。"唐尼的电子音开始催促。

一个社会在短时间内被改变形态，对旧时代的人是致命的打击。此时的冲突并非机器与人之间的矛盾，而是既得利益者与新崛起势力之间的矛盾。曾经弱小的国家，利用宽松的法律环境大力推广赛博产业，短时间内重塑生产力和生产关系，彻底改变经济面貌乃至政治形态。对于传统强国来说，这无疑是强劲的挑战，而面对挑战，强者总会立即进行反击。

先是有很多理论性文章见诸传统媒体，阐述赛博化的危害和伦理问题，以及对文明发展的负面影响，其后一些新媒体加入进来，开始频繁报道赛博人对肉身人类造成的伤害。舆论环境逐渐恶化，各国也出于自身考量，开始限制赛博人的扩张，甚至取消了刘谏和唐尼所申请的大部分专利。在某些激进的地区，无知的民众被煽动，将无辜的特种工作者丢进粉碎机。

面对攻击，赛博人团结在一起，高呼着自由梦想的口号予以回击。此时的世界，已经形成两种完全对立的文化。痴迷技术的赛博人，和肉体至上主义人类，双方在各自的势力范围内迫害对方，不断爆发冲突。

之所以还没有开始世界大战，原因是所有赛博人都在等待刘谏醒来。他们在等待领袖下令，引导他们发动梦想之战。

"所有人都在等你。"唐尼说道，"只要你一声令下，我们就可以解放全人类，把世界变成一个赛博共同体。"

"不行！"刘谏大喝，"绝对不可以！"

"我们要是不去解放他们，他们就要来解决我们了。"唐尼说道，"不如先下手为强！"

"不能打仗！"刘谏从病床上坐起，他已经换了一副新的义体，由于面部遭遇重创难以修复，此时义体上顶着一个金属骷髅般的脑袋，他从床边的玻璃墙上看见自己的面目，不由被吓了一跳。

"这是最新定制的，还没有安装仿真皮肤。"唐尼解释。

网络通信的请求音突然响起。刘谏下意识地连入，发现对方竟然是宋忆。他惊恐地关闭画面，转为语音通话，心中祈祷宋忆没有看见自己的模样。

"可以谈谈吗？"宋忆的语气有些沉重，同时发来一堆数据。

刘谏一番浏览，发现是专业机构对战争可能性和破坏性的评估，几乎可以用惨不忍睹来形容。同时刘谏还得知，赛博士兵已经在莫国发动政变控制政府，同时在积极联络其他国家的赛博人，而一切都以他的名义在进行，所以他已经被多个国家列为战犯，成了全人类公敌。

"我不会让战争发生的。"刘谏急忙解释。

"所以我才找你。"宋忆说道，"可以的话，你回国面谈吧。"

"好的。"

刘谏立即动身回国。

飞机落地时，机场已经被完全清空，就为了迎接他一人。刘谏在军警的严密监视中走出专机舷梯，见到了久违的父亲和宋忆。

距他们上一次见面已经过去二十年，宋忆仍旧未婚，她将一切都献给了科学研究，虽然已是中年，但她仍然保持着爱美之心，头发和皮肤都被悉心保养，显得依旧年轻，甚至比上一次见面时更为美丽。而父亲已经老去，母亲并没有到场，刘谏有些疑惑，之后从宋忆口中听到了意外的消息。

"妈走了十三年了，恶性皮肤癌。"宋忆摩挲着手腕上的羊脂玉，露出皮肤上的印记，"当初我全力争取项目经费，就是想着让进度更快一点，也许我能够救她，而且也是为我们将来可能出现的病变做准备。但我还是晚了一步……"

"对不起，我一直没有把这个给你……"父亲红着眼，缓缓从怀中掏出那个手环，递到刘谏手中。

刘谏接过手环，他抬着双手，袖子下露出银色的机械臂，那里早已没有任何印记。他接过手环，紧紧攥在手里，久久没有说话。

在军队的护送下，刘谏回到父亲家中。

此时他无疑是一个胜利者，他的身体已彻底改造，蕴含着最高科技的钢筋铁骨，即便等待他的是一个圈套，他也可以轻松逃离。而且在他身后，站着上亿高度赛博化的士兵，这是一个新的种族，他们因共同的信仰团结在一起，随时可以在刘谏的一声令下冲破各国封锁，将整个世界拖入战争的汪洋。

但他却笑不出来，虽然他是一个半机械人，但他仍有人的情感，他失去了一个亲人，不想再失去其余的亲人。他也从没想过事情会发展到这一步，更不愿意看见世界大战爆发。

全家人进行了一次长谈，父亲感叹现代战争形态的变化，好奇地询问刘谏赛博人类的武器特点，同时为自己的儿子能够成为一名统帅而自豪。但最终，他还是用疑问表达了自己的立场："你真的不会和自己的祖国开战吗？"

刘谏摇头，他知道战争的残酷。届时包括父亲这样的退伍老兵，都会重新回到战场，成为被某颗子弹带走的亡魂。

"我不想打仗。"刘谏摇头，"但现在并不是我能说了算的，赛博人需要生存空间，需要发展，现在这个群体就是一台隆隆向前的火车，会碾碎阻挡它的一切，不可能是我一句话说停下脚步就可以的。"

"我理解，但战争并不是唯一的办法。"宋忆突然插口，"我们有一个很好的提议。"

"你说。"

宋忆调出一条新闻信息，是新型航天飞机成功试飞的新闻。在赛博人忙着改造升级的时候，旧人类也没闲着，已经把最新的聚变发动机装在了飞船上。

"你说过的，人类的未来在星空。"宋忆解释，"现在聚变发动机的技术已经很成熟，人类就应该走出去，而不是在地球上内斗。"

很显然，此次会面并非简单的家庭团聚，而是两大阵营的谈判，宋忆则是对方的谈判代表。刘谦瞬间明白了她的意图。人类希望把赛博人送走，既能避免战争，又能完成深空探索的历史使命。但地球是人类的家园，又何尝不是赛博人的家园，轻易就将赛博人们赶走，这将是何等不公。

"没错，那确实是我的梦想，但也不可能那么快实现。"刘谦思索片刻后说道："赛博人虽然更适合深空生活，但他们的大脑依然是碳基，外太空的辐射会带来很大危害……"

"这你放心。"宋忆打断道，"我们已经有了完整的方案。"

说着她拿出具体资料。原来宋忆十多年的研究颇有建树，尤其在近期的战争威胁下，政府意识到她的研究价值，于是将大量的资源向其倾斜，她因之超预期完成了自己所负责的项目。现在她拥有的不仅仅是基因疗法，而是整套的基因重建工具。具体产品是一种医疗舱，只要将病人放入其中，纳米机器人就会根据病人的基因序列重建肉体，这几乎可以被视为基因疗法的终极模式。

"我们会为你们提供不限量的医疗舱。你们的大脑有机械身体保护，再加上定期修复治疗，就不用担心辐射伤害了。同时我们会提供聚变飞船需要的核燃料，而赛博人可以用从外太空获得的资源来交换，这是互补的发展模式。而且医疗舱不仅仅是治疗用的，它可以辅助赛博人进行生育……"

刘谏思索着。提议极具诱惑，可行性也很高。但他仍然担心，赛博人是否愿意离开地球。

"你可以的。"宋忆看出了他的疑虑，"你是领袖，一定可以说服他们的。"

"好吧……"刘谏点头答应。

双方握手达成共识，手腕上的手环碰到了一起。这是他们第一次握手，也成了最后一次。

回到东非后，刘谏做了一次公开演讲。从自己的童年开始，讲述他为了追寻梦想而进行的抗争，讲述他为之奉献的事业，以及未尽的理想。

"现在，就是追寻梦想的时候！"刘谏大声疾呼，"我们走吧，去冒险，去探索宇宙的边界，去传递文明的薪火！"

那一天，欢呼声几乎响彻整个大气层。所有赛博人都被刘谏的演讲所鼓舞，希望加入移民大军。

刘谏是第一批离开地球的赛博人。

那天，按照计划，刘谏和同一批赛博人开始陆续登上飞船，当夜 19 点，飞船即将发射。临行前，刘谏的父亲赶到发射现场，父子二人见了一面。双方沉默了许久，最终父亲只是拍拍他的肩膀，笑着说道："去吧！"

刘谏点点头，环顾周围，却没有看见宋忆的身影，复杂的心情说不清是失落还是伤感。他转身走进船舱，随后飞船次第点火，庞大的舰队闪耀的光点划过夜空，形成一道道密集的弧光。

对于人类来说，一个威胁正在消除。而对于赛博人来说，真正的冒险才刚刚开始。

直至三年以后，源源不断的航天飞机才将赛博人彻底送走。而此时，月球上的中转基地已投入使用，火星基地的开发也在有序进行。刘谏一直走在探险队的最前方，身边跟随着最忠实的下属，以及庞大的舰队。

在火星基地短暂停留修整后，他带领舰队奔向了更远方。此时的他无比自由，没有任何束缚和拘束，他终于可以去追寻自己最初的梦想。

岁月如梭，二十年很快过去。根据刘谏取得的详尽勘探数据，赛博人在小行星带建起了庞大的采矿船队。矿石被运回火星，经过初步加工后再运往地球，换回更多的医疗舱和大量核燃料。

而刘谏的船队，已经进入木星轨道。

勘探飞船停留在木卫二轨道上，下方是赛博人计划中将来的定居点。随着飞船渐渐转向，巨大无比的木星出现在飞船前方。

刘谏攀在栈桥上，被木星大红斑深深震撼，曾经只在影视作品和望远镜中见过的壮观景象，此时真正呈现在了他眼前。他久久地凝望着，而那形似眼睛的大红斑也默默注视着船队，注视着整个太阳系中的一切。

正当刘谏下令放出探测器，开始着手探索木星时，助手却突然提示，刚刚收到一条紧急通信请求。

刘谏立即接入通信频道。由于距离遥远，通话效率很低，他很少和后方沟通，只定期接受后方汇总的信息并发送船队最新探测成果。此时经过联络才知道，人类与赛博人在月球轨道发生冲突，即将重燃战火。

由于距离遥远，短时间内无法赶回火星基地，刘谏只能远程参与紧急会议。

唐尼在主持会议，他现在是火星政府的委员会成员。刘谏赶忙询问情况，得知是地球方面一直在压低矿石价格，同时又不断抬高医疗舱和核原料的价格，尤其对医疗舱的技术严格控制，日渐水涨船高的升级服务令赛博人难以承受，于是自然产生了贸易摩擦。

"我们正在讨论是否立即动武。"唐尼汇报了会议内容。

原本双方只是在贸易上有些小争端，但由于沟通不畅，双方擦枪走火，发生了短暂的战斗。赛博人的数艘飞船被击毁，而近地空间站也遭受相应的损失。

地球人立即宣布停止一切双边贸易，无限期延后医疗舱的维修和升级服务，以此要挟赛博人让步。赛博人也立即给予回应，早已解散的战争委员会重新组建，所有能够战斗的飞船都收到指令，紧急赶往月球轨道，一场星际大战即将爆发。

"贸易问题为什么非要通过战争解决？"刘谏怒问。

"不是我们要打，你看看这些吧。"唐尼传来一个流媒体文件。

画面中，近地轨道上布满空间站。所有站点都被武装成了堡垒，炮口随时瞄准着月球轨道。

"是他们一直把我们当成敌人，随时都在做着开战的准备。"唐尼解释。

"告诉所有单位，不要超过月球轨道！"刘谏大喊，此时最重要的是阻止事态升级，避免可能的战争。

"不行，我们耗不起。"唐尼说道，"没有核原料和治疗舱的补充，我们熬不过两年就得全完蛋。"

"为什么我们不在火星上自己提炼？"刘谏问。

"地球人对一切都卡得死死的。"唐尼解释，"我们得从头开始技术积累，这需要时间。"

"那要多久？"

"三年，或者更久。"唐尼说道，"所以最好的办法是集中优势兵力，用最短的时间占领地球。"

"不行！"刘谏反驳，"那样会毁了地球的！"

"总比在太空等死好！"

"战争对双方都会造成严重损伤，当初我们离开地球，原意是拓展地球文明生存空间。"刘谏努力说服着委员会其他成员，"我们要想尽一切办法，尽量和平解决！"

委员会犹豫许久，最终接受提议。虽然刘谏没有任何实权，但有着领袖的威望，即便唐尼想发动战争，刘谏依旧可以向所有人喊话，号召赛博人放下武器，瓦解军队的战斗意志。委员会深刻地了解这一点，只能同意刘谏的意见。

数月后，刘谏等到了谈判结束的消息。一场危机和平解决，但赛博人也为此做出了巨大让步，重新签署的贸易协议让赛博人损失惨重。更重要的是，地球人以极低的价格买走了月球基地。

这一让步使委员会饱受诟病，赛博人内部甚至出现分裂趋势，部分激进分子一度打算推翻委员会，重新发动战争。在刘谏的劝说和委员会的弹压下，激进力量暂时消隐，却就此埋下了隐患。

虽然迎来了和平，但刘谏知道，这只是表象，只要根本问题没解决，战争的阴霾就不会散去。为此，他脱离探索队，乘坐单人飞船回到火星基地，主持加快核原料工厂的建设。这些年，赛博人已经有了充分的技术积累，如今投入应用十分顺利，假以时日，就能摆脱对地球的依赖。同时赛博人也在研究基因治疗舱，打算通过逆向工程进行仿制。

原本地球人高度封锁生物技术，对治疗舱管控极为严格，每一台机器都有单独的身份，会定期运回近地空间站进行检修。但赛博人留下了数台，谎称在贸易摩擦中被击毁。利用这几台机器，赛博人开始了速度惊人的逆向仿制。

刘谏组建了庞大的科研和工程团队，夜以继日地工作，攻克了一个又一个难题，在他看来，只要拥有足够的技术和资源，就能避免战争发生。

随着时间推移，赛博人渐渐做到了不依赖地球的任何技术和能源，于是照会人类联合政府，打算重启谈判。然而地球人不为所动，坚持旧有协议。这引起赛博人的不满，双方很快开始互相制裁，再次停止双边贸易。

虽然赛博人的命脉已经掌握在自己手中，但仍有许多工业品需要地球人提供，同样地球人也依赖赛博人提供原材料，贸易封锁无疑是双输的局面。此时刘谏只好从工作中抽身，打算在双方之间斡旋。

当他离开位于火星的实验基地，来到中心城联邦政府大楼时，一群士兵突然出现，劫持了他和整座大楼的官员。

刘谏被枪顶着后脑勺，走进委员会办公室，委员们正襟危坐，身后站着荷枪实弹的士兵。

"这是怎么回事？"刘谏厉声询问。

唐尼摇摇头苦笑，没有说话。一个赛博人走到众人面前，此人除了肩头的军衔，全身没有任何衣物和装饰，锈迹斑斑的机体显得狰狞无比。刘谦查看资料，认出对方是火星卫戍军的中校军官EA56512。此人一向以强硬姿态示人，是一个不折不扣的鹰派，对待地球人的态度比唐尼要激进得多。

"你们好，我现在是军政府发言人。"EA56512的声音不带任何感情，"人民已经对委员会彻底失去信心了，不如就地解散了好。"

"你要干什么？"刘谦冷冷地问道。

"拿回属于我们自己的东西。"EA56512的态度不卑不亢，"在行动之前，需要你以领袖的身份做战前动员。"

"我说过，只要我在一天，就不会让你们开战。"刘谦义正辞严地反对。

"世界已经变了。"EA56512回道，"我们愿意劫持你，只是因为还念及你作为领袖的情义。即便你不答应，战争也是无可避免的。从我们离开地球那天起，在他们眼里，我们就已经不是人了。所以他们一直想尽办法打压我们，一直在筹备战争，不是我们好战，而是逼不得已。这是两个种族积累了半个世纪的矛盾，不是你一句话可以左右的。"

刘谦无言以对，他沉默着看向面前的士兵，他们都很年轻，是拓荒开始后出生在月球和火星上的新赛博人。从诞生伊始，他们就是大脑加机械体的配置。对他们来说，远在地球的人类和自己已经不是同一个物种，消灭对方根本不会给他们带来任何心理负担。

"那你们杀了我吧。"刘谦最终无奈地开口，"我不想看着我的母星毁于战火。"

"不，我们不会杀你，你大脑中的知识可是无价之宝。"EA56512 说道，"所以我们会摘除你的义体，然后冷冻你的大脑，算作因禁。不过为了表达敬意，我们会尽量保护你在地球上的亲人。"

士兵围拢上来，开始拆卸刘谏的四肢。他奋力反抗，却被死死按住。

"把这个东西和我的大脑放在一起吧。"刘谏看向自己被摘除的手臂，手腕上挂着那个手环。

军官点点头，士兵们随即将手环取下。不等刘谏反应，他的脑袋就被塞进了冷藏箱，随后极度的寒冷从四面八方涌来，他的意识陷入模糊。

另一个支流

在赛博人离开地球后，宋忆就进入 LE 国家科学院工作，在此期间，她将基因治疗技术发展成了一门单独的学科，并将之渗透到了人类社会的每一个角落。基因治疗舱更是不断迭代，最终普及到地球每一个角落。

至此，宋忆有了更为充足的时间，开始思考下一步的科研方向。正当她在世界各地进行学术交流，跟相关专家深入探讨时，一封急电将她召回了国内。

在她的办公室里，一位满头白发的老人正在焦急等待，面上挂满愁容。宋忆立即认出了对方的身份，他叫刘潭，是超算所的负责人之一。不及落座，刘潭就开门见山地问道："有没有兴趣做超算课题？"

宋忆有些意外，但同时又十分激动。因为她已经猜出对方的来意。

"上面已经把量子计算机的项目停掉了。"刘潭说道。

"为什么？"宋忆疑惑了。虽然量子计算的进展不够迅速，但总体趋势较为乐观，当前甚至可以说是处于瓶颈期，如能获得突破，将会迎来一个量子计算的新时代。

"不仅是计算机，相关研究都要遭殃了。"刘潭苦笑一声，"我也是刚得到消息。安全局抓了一批间谍，他们几乎都在搜集量子科研领域的资料。由此可以推断出，赛博人可能在搞量子大脑。为了确保他们不会在技术上出现突破进而碾压我们，上面采取了一些激进措施。"

"仅仅为了可能的泄密就自我阉割吗？"宋忆皱眉。如今科研机构极度依赖算力，传统计算机的算力已经被开发到了极致，此时停止量子计算机的研究，无异于勒紧自己的脖颈，能不能限制敌人不得而知，但必然会先限制自己。

"没办法，赛博人真的是无孔不入。"刘潭叹气，"目前传统计算机的算力勉强够用，但是也已经到了上限。院里领导讨论过了，认为有必要发展生物超算，让你负责！生物技术压根不在赛博人的科技树上，所以做起来不会有后顾之忧。"

"好！"宋忆立即应承。

所谓的生物超算，就是以生物 DNA 为媒介的计算方式，不同于传统计算机以电路开合进行二进制计算，生物计算机用 DNA 链条作为编码，再通过特定的内切酶进行切割、粘贴、插入和删除等操作，再加上催化剂让它们发生反应，从而得出最终计算结果。

DNA 的存储密度极高，只需要仅仅一公斤 DNA，就可以存入人类自诞生以来产生的所有信息。这也让生物计算机在理论上拥有极其恐怖的计算能力。只是在以前，它并没有得到重视，相应的研究也停留在非常原始的阶段。

所以一切都得从头开始，前方将是无比艰苦的技术攻关。无论是基础硬件架构，还是算法设计，都没有任何经验可以借鉴，只能自己摸索。好在如今形势需要，可以获得最大的政策支持，这让宋忆有了大展拳脚的空间。她可以在全世界范围内挑选助手，且拥有单独的办公和实验环境，于是干脆将办公室隔出一部分用于生活，直接在研究所安家，开始了旷日持久的工作。

经过漫长的技术攻关，克服无尽困难，几种架构方案陆续设计出来。接下来要做的就是进行测试，再选择其中一两种方案正式立项。与此同时，宋忆团队实验室也取得初步成果，准备出了最基础的硬件，并选育和培养了相应的 DNA 以及内切酶。

测试即将开始。宋忆启动工作台上的屏幕，通过生物特征验证身份，进入最高权限操作，随后下达测试命令。其后她长舒一口气，起身活动了一下酸痛的身体，走到阳台上。

这是一个晴朗的清晨，宋忆贪婪地吮吸着新鲜空气，突然湛蓝的天空中出现一个亮点，接着变成一团火光流星般坠落，然后是第二团、第三团、第四团……火光急坠下来，这让她意识到了危险，当即返回室内，一看新闻才知道是赛博人和地球人爆发了冲突，地球方面坠毁了几艘货运飞船和一个空间站，赛博人方面与之损失相当。

宋忆的心立即提到了嗓子眼。这十多年双方的工业能力都在空前发展，如果发生战争，互相之间的破坏将会是毁灭性的。此时她想到了刘谏，于是试图与之联络。

由于长久以来各怀戒心，双方几乎没有建立有效的民用通信系统，官方通话也因为路途遥远而难以即时进行。宋忆几乎没有和刘谏有过交流，此时想要联系难如登天。

但宋忆知道，刘谏是一个和平主义者，一定会尽力平息此次风波，尽量避免事态恶化。她密切地关注着事件进展，很快传来消息，刘谏力排众议平息了这场风波，甚至促使火星委员会做出让步，接受了人类提出的近乎过分的要求。

"他终归还是站在我们这一边了。"宋忆在心里默念着。虽然赛博人和地球人如今已是两个物种，但很显然刘谏依旧在维护人类的利益。

只是此次事件过后，双方的敌对情绪明显增加，除了必要的贸易往来，几乎断绝了其他方面的交流。这让地球方面更为不安，人们不知道赛博人在火星上都做了些什么，会不会已经在备战，将来哪一天突然有战舰出现在近地轨道。

舆论都在鼓吹备战。每天的新闻都会出现赛博人间谍被抓获的内容，而火星方面同样也对地球人喊话，通知又抓获了多少名奸细。双方在外交上你来我往，暗地里则开始各自积蓄力量。

也就是在局势日趋紧张的时候，宋忆的初代生物超算机进入验证阶段，所获得的算力极其可观，假以时日，它有望成为未来主流算力来源。

宋忆的工作更忙碌了，她知道战争无可避免，只是早晚的问题。她能做的，只有尽量加速自己的研发速度，为将来的胜利做微薄的贡献。

这一天，正在加班加点工作的她突然接到一份权限很高的邮件。打开看时，发现竟是一份来自高能物理所的邀约，希望她尽快赶往高能物理研究院大楼。

宋忆不明白自己一个生物专业的人，为何会受到物理所的邀请，但看着邮件极高的保密级别，她决定立即前往。

根据相关指示，宋忆将所有电子产品留在办公室，随后只身来到物理所。令她惊讶的是，偌大的办公楼寂静无比，仿佛空无一人。她没有看到忙碌的研究人员，只有一个年轻的研究生接待了她。

"宋姐你好，我是王栋，叫我小王就行。"对方显得很热情，不等宋忆回答就又开口了，"请跟我来。"

二人穿过办公区，顺着楼梯进入地下室。在入口处，宋忆接受了详细的全身扫描，随后进入一部电梯，下行许久后，前方出现数个标着编号的入口。

"这里很安全。"王栋解释，"可以屏蔽任何可能的监听。"

宋忆虽然心中疑惑，但既然是绝密项目，如此对待也算合理。于是跟着王栋朝前走去，钻进一个通道又走了片刻，前方豁然开朗。巨大的空间内，布满各种仪器和屏幕。一个头发花白的老人正在一堆数据中忙碌，见有人出现，他停止了工作。

"刘教授。"宋忆立即问好。

"又见面了。"刘潭点头算作打招呼。

"废话我就不多说了，带你看看吧。"刘潭转身朝着地下室深处走去，同时示意二人跟上。

三人走进一个巨大的拱形通道，脚下是宽大的铁轨，前方有一个五米见方、密布仪器的移动平台。三人走上轨道车，刘潭点亮身侧的屏幕，投影中出现姿态不同的人影，同时平台顺着铁轨朝前挪去。

"这个隧道很大，他们在不同的节点，反正大家都认识，就不多介绍了。"刘潭指指投影，对宋忆解释，"这次请你来，是给你提供一个新工作场地。"

"什么场地？"宋忆疑惑地问。

"前面就到。"刘潭操作面前的机器，平台随即加速，驶入通道之内。

宋忆四下里观察，发现周围亮着微弱的光线，一侧的墙壁是由金属材料制成。正当她疑惑时，眼前再次变得开朗，通道中出现一个巨大的广场，数十米高的穹顶上挂满射灯，将周围照射得亮如白昼，无数机械仪器密布在整个空间之中，似乎有一场大型实验正在筹备。

"这是什么实验？"宋忆问。

"这是如今人类最尖端的技术。"刘潭指了指一侧的金属墙，"二维加速器。"

"做什么用的？"

刘潭操控面前的屏幕共享出大量数据，同时苦笑："挺复杂的，你可以大概看一下。"

宋忆浏览着信息，很快了解了个大概。实验源于超弦理论中的宇宙膜猜想，猜想宇宙中的一切都是更高维度的宇宙膜上投下的影子，宇宙膜可以随意改写它投影中的一切。由于这个猜想过于空泛，此前并未引起足够重视。

后来膜理论的数学模型被不断完善，终于有人提出了可行的实验证明路线，那就是先将特定粒子挤压成二维的膜状态，再通过对二维膜的操控，尝试对人造的二维世界进行塑造。如果这一步能够成功，就可以形成完整的理论框架，基于这套理论进行升维操作实验，尝试寻找到达四维宇宙膜的方法，彻底验证超弦理论。

"确实很复杂。"宋忆看着屏幕中密密麻麻的数据，又想到了自己手头堆积如山的工作，"但是这不属于我的领域，说实话，我真的很忙……"

"当然是你的领域。"刘潭解释，"超膜实验的数据计算是天量的，现有的超级计算机在它面前甚至连算盘都不是，至多只能叫算筹。所以我们需要你的生物超算。"

宋忆恍然大悟，随即又摇头："可是我的机器还在验证阶段。"

"我们的机器也在验证阶段。"刘潭摆摆手，"想必你也知道，下一场战争很快就要来了，如果我们能尽快找到更新型的武器制造方案，战胜的概率会大很多。"

"你是说，实验是为了制造武器吗？"

"是的，可能的空间武器。"刘潭再次苦笑，"要不然你以为管财政的老爷们会这么容易拨款给我们研究这些吗？"

宋忆闻言沉默，随后无奈地笑笑。

"这里给你留了专门的工作场地，你尽快吧。"刘潭指了指身边较为空旷的一侧，"我们的时间真的不多了。"

搬迁几乎不费吹灰之力。现有的硬件和材料数量远不够新项目的要求，所以一切都得重新定制并直接送往地下掩体。而宋忆要做的，只需将已经积累的数据同步进高能所的服务器即可。

按下屏幕上的确定键，宋忆关闭电脑，起身收拾随身物品，随后匆匆离开办公室。走出办公楼时，听见远处传来嘈杂的声音。她只抬头望了一眼，便不再理会，继续自顾自赶路。

如今反战派和主战派吵成一团，所有人都知道战争不可避免，但都有着自认为更优的解决方案。甚至两派内部也已分裂，在战争之前，自己人就先开始了党同伐异。

远处的吵闹声，想必也是不同团体间的争斗罢了。宋忆不想掺和，快步朝着目的地走去。不料那群人却朝她这边涌来，不得已她躲到路边避其锋芒。两个人影从她身侧跑过，一群追兵紧随其后，口中叫喊着"抓住他！"和"打死他！"之类的话语。

逃跑者动作迅捷，渐渐将人群丢在身后，前方不远处即是科学院侧门，眼见即将逃出升天，斜刺里开出一台电动车，将二人撞飞出去数米。随后车子停下，司机跳下车，和众人围拢上去拳脚相加。

宋忆原本不想多管闲事，但此时再也看不下去，立即上前阻止。

"住手！"她大喝一声，拦在人群面前，同时看清施暴者是一群年轻人，从服饰上判断，应该是其他实验室的研究生。

众人并没有停手，疯狂攻击着倒在地下的二人，口中不断骂着："狗间谍，忘本的赛博杂种！打死你们！"

此时宋忆才看清，地上躺着的人有着金属的四肢，已经被打得变形，肉体部分也已血肉模糊。地球人在基因疗法的帮助下，已经很大程度上进行了去赛博化，但使用义体并不违法，有些工作也确实有需要，所以仍旧有不少人带着金属四肢。而在战前的紧张局势下，许多半赛博人被恶意针对，成了民众宣泄愤怒的牺牲品。

"都住手！"宋忆拼命拦住人群。

似乎是她的阻拦有了效果，众人停下了动作，领头的人一声招呼，将两个奄奄一息的倒霉蛋抬上了电动车。

"你们要去哪？"宋忆喝问。她已经看出来，这些人应该没那么好心将伤者送去医院。

"对于这种狗奸细，我们准备了液压粉碎机。"领头的人冷笑一声。

"压死他们！"其他人聒噪起来，"让他们投敌，活该！"

宋忆正要开口理论，突觉头顶似乎有亮光闪过。所有人不约而同地抬头看去，天空中出现了密密麻麻的光点，是无数近地空间站被摧毁落入了大气层。毫无疑问，是战争开始了！

"赛博杂种打过来了。"有人大喊，"打死他们！"

众人对太空中的战斗无能为力，只能将怒火发泄向面前的敌人。宋忆正要阻拦，却被人从身后拉了一把，转身发现竟然是王栋。

"宋老师，别管他们了！"王栋拉起宋忆就跑，"情况紧急。"

二人一阵小跑，奔向地下试验场。

一路上，王栋简单讲述了目前局势，多日前赛博人就已不宣而战，以迅雷不及掩耳之势占领了月球基地，在战报传回地球前，他们的战舰就到达了近地防御带。

"刘谏呢？"宋忆询问，"他没有出面阻止战争吗？"

"官方没有收到任何关于他的消息。"王栋摇头，"网上有人说他因为反战已经被赛博人的极端分子处决了。"

宋忆低下头，没有再说话。

很快到达试验场，刘潭皱着眉头，正在他的试验台前忙碌。见二人出现，立即对宋忆说道："我这边已经开始实验了，你的计算机得尽快投入使用。"

"好的。"宋忆顾不得其他，飞奔着冲进自己的工作区。

团队成员们正在忙碌，已经将硬件架构完毕。为了更快投入使用，宋忆直接沿用了基因治疗项目的技术作为辅助，定制了一台巨大的基因舱，为计算机承担编辑 DNA 的工作。一系列的组装和测试过后，生物超算正式开机，一切运转正常，宋忆提着的心终于放下。

随后计算机与二维加速器连接，后者立即投入工作。机器不断启动，捕捉粒子并尝试二维化展开，最初的实验并不理想，在展开阶段总是以失败告终。刘潭耐着性子，不断调整机器参数进行尝试，终于在所有人的欢呼声中，粒子被第一次成功展开。虽然持续时间很短，但这是一个很好的开始，相信接下来会更加顺利。

大量数据涌入宋忆的超级电脑，她立即调集算力进行分析。在一开始，她就设计了相应的操作系统和算法，在她的算法加持下，数据的输入和输出都无比顺畅。大量实验数据被整合，为接下来在二维膜上写入信息做着准备。

在接下来的数个月时间内，所有人都没有再离开地下，一切活动都在试验场内，甚至连吃饭和休息的时间都被省略，只在身体扛不住时躺进基因治疗舱，短暂恢复后又继续投入工作。

然而后续的进展并不理想，粒子二维展开的成功率本身就很低，而进一步写入数据更加困难。他们能做的只有更高强度地工作，寻找更好的方案和更合适的参数。

相对其他人，宋忆的工作较为轻松，她的超算电脑由于优异的设计和性能，已经可以完全满足数据分析的需求。于是她将空闲时间都用来给刘潭团队提供帮助，虽然高能物理并非她的专业，但给众人打打下手，顺便学习学习倒也合情合理。

整整半年时间，实验的进展都很缓慢。众人每天都会收到外界的战报，前线战事吃紧，防线在近地轨道和月球轨道之间不断拉锯，随着时间的推移，地球人已经渐渐落入下风。

在接到一个重要电话后，刘潭叫停了紧张的实验。他召集众人开了一个会，宣布调转研究方向。

"虽然我们没有成功塑造二维宇宙膜，但是也积累了大量数据。"刘潭不无惋惜地说道，"上面要求我们尽快将这项技术武器化。"

"来得及吗？"王栋插口问。

所有人都知道，一个新武器从技术验证到投入实战，中间需要经历漫长的过程。现在他们连基础理论都还没彻底弄明白，就要将之作为武器使用，实在是不切实际。

"不知道。争取一下吧。"刘潭摇摇头，见众人沉默，为提高团队士气，他又大声鼓舞，"我们已经做了多方面的准备了，就差临门一脚，努努力，没问题的！"

说话间他操作身侧的电脑，随后头顶传来隆隆的声响，整个穹顶徐徐展开，明亮的星空出现在众人头顶。这是他们半年多来第一次接触外界的光线，空中不时有流星划过，提示他们璀璨的星河下，炽烈的战火正在燃烧。

穹顶开启后，整个试验场却没有停止震动。金属墙壁的尽头朝着天空隆起，似乎有一头巨龙正在跃升。

"刘教授，这很危险。"王栋提醒。

刘潭点点头，点击身边的电脑，穹顶徐徐关闭，金属墙也很快恢复正常。

"加速器一开始的设计就是作为武器用的？"宋忆询问。

"也是，也不是。"刘潭解释，"这是一个多用途架构，如果技术允许，并且有必要，那直接作为武器使用也并非不可。"

"那下一步该怎么办？"宋忆询问。

"想办法把大规模折叠空间的办法弄出来吧。"刘潭说道，"不可控的释放总比可控的要简单得多。"

众人闻言，纷纷回到自身岗位。机器被重新启动，在粒子被展开的过程中，计算着将二维化过程放大的方法。在理想的模型中，加速器满功率运转后，有一定概率制造一个巨大的负空间，并对此空间内的所有粒子进行任意更改。

也就是说，在理想状态下，拿加速器瞄准太空开机，然后输入需要的参数，整个范围内的粒子都可以被重新排列，可以将赛博人的舰队抹去，也可以将人类损失的空间站还原，甚至将死去的人复活。但那仅仅是理想状态，此时的实验进展，离它还无比遥远。

即便遥远，仍然有尝试的必要，战火即将蔓延到地面，加速器已经是最后的底牌。只是前期基础实验数据有限，想要立即得出理想参数，几乎是一个不可能的任务。而生物超算所配置的算法，从一开始就是为基础分析而设，此时突然跳过基础阶段，令算法突然显得力不从心。

又是数月的努力，加速器进行了无数次尝试，在刘潭看来，已经有了作为武器使用的基本条件，但对于武器的安全性，他保持着深深的怀疑，因此没有立即投入实际应用，而是继续低强度测试以积累参数。

而当他在加速器操作面板前疲于奔命时，一队士兵来到了试验场，为首的军官开门见山道："刘教授，进度怎么样了？"

"可以用，但是……"

"没有但是，可以用就行！"

"这玩意儿太难以控制，有很大可能是只会消灭我们自己。"刘潭无奈地摇头，"打乱一个空间的粒子很容易，但把它们按照要求重新排列，那几乎是不可能的。"

"你们不是有超级计算机吗？"军官询问，"我看了前期的实验数据，计算得很好。"

"生物超算确实足够强大，但是，它只是一台计算机，根本没办法像人一样分辨事物，它不知道什么样是完好，什么样是残缺，参数上一丝一毫的差异，都会把整个空间里的一切打碎！"

"打碎就可以了。"军官面无表情地说道，"开机吧！"

"不可以！"刘潭疯狂摆手，"你想让地球跟赛博人同归于尽吗？"

"是的。"军官点头，"对于我们来说，同归于尽比战败要强得多。"

"不行！那会毁掉整个地球的！我不能让你们这么做！"

"我完全可以枪毙你，然后自己操作。"军官一抬手，身后的士兵齐刷刷举起武器，瞄准了众人。

"等等！"宋忆突然插口，"也许还可以再试试。"

所有人的目光都看向宋忆，她继续说道，"你不是说算法不能像人一样分辨吗，我可以再完善算法，让它变成人……"

"再好的算法也不可能完成，时间来不及的！"刘潭打断，"以现在的数据量，要进行筛选和甄别并重建，任何算法都做不到，任何人也做不到，这是不可能的任务！"

"我可以的，让我试试吧。"宋忆微微一笑，长期高强度工作导致的苍白面庞显得异常憔悴。

刘潭沉默片刻，似乎明白了她的用意，于是说道："那你答应我，不要毁灭这个世界。"

宋忆点点头，对着军官说道："这里会很危险，让你的人把他们都送回家吧。战争要结束了……"

"姐……"王栋喊了一声，众人随即朝前走了一步，将她围在中间。

"快走吧，我要工作了。"宋忆瞪了众人一眼，随后转身朝着生物计算机走去。

身边响起震耳欲聋的声响，刘谏睁开双目。

他被装载在一副漂亮的义体上，一副平民打扮，没有装备任何武器。从周围的环境来看，他正在一艘飞船的船舱中，而这艘船，似乎正在着陆。

"战争打完了吗？"刘谏冷冷地询问，同时尝试活动四肢，发现自己的手环正在手腕上晃荡。

"很遗憾，并没有。"唐尼出现在他面前，"我们希望你能够彻底结束战争。"

"对不起，刘谏先生。"EA56512 的声音在后方响起，"我们保证过不伤害你的家人，但是现在的情况有些棘手。"

说着他朝前走去，刘谏立即跟上去，发现 EA56512 的军衔已经是准将，显然他最近立下了不少军功。很快三人走出船舱，飞船正停留在陆地上。周围的环境令刘谏感觉似曾相识，竟然是在他的家乡。远处硝烟缭绕，头顶能看见破碎的空间站正在坠落。

"为了避免太大的破坏，我们打了个闪电战，一天就抢回了月球基地。"EA56512 说道，"地球的空中堡垒有点难办，耗费了大半年时间。至于地面武装，是几个小时前才登陆的，现在战斗已经基本结束，仅剩最后几个阵地仍在负隅顽抗。"

"为什么带我来这里？"刘谏问。

"我们本可以一炮轰掉它。"军官指着山坡上一个混凝土堡垒说道，"但是你的父亲在这里。"

刘谏闻言，立即朝着阵地跑去。防守的士兵见他出现，并没有开枪，而是打开了堡垒的大门。

父子在山坡上相会。想必是由于基因技术的进步，多年过去父亲反而显得年轻了许多，他穿着一身旧军装，精神矍铄。

"对不起，我还是没能阻止战争。"刘谏低下头。

"我都知道了，这不怪你。"父亲用手里步枪的枪托敲敲刘谏的身体，发出沉闷的声响。

"战争已经结束了。"

"不，还没有结束。"父亲摇头，"我是士兵，我的字典里只有胜利或者战死。"

"爸……"此刻刘谏想流泪，但他的义眼已经不具备这种功能。

"你快走吧，去做你该做的事。"父亲拍拍他的肩膀，"让我为你而自豪！"

言毕转身返回地堡，并重重关上防护门。刘谏蓦然地看着家乡的一切，赛博人出于对他的尊敬，没有毁坏一草一木，只是远远地包围了这里，仿佛战争从来没有出现。

刘谏默默地走向飞船，对着军人们说道："请给我父亲最大的敬意吧。"

EA56512闻言朝着前方挥手，密密麻麻的赛博士兵朝着掩体扑去。

密集的枪声响起，刘谏不忍回头，径直走进飞船。随后剧烈的轰鸣声传来，整座堡垒从内部爆开，火焰吞没了进攻的士兵。EA56512走进飞船："他是最勇敢的人类士兵……"

刘谏摆摆手，耳边响起唐尼的声音："你来看看这个！"

随后船舱里的投影传来一个坐标，距离十分接近。EA56512立即指挥飞船出发，很快来到一处平原。刘谏认出这里离国家科学院很近。前方地面上有一个无比巨大的拱形建筑，一头深埋在土中。

"根据我们的情报，这是一台粒子加速器。"军官解释，"去年才建好的，整整围绕地球一圈。之所以没有摧毁它，是我们得知你的妹妹还在里面。"

飞船降落，刘谏奔出舱门。眼前有十数艘武装飞船，正将炮口对准拱形建筑的入口。

"你最好能够劝降她。"军官提醒。

"能接入通信吗？"刘谏询问。

"试过了，没有回应。"军官回答。

刘谏朝着建筑走去，即便宋忆和父亲一样固执，他也想再见她最后一面。

建筑物的大门突然裂开，一个无比巨大的白色肉瘤出现，朝着刘谏扑来，就在即将吞没他时，肉瘤突然停下脚步，它似乎认出了刘谏。

"这是什么？"刘谏在通信频道里询问，内心升起一种不好的预感。

肉瘤蠕动着，露出了眼睛，一只和人眼一样的眼睛，它观察着刘谏，片刻后肉瘤剧烈抖动起来，它在调整形态，很快探出身体的一部分，似乎是它的手掌，在一根巨大的手指上，一个精致的手环正在晃悠。刘谏抬起手，两个手环在空中碰撞，合成了一个象征团圆的形状。

不等刘谏再说话，肉瘤的活动渐渐停止，也许是因为缺氧，或者其他原因，肉瘤表面的颜色渐渐暗淡，最终成为一团灰色的死肉。

"它就是宋忆。"唐尼叹气道，"我也是才收到战报，几分钟前我们的军队才占领这里。"

"这到底怎么回事？"刘谏将手环紧紧握在手中，虽然此时他的义体无法显示表情，但内心却感受到了前所未有的痛苦。

"哎，说来话长。"唐尼摇着头解释了前因后果，最后说道，"她想在最后时刻搏一搏，把加速器彻底武器化。"

"那她又怎么会变成这个样子？"

"她用基因舱把自己和生物计算机融合了，以此让计算机同时获得电脑和人脑的优势，进而操控空间武器，可惜结果你也看到了……"

肉瘤留在建筑内的部分晃动着，那台特制医疗舱还在工作，不

断重建宋忆的 DNA。但这个身体早已面目全非，生物计算机的 DNA
和宋忆的 DNA 被融合后，大量篡改的编码最终表达出了一个外形
诡异的怪物。随着它不断增大，终于挤破整个建筑物，瘫倒在平原
上。而随着补给的失去，它开始缺氧，渐渐失去活性，最终变成一
滩巨大的死肉。

"请你们给她个痛快吧。"刘谏无奈道。

EA56512 一抬手，整队高大的机械士兵走上前去，手臂上的喷
口吐出火舌，很快将一切付之一炬。

刘谏看着远处的熊熊大火，沉默良久后对着军官说道："战争
已经结束了，我的家人也都已经死了，你们是打算处决我，还是继
续囚禁我？"

"如果你愿意的话，可以继续以前的科研工作，你可是不可多
得的技术天才。"EA56512 说道，"战争已经结束了，我们没必要
自相残杀。"

"你可以接手宋忆的工作，这台加速器和生物超算都是世界上
最尖端的科研成果，不能就这样荒废了。"唐尼提醒道。

刘谏点头，他确实也有如此考虑，想替宋忆完成未竟的事业。

"我得向委员会汇报。"EA56512 说着转过身去，片刻后转头
道，"你可以暂时到科学院的办公室里等待。"

刘谏点头表示接受，随后在一艘运输飞船的护送下前往科学院。

赛博人虽然已经全面接管地球，但尚未重组政府，此时到处都是混乱和杀戮，赛博人士兵正挨家挨户搜索人类的残兵败将，街道上不时传来零星的枪声。网络上反复播放着通知，要求平民举报反抗军，不得窝藏，否则一律判处死刑。

科学院里一片萧瑟。刘谏走进宋忆的办公室，眼前一片狼藉。办公室连着休息室和实验室，是宋忆生前生活和工作的场所，残留着她存在过的痕迹，墙上挂着一幅肖像画，美艳动人。休息室里随意丢弃着几件贴身衣物，显然她生前无比忙碌，把所有的精力都用在了最后一搏。只可惜最终没能如愿，连她自己也从一个爱美的女子变成了丑陋的怪物并死去。

刘谏静静地站在宋忆的肖像前，此刻他想痛哭一场，但高度机械化的身体已无法支持他的表达，他只能静静地站着、看着、思索着，任由痛苦的情绪在脑海里翻腾，几乎将他的理智搅碎。

不知过去多久，刘谏的情绪渐渐恢复。他收拾了一下凌乱的办公室，随后打开电脑，他想具体了解宋忆的研究进展。系统提示需要口令和生物验证，刘谏思忖片刻，输入了母亲的生日，而在生物验证时，他拿出宋忆的手环，利用上面残留的 DNA 顺利通过。

于是刘谏获得了宋忆的所有权限，可以随意查阅数据库，在查阅过程中，刘谏窥见了实验数据的全貌。地球人正在完善宇宙膜理论，宇宙中的一切都是这个膜的投影，它是宇宙的本质，是人类穷尽智慧想要探究的终极目标，而二维加速器和生物超算，则是通往这个目标的两个主要工具。

唐尼的通信请求传来，二人简单交流后，唐尼询问："什么时候能重启项目？"

"我也不知道。"刘谏回答，"我看了宋忆权限内的数据，团队成员都已经回家了，除却死掉的几个人，其余都已隐匿网络 ID，或躲藏或逃亡，全都没有消息。"

"你是不是已经取得宋忆的权限？"唐尼询问，获得肯定的答复后，他说道，"这好办，我们可以使用宋忆的权限，加上委员会的保证，编辑邮件发送给他们，相信他们会回来跟你一起继续项目的。"

"那就好。"刘谏点头。

一条信息经过刘谏所在的服务器中转，通过宋忆的通信录发送出去。接下来刘谏要做的只有等待，果然不到半日时间，两个团队的人陆陆续续出现在科学院内，随后他们汇集在一起，在刘潭和王栋的带领下赶往宋忆的办公室。

当他们看清等待的不是宋忆，而是一个赛博人时，纷纷举起了手中的步枪。在他们离开地下试验场时，士兵给每人发放了武器，为接下来的巷战抵抗做准备。当他们在各自家中隐藏时，却都收到了同样的信息。

"我已经成功操控空间武器，请你们立刻到我的办公室集合，让我们一起扭转战局！"这条信息以宋忆的名义发出，实际上却是由唐尼编辑。

"冷静点，我没有任何武器。"刘谏不停摆手，"我是刘谏，你们应该听说过我。"

众人闻言呆愣，刘潭出言询问："宋忆呢？"

"她……已经死了。"

"这是个圈套！我们得快走！"王栋大喊，其他人正准备离开，却听办公室外传来金属敲击地面的声音，一群全副武装的赛博士兵突然涌进大门，很快将众人围住。

面对机械士兵的包围，垂下的枪口再次举起，双方顿时剑拔弩张。刘谏立即挡在众人面前问："这是干什么？"

EA56512 出现在士兵身后，面无表情地说："对不起，我利用了你。"

"他们只是技术人员，你们没必要赶尽杀绝。"刘谏怒吼。

"他们在最后一刻还在抵抗，都是死硬分子。"EA56512 冷冷道，"我必须消除威胁。"

"你不能杀他们，我还需要他们的帮助，继续进行研究！"

"我知道，但他们是敌人，正因为他们掌握技术，所以是更加危险的敌人。"EA56512 语气依旧冰冷。

"跟他们拼了！"王栋的吼声打断了 EA56512 的话音，随后枪声大作。

刘谏朝前扑去，想要替人群挡住子弹，他的身体因为被子弹击中而发出阵阵脆响，没有受到任何伤害。人群却在大口径机枪面前显得无比脆弱，血肉在办公室内横飞，片刻后一切归于平静，机械士兵仍站立在原地，人类则全军覆没。

刘谏的义体被鲜血浸透，脚边散落着残肢断臂，他愤怒地嘶吼着朝 EA56512 扑去："为什么？战争不是已经结束了吗？为什么？"

机械士兵们围上来，将其死死按住。EA56512 看着陷入癫狂的刘谏说道："刚才是战争的尾声，现在才算真正结束了。"

此时一名士兵走过来，EA56512 与之交流几句，随后对刘谏说道："任务已经完成了，委员会认为你的存在可能会对新政府造成威胁，所以决定继续囚禁你，在这之前，你有什么想说的吗？"

刘谏停止挣扎，他知道任何抵抗都已无济于事，他艰难地抬起手臂："把这对手环和我放在一起。"

"可以，还有吗？"

"我还有话对唐尼说。"

EA56512 点头，随即拨通了唐尼的通信线路。

通信接入后，唐尼在那边沉默了许久，最终愧疚道："对不起，我也是没有办法。"

刘谏摇了摇头，开口道："答应我一个要求。"

"你说，只要我能做到。"

"不要放弃对宇宙膜的探索，那将是一切的终极答案。"

"我会的。"唐尼回道,"战争彻底结束了,以后不会再有杀戮,我们会把所有精力用来探索宇宙,去完成你最初定下的目标。"

刘谏却摇摇头:"不会结束的,你们失去了人性,只会变得更加残忍。"

"不!以前的战争,都来自人类的欲望。现在是新时代了,我们和人类不一样,我们更纯粹。"

说话间,士兵们已经开始工作,将刘谏的身体拆解。很快他就失去意识,一切都再次陷入黑暗。

重生

刘谏不知道自己沉睡了多久。在最初的时间里,他的大脑虽然被冷冻,但依旧有少许的潜意识,他会出现梦境,梦见过去的亲人,也知道自己现在正被囚禁。但随着时间推移,梦境逐渐稀少,最终只剩下虚无。

直到某一刻,他的意识突然复苏,黑暗的世界陡然出现无数光芒,随后他发现,自己已经完全脱离肉体,正处在一个奇异的空间内,他可以感知周围的一切,却并非以自己熟悉的五感,而是一种全知全觉的体验。

"老朋友，终于又见面了。"唐尼出现在面前。

刘谏尝试活动身体，却撞上了什么东西，随后全身的能量开始波动，并对周围的环境展开了细致入微的感应，发现自己正处于一个玻璃容器之内。

"别怕，是我。"唐尼解释，"我怕你突然不习惯，所以用这个罩子保护起来。感觉怎么样？意识清醒了吗？"

"我感觉……很好。"刘谏惊愕地问，"这到底是怎么回事？"

"你现在是能量态。这可是新技术，怎么样，很厉害吧。这得拜你所赐，现代大多数技术的底层架构都来自最初你让我坚持的那项研究。"

唐尼说着朝容器下方挥挥手，与之连接的机器立即开始工作。刘谏感觉自己被一股力量抽离容器，眨眼间，他进入了一具机械义体中。

"你应该更喜欢最初的肉体，不过我这里只有一台基因舱，已经装在选择号上了，所以只能给你弄了这个身体。"唐尼笑着说，"这个也不赖，量子大脑，换四百年前可是顶级科技。"

"四百年？"刘谏惊了，"我睡了这么久？"

"准确来说，你被冷冻了五百年了。"唐尼解释，"起初只是冷冻，后来发现人的大脑被长时间冷冻后会影响意识的完整性，只是当时已经晚了，你的意识损伤很大，所以干脆一直冻着，等到技术足够好再进行复原。现在看来还挺成功的。"

刘谦起身走动几步，发现重力和地球接近，而身侧的舷窗告诉他，这里是太空，很显然脚下有着人造重力。而他的身体很精巧，大脑的思维也很敏捷，于是伸手敲敲脑袋，听见了清脆的声响。

"人类怎么样了？"刘谦不禁询问。

唐尼闻言苦笑，摇摇头说道："你是对的，战争永远不会结束。"

"还在打吗？"

"小仗打了无数次了，世界大战又打了两次。"唐尼的声音变得低沉，"我们从来都没有摆脱战争的阴影，而这一次，可能是文明毁灭之战。"

"这五百年到底发生了什么？"

"发生了挺多事情。"唐尼共享出大量数据。

刘谦迫不及待地浏览。原来在他被囚初期，赛博人普及了量子大脑，彻底摆脱了肉体束缚，也永远告别了人性。他们如同机器一般疯狂复制，在宇宙中探索和殖民，几乎已经渗透大半个银河系。其间由于各地区分化发展，渐渐出现了不同的文化，互相之间也就从未停止过攻伐。

而唐尼一直留在太阳系，和一堆顶尖科学家继续探索宇宙膜理论。在他们完善整个理论的过程中，贡献了大量先进技术，包括空间武器和将思维转化为能量态。历史总是惊人相似，如同最初赛博人和人类的对立一般，能量态生命和机械人之间又开始了战争。不同的是科技水平今非昔比，现代战争的威力足以毁灭整个文明。

"你唤醒我就为了让我看着赛博人走向灭亡吗？"刘谏问道，"你是不是觉得这样会给我带来快感？"

"不是。"唐尼否认，"我希望你去阻止这一切发生。"

"阻止？我怎么阻止？"刘谏疑惑了。

唐尼没有立即回答，而是反问："你应该知道模拟宇宙猜想吧？在我们年少时很流行。"

"当然。"刘谏回答。人类一直在探究世界的本质，曾有许多学者认为，三维宇宙只是更高维度的文明的投影 —— 高维文明通过宇宙中最基本的粒子和物理法则完成了这一切，就像人类通过 0 和 1 在互联网中创造的虚拟世界一样。在 21 世纪初期，这种理论有许多拥趸，但由于无法验证，所以一直停留在猜想阶段。

"你看这是什么？"唐尼指向窗外，"我在这里度过了数百年时间，就为了完成它。"

刘谏走到窗边朝外看去，发现果然身处于一个太空基地。窗外远处竟是木星，大红斑如同一只巨型眼睛，正默默与他对视。基地下方有一个无比巨大的圆柱体，两端朝着前方延伸而去。顿时惊道："这是……加速器？"

"是的。"唐尼说道，"它的半径和木星轨道一样大，这是我们能制造的最大的加速器了，也就是靠它，完成了现代物理学的最初积累，以及对宇宙膜理论的进一步验证。"

"你验证了膜理论？"刘谏问，他意识到，如果验证宇宙膜理论，同时也就可以验证模拟宇宙理论。

"我把所有精力都花在这上面了，也依旧没有完全验证。"唐尼解释，"但已经证明最初的设想是完全正确的，只是我们现在能操控的能量有限，不能真正到达四维宇宙膜的上方。我现在等于是彻底通关了一款虚拟游戏，但离超越游戏本身进入电脑操作系统还有很远的距离。"

"那就进一步验证吧。"刘谏安慰，"慢慢来，总能找到终点的。"

"不！"唐尼回答，"没有时间了，他们已经引燃了空间炸弹，很快它的威力就会到达太阳系，这里的一切都会被捏碎，我和加速器也都会跟着毁灭。"

"那现在怎么办？"

"我已经准备好了。"唐尼说道，"这里有一艘飞船，你乘着它前往银心。那里有整个银河系最强的能量，利用它，应该可以到达超膜空间。在那里只需稍作修正，就能给我们的文明一次重生的机会。"

"应该？"

唐尼苦笑："我只从数学上验证了，实地测试需要你去完成。"

"为什么是我？那你呢？"

"你是地外探索的先驱，这是你未竟的事业，也是你妹妹的遗愿。"唐尼说道，"而我要留下来，这里有我一生的心血，我在这里待了几百年，已经离不开了，我没法阻止它被摧毁，但我可以陪它一起逝去。"

刘谏沉默了。

"你快走吧！"唐尼拉着刘谏的胳膊，二人穿过基地通道，很快来到一艘飞船前，"船上有你需要的一切，应该足够你完成旅行。"

"靠它能点燃银心？"刘谏看着面前的小飞船，疑惑地问道。

"不要小看它，它汇聚了人类智慧的结晶，不仅仅是最初的人类，包括赛博人类、能量态人类，所有人的聪明才智，整个历史的技术和工业积累，最终才造就了它。"唐尼说道，"它不是一粒尘埃落入火海，而是一粒沙子掉进眼睛。是掉进肉眼，而不是我们的玻璃义眼！别说了，快走吧！"

刘谏被推进船舱，随后舱门关闭。轰鸣声响起，飞船开启了自动飞行模式，在炽烈的尾流中，飞船离开基地朝前飞去。

刘谏坐进驾驶舱，看见驾驶台上挂着他和宋忆的手环。他拿起来，握在手中，同时接驳了飞船的操作系统。通过飞船的传感器，他看见后方远处闪起炽烈的火光，空间正被急速扭曲，加速器的远端在爆炸，强烈的火势伴随空间褶皱的延伸顺着圆环朝基地扑来。

"我想……我还留存有人性！祝你好运吧！"唐尼发来最后一条信息，随后在一片耀眼的光芒中，整个基地彻底消亡。

"准备升维！"系统发出最后通牒，"10、9、8……"

选择号一头扎进银心，磅礴的能量向它涌来。小小的飞船立即按照预设程序摆动，将周围的能量汇集在自身的空间泡中，随后在强大无比的能量潮推波助澜下，飞船分解成了无数微观粒子。

驾驶台上的刘谏感觉身体和意识同时被朝着所有方向拉扯，随后肉体消逝，意识则变成了一缕能量。很快他感觉自身的能量开始消散，却一直没有看到任何可能与宇宙膜有关的事物。就在他无奈地打算接受失败时，一股力量拉扯着他，进入了一个奇异的空间。这里仿佛是传说中的天堂。无数杂乱的数据在周围飞舞，这些数据的投影，正在模拟出整个宇宙中的一切。

这里的无数星系，正在各自演化，所有星系的所有时间段，以及他们承载的物质和能量，都被展现在刘谏面前。他集中精神，开始寻找自己需要的部分。

定位坐标，银河系、太阳系、地球。时间的长河在此间流动，刘谏溯源而上，他看见了战争、看见了星际移民、看见了赛博士兵的金属胳膊、看见了木星的大红斑、看见了聚变发动机的尾焰……

终于，他找到一个熟悉的场景，于是毫不犹豫地朝前扑去。此刻，一切繁杂都在瞬间归于平静。

　　刘谏站在大雨中，他看见宋忆出现在远处，正扯起外套试图挡雨。刘谏将平板电脑顶在头上，随后快步走过去。

　　"宋忆！"雨声没有掩盖他的喊声。

　　"你是？"

　　"刘谏！"刘谏伸出右手。

　　"是你！"宋忆看清了他的长相，于是也伸出手。

　　这一天，是他们第一次握手。在二人手腕的部位，两个手环碰撞在一起，形成了一个象征团圆的形状。

归来之人

杨晚晴／作品

战争是反人性的，然而它又是人性的一部分。

机器的发展要比道德的进步快好几个世纪，当道德的进步最后赶上机器发展的时候，我们就不需要任何机器了。

——哈里·杜鲁门

这是一个雄心勃勃、掠夺成性的世界。现在我明白了战争归来者的孤独，他们就像是另一个世界的天外来客。他们拥有别人没有的知识，那些只能从死神身旁去获得的知识。

——S.A. 阿列克谢耶维奇

DAY 1

我听见大地的哭泣，通过我的皮肤、肌肉和骨骼。

在我前面不远的地方，是一座历史悠久的巴尔干半岛城市，有石头筑起的喷泉和石子铺成的路，有整块大理石打磨出的雕像。此刻，这座石头城市正在高爆炸药和 M312 机枪的咆哮声中快速瓦解。主动降噪耳罩部分掩饰了瓦解的惨烈，但爆炸仍以震波形式沿地面传播，导入我的身体。

一场场内在的轻微爆破。

突击单元 AU-107 按指定路线前进。突击单元 AU-107 按指定路线前进。

云端系统下达命令，同时将设定的路线以亮橙色呈现，如一条黄金蟒盘绕在由多架侦查 UAV 绘制出的 2.5D 实时城市地图中。又一轮攻击结束，在增强视野中，我看到数千个暗蓝色光点汇集成楔形突出部，刺向仍有武装分子盘踞的城市北端。而我身边这几个带着姓名标识的光点则在向地图中那一片猩红色的小范围交火阵线靠近 —— 这就是我的队伍，突击单元 AU-107。在这座古老城市的市中心，道路狭窄曲折，运兵车无法通行，M-ATV 全地形车将我们卸下，自行沿干道前往集结点，而我们则步行进入街巷。在我们的头顶，无数 UAV（无人驾驶飞机）携着从尖锐到低沉的多普勒效应快速掠过，奔赴自己的杀戮与死亡。我知道它们才是这场战斗中冲锋陷阵的战士 —— 毕竟，它们造价低廉，是可以被牺牲的。

我和我的队员需要不时绕过破碎的街垒。此刻它们唯一的作用似乎只是盛放那些焦黑残缺狰狞的尸体 —— 武装分子的尸体，淡淡的血腥气和什么东西烧焦的气味，通信链路里飞速传递的命令和话语。这情境已经超出我理解的阈值，进入某种既让我恶心，又令我着迷的超现实语境。

我想我的脸一定白得吓人。

"哟，吓傻了，教授？"

通信链路里阿尔的头像闪烁。我转头，看到动力外骨骼里的黑人男孩儿正咧着嘴，似笑非笑地看我。我没有答话。战术军士尼基蹚过砖石与碎屑闷头向前，而我在试图跟上她。我从不敢忘记教官说过的话：

"姑娘们，在战场上你们负责做决定，而战术军士负责保住你们的小命儿。"

我目睹了死亡，但还没做好死亡的准备 —— 尽管联军司令员曾经保证，在战场上我们甚至要比在家里安全。

至少在一个小时以前，他所言非虚。

联军部队的攻势摧枯拉朽。一轮 M982 榴弹炮（使用惯性制导的"神剑"炮弹，可在 25 英里[①]之外射中 10 英尺[②]之内的目标）齐射加上一轮"复仇者"UAV 俯冲轰炸，就彻底摧毁了敌人在库米扬城外的装甲防御阵线。那个扬言要把萨尔第维亚变成另一个越南或者阿富汗的武装力量似乎不堪一击。现在他们只能把熊熊燃烧的装甲部队丢在城外，退入城内与联军近身缠斗 —— 从建筑物里施

---

① 1 英里 ≈ 1 609.34 米。
② 1 英尺 = 0.3 048 米。

放冷枪或者在街巷中埋设粗陋不堪的 IED（简易爆炸装置），士兵们应对前者的方法是用 12.7 毫米机枪或者 40 毫米空爆榴弹把狙击手藏匿的墙体打成飞溅的豆腐渣（它有一个官方名称叫"乱射压制"），后者则是派出一台台扫雷机器人，这些身高 1 英尺出头的小家伙们兴高采烈地冲向疑似爆炸物，在一声声轰响中实现了自己存在的意义。

直到抵达市中心的交火阵线，我们才遭遇了真正的抵抗。

那是一栋洛可可式三层楼房，它藏身于一排与它相似的砖石结构建筑当中，几乎每个窗口都在向外喷吐火舌，哒哒哒，咻咻咻，哒哒哒，像歇斯底里吼叫的孩子。街对面友军的"大狗"四足机器人刚一露头就被 7.62 毫米子弹的暴怒所压制，几次出击无果后它弯折液压关节，伏低身体，试图用背上的 M307 榴弹发射器打开局面，正当它瞄准时，一枚曳着白色尾迹的火箭弹击中了它站立的地方。

"轰！"

尘烟散去后，我听见史酷比模拟出倒吸冷气的声音。

点对点通信请求。在几十英尺开外，身着棕色外骨骼装甲的战术军士在向我挥手。

突击单元 AU-99：突击单元 AU-107，请呼叫空中支援火力。完毕。

突击单元 AU-107：你们为什么不呼叫？完毕。

突击单元 AU-99：我们的战场统合分析员挂了。完毕。

我们几个——我、尼基、阿尔、史酷比——面面相觑。如果"挂了"一词意味着"KIA"（阵亡），那么联军的新闻发言人该好好筹划一下之后的新闻发布会了。但那不是我们现在需要操心的事。我们在隐蔽处等待，直到侦查 UAV 的合成孔径雷达、红外扫描仪、声波感应阵列、磁感应器等的数据被云端分析，继而进入我，所谓的战场统合分析员的人造脑区。

建筑平面图（图略）（结构分析模型。置信度 82%）

建筑中活动人员分布（红外扫描与子弹轨迹分析模型。无平民。置信度 70%）

威胁度分析（重武器威胁 B-；班级单元的战术机动阻遏效果 A-；非战斗人员误伤可能 C+；突击型战斗单元杀伤度 C-……）

附带损伤评估结果……

建议使用战术及武器……

这一切在我的视野中瞬间呈现，又在几个微秒内被分析。表示攻击的红色十字已经悬在实时地图中的屋顶之上。现在，我需要做一个决定。

我看向尼基，而她只给了我一个凝然倚墙的侧影。

唾沫滑入干涩的咽喉。确认攻击。

半分钟后，死神从天而降。

一枚使用 GPS 辅助惯性制导的 JDAM（联合制导攻击武器）炸弹由"复仇者"UAV 自 1 万英尺高度投下，呼啸着从屋顶钻入那栋粉红色小楼，延迟引信随即起爆，高爆炸药与活性金属在空气中结合后产生强大的冲击波，将楼房从内而外地摧毁 —— 橙色的火焰黑色的尘烟，暴雨般飞溅的碎片。我的骨骼在共振中嗡嗡作响。

—— 想象一个被鞭炮炸毁的蚁穴，只是规模要大上数亿倍。

……

压低重心从蚁穴的残骸边走过时，我尽量不去注意（同时小心翼翼地绕开）那些四处散落，和碎石明显不同的不明物体。地图上亮蓝色光点在我身后鱼贯而行 —— 尼基、阿尔、史酷比。我的队伍，名义上的。

"啧啧，可怜。"阿尔在共享视野里画了个夸张的红色箭头。在箭头指示的方向，我看到一名士兵正单膝跪地，轻抚"大狗"机器人的残躯。

"愿它安息。"史酷比说。

"电子脑袋可没有天堂。"阿尔说。

"也同样没有地狱，"史酷比反唇相讥。"那儿是为你准备的。"

"闭嘴你个狗娘养的电子脑袋！小心老子我 ——"

"够了。"

通信链路里尼基的头像亮起又熄灭。她的声音既不高亢，也不尖锐，而是低沉的，沙哑的，带着一点点疲惫。和从前一样，这个人的每一句话都像是自言自语，似乎从不在乎别人是否能听到。

但每个人都能听到。

于是沉默降临。队伍末尾，那个表示尼基的蓝点忽然停住。我回过头，看见她在废墟旁驻足。

"发现幸存者。"尼基在多点通信链路里广播。

共享视野里，那个人从砖石堆中露出半截身体。如果不是被喘息吹起的灰烟，你会认为他和废墟是浑然一体的，仿佛一尊蹩脚的人体雕塑。

一尊手握 RPG（火箭助推榴弹）火箭筒的人体雕塑。

"呼叫 RE——"

"把他交给我们。"AU-99 的战术军士打断了我的医疗请求。那个哀悼"大狗"的士兵起身，向幸存者走去。

我迟疑了一下。

"我们的战场统合分析员不在这里。"战术军士说，"除了他，我们谁都不熟悉《新日内瓦公约》—— 对吧，乔？"

士兵点了点头。他站在尼基对面，身体僵硬，如绷直的琴弦。后者默默注视了他一会儿，转身走开……有那么一瞬间，我忘记了自己正身处战场。灰烬从熊熊火焰中升起，在铅灰色的天空中飘荡，最后如纷飞的黑色鹅毛，落在尼基的增强现实面罩上，遮住了这个女人唯一称得上漂亮的部分。

那双湛蓝湛蓝的眼睛。

我感到一阵恐怖，接着是一阵心痛。

"那个人活不了了，"她说，"我们走吧。"

我点点头。"突击单元 AU-107，继续前 ——"

命令被凄厉的报警声打断。在战术视窗中我捕捉到了正呼啸而来的死亡：一枚从某栋楼的某个窗口中发射的 RPG。黑色的锥体，橙色的尾焰。一轮黑日在我的视野里急速膨胀。这就是结局了我想 —— 我闭上眼睛。

奇怪的是，我的一生并没有在脑海中闪回。

DAY 234

我们需要谈谈。

我没有理会增强视野中的匿名信息。剃须刀匍匐在脸颊上。推动开关。嗡嗡嗡。嗡嗡嗡。收割胡须的声音穿透我的骨骼，让我想起 M134 加特林机枪被过滤掉低频部分的嘶吼。

每分钟三千发，几乎可以咬死任何猎物。

我们需要谈谈。关于那件事。

刷牙。把脸长时间浸泡在冷水之中。肺部的收缩感。也许淹死自己并没有那么难……水面之上传来敲门声。"亲爱的,你 —— 好了吗?"

妻子真实的表情显现于卫生间门开启的瞬间:一点点不耐,一点点焦灼。现在,她仰起脸看我,用一个笑容抹去了所有不合时宜的情绪。

"威廉,你今天 —— 很帅。"

"谢谢。"

"那 —— 我们出发?"

我点了点头。

肖,装聋作哑并不能把一切抹去。

凯文在客厅等我。这个十岁男孩儿已经高过我的肩膀,但他依然像小时候一样,不肯正对我的视线。—— 我想在他心中我永远没法演好父亲的角色:无论是在车祸之前还是之后,无论我是教授还是军人,是英雄,还是变态狂、屠夫、刽子手。

我想,我永远是一个顶着"父亲"称号的陌生人。

"嗨。"陌生人对男孩儿打了个招呼。

男孩儿挤出一个笑容。

几分钟后,我们一家三口坐上预约的胶囊电动车。沉默间,城市在我眼前飞驰而过:大片大片的绿地,绿地上衣装鲜艳的人群,银光闪闪的摩天楼，楼宇间的巨幅激光投影广告……白云，蓝得几近透明的天空 —— 没有烟柱与 UAV 的天空。

肖，不管你回不回复，我今天都要把事情解决。

忽然间一阵眩晕袭来。我下意识地用手攥住一侧裤兜，那里面坚实的物体让我感到安心。

"威廉，你 ——"安娜把手覆在我的手上，"不舒服吗？"

摇头。

"我们今天去哪儿？"凯文问道。

"我们去吃一顿大餐，然后……"

然后就到了摊牌的时刻，我想。妻子的话音被隔绝在我的世界之外，我看到她的嘴唇无声开合，那曾经令我心醉神迷的嘴唇，那曾经令我痛不欲生的嘴唇。如今，它只是嘴唇，一个呼吸、咀嚼、发声的，神经丰富的器官。

"……这就是我们一天的行程。"妻子将手撤回，摆在双膝之上，孔雀绿色的丝绸裙子将那双手衬得格外白皙，"怎么样，你们二位满意吗？"

凯文用眼角偷瞄我，"史蒂夫不来？"

妻子的脸颊掠过一丝尴尬，"不来。"

"你应该叫上他的。"我说。

尴尬发酵成隐隐的恼怒，"他今天要加班。"

"还是关于战争的报道？"

"威廉，"妻子站了起来，双手盘绞，胸部微微起伏，"我们说好不谈这个的。"

我低下头，"对不起。"

她站在那里，双手分开，各自攥成拳头。她的手指瘦削紧绷，仿佛在一瞬间集中了被精心掩藏的老态。

"我们一家。"她咬着嘴唇，"只有我们一家。"

我点了点头。

片刻之后胶囊车开始减速。乘车助理出现在我的增强视野中。"即将到达目的地。"她用甜美的声音说道，"祝您度过愉快的一天。"

祝您度过愉快的一天……这个虚拟人物有一双可以乱真的蓝色眼睛。斑驳的网状结构。……被风吹皱的海面。

我的手臂被轻轻碰触。"亲爱的，我们下车吧。"

乘车助理的影像淡去。我迈开脚步。

DAY 1

那双蓝眼睛看着我。

"起来。"尼基说。

在外骨骼的助力下我站了起来。增强视野里显示生命完整性报告——除了疼痛造成的神经信号异常传导,我似乎完好无损。

"下次不要闭眼睛。"尼基又说。

我恍恍惚惚地前行,路过突施冷箭的那栋楼房。此刻它的半个外立面倾塌在街道上,堆成一个小小的月亮金字塔,塔尖上是一滩被子弹打烂的血肉。

"希望它不会影响你的午餐。"阿尔说。

我别过脸去。

"教授,"阿尔举手上指,"你难道不想感谢一下天上的那些小小鸟吗?"

抬起头,我看到漫天飞舞的"蜂群"——军方的大人物称其为UAV网络。除了装备异频雷达收发器,为战场提供移动热点,一部分UAV还装载了反射镜片。当危险降临,它们可以把来自地中海舰队的大功率激光瞬时投射到这片战场上的每一个角落。

战术中继激光防御系统 —— 天空中的保护神。

当然，就像教官曾经反复强调的一样，如果你希望保护神能够一击命中，那么最好用多个交叉视点锁定来袭物体。

"下次不要闭眼睛。"

也许这次我只是运气好而已。

……

"你们知道吗，现代军队的最大成就不在于武器的革新，而是在于通过纪律约束和价值灌输，让士兵直面自己的死亡。"

在 C-17 运输机四引擎的咆哮声中，我试图找回那个破碎的自我。我们正身处距库米扬城二十英里开外的营地，在这个五平方英里①不到的区域内，拥塞着上千个军用帐篷和几条临时跑道，四周则有自动哨戒炮、巡逻机器人（此刻史酷比也是其中一员）和战斗UAV 拱卫。装载着钢制建筑预制件的 C-17 正源源不断奔赴此处，几天以后一座军事要塞将在此处、在建筑机器人的手中拔地而起，届时我会有自己的营房（配备淋浴间和抽水马桶），但在那之前我们必须在帐篷下忍受彼此的气味和声响。

但起码我们是安全的。

"就比如你要盯着那枚飞向你的火箭弹。"阿尔灌下一口占边波本，将酒瓶递向尼基。这个高大、面容粗野的青年卷着袖管，肌

---

① 1 平方英里 ≈ 2.59 平方千米。

肉虬结的小臂上纹满青色的、凹凸有致的妖冶女郎和模糊不清的脏字儿，表达着属于街头和荷尔蒙的独特审美。

后者没有对这种审美做出任何反应。

"对。"我点了点头，"战争是反人性的，然而它又是人性的一部分。"

阿尔悻悻地收回酒瓶，又灌了一口。"这话有点儿费解，教授。"

我舔了舔嘴唇，在肚肠里搜罗词语。

"就比如我，"我说，"我的存在，就是要让战争具有人性。"

阿尔挑起眉尖，"把人放在决策圈中，将军们是这么说的吧？"

"对。"我点头，"如果攻击决策由云端系统做出，那么这就不是一场人对人的战争，而是机器对人的战争——而这会破坏战争的正当性。"

尼基轻轻哼了一声。我看向她。这个女人顶着一头毛茸茸的金色短发，穿军绿色制式背心，修长的脖颈和结实的手臂上缀满细密的汗珠。尽管始终在低头擦拭 M27 突击步枪黝黑的枪管，不愿抬头看我们一眼，尽管嘴唇紧紧抿成直线，在橙色的灯光下，她五官的线条还是透出某种只属于女性的柔软。

阿尔同样看着她，喉结上下耸动。

"但其实云端系统已经做了大部分的工作，不是吗？"阿尔把头转了回来，"大到整个集团军的移动，小到每个战术单元的部署，它都会给出最优的建议。将军们只需选择'同意'或者'不同意'，而教授你也只需对 UAV 或者机器人授权，接下来的一切都会由系统自动执行。"

"这就是关键所在，"我耸了耸肩，"最后的决定是由人类做出的。"

"所以杀人的不是机器，"尼基抬起头，"而是人类自己。"

一时间我不知道该说什么。她蓝色的眼神是巴尔干半岛乍暖还寒春日中的一抹凛冽，我扭开了眼睛。

阿尔勾着嘴角，"战争。战争从未改变。①"

尼基皱了皱眉头，显然并不欣赏他的俏皮话。

"说起来，这并不是我们的战争。"看男孩儿的表情，他是急于扳回一城，"我，成长在一个充满酒精与谎言的家庭，读过几年书，为了生存，也干过不少下三烂的事儿，蹲过班房，对这个鼓吹人人平等和天道酬勤的国家没有任何好感；教授，你是来自大洋对岸的高材生，在大学里教 ——（"战争史。"我提醒道。）对，教杀的战争史 —— 恕我直言，在这个早已不再崇尚知识的国家，我真不知道你要到哪里去寻找存在感；尼基（被提到的人没有停止擦拭枪管的动作），你是十几岁才移民来的吧？很难相信一个已经有了基本判断能力的人还会被山姆大叔那套伪善的鬼话洗脑……说得难听点儿，我们都是这个国家主流价值观里的边缘人，现在却要

---

① 语出游戏《辐射》。

来维护它的自以为是 —— 正如我刚才说的，我们在打一场不属于我们的战争，这难道不是很荒谬吗？"

"那就走开。"尼基突然扔出一句，"没人逼你来这儿。"

我和阿尔半晌没有反应过来。我们半张着嘴巴，看着女人将她的枪组装起来，重新录入自己的微生物指纹，校准辅助射击系统，与 M27 步枪（或者更准确地说，M27 步枪上的拟人智能终端）互道晚安后把它轻手轻脚放进枪箱，然后钻入微气候睡袋，留给我们一个硬邦邦的后脑勺。

阿尔把脸转向我，这个十八岁少年的眼中有一丝费解、一星怒火和一点委屈。"她什么意思？"

我摇了摇头。

远方有滚雷之声。

DAY 234

嗒。嗒。嗒。

叉子敲着餐盘，撞击声掠过绿植和大理石人像，在深红色的墙壁间来回弹射，最终消散在空气中。

"凯文，停下。"妻子说。

男孩儿嘟起嘴，"我们什么时候走？"

"去哪儿？"

"回家啊。"

妻子的脸绷了起来，"今天我们就在这儿。我们一家。"

我对男孩儿抱歉地笑了笑，并不介意他把脸扭开。我知道，这很无聊 —— 现实世界就是如此无聊。在我遭遇车祸之前，都是史蒂夫在陪他玩儿，而在车祸之后，我还没来得及填满他心中那个大大的空洞。

"凯文，"我将手肘撑在桌面上，探身向前，"你为什么急着回家呢？玩儿游戏？"

他垂下眼睑。

"你最近玩儿的游戏叫什么来着，战争之子？"

他扬起眼睛，警惕地看我。

"我也玩过这个游戏。"我说。

有一抹光亮在他眼中一闪而过。我熟悉那一抹光亮，那一抹只有在我们谈论心爱之物时才会出现的光亮。我想凯文和大多数年轻雄性一样，或多或少地迷恋战争，迷恋战争制造的冲突与奇观，迷恋美丽而又致命的武器，迷恋在深知自己安全的时候远距离地观赏死亡。在很多人眼中，战争有其独特的美学。我不能为此责怪一个十岁男孩儿，毕竟，战争根植在人类的天性之中。

——我们是战争之子。

"爸爸，你——"凯文有些迟疑，"真的玩儿过？"

我轻轻点头。

"那你能不能告诉我——"

"咳。"安娜发出做作的咳嗽声。凯文缩起脖子，意识到自己触碰了这个家的禁忌。

你想让我告诉你，这款游戏到底像不像真正的战争。这个问题只有亲历过战争的人才能回答。我给了男孩儿一个不以为意的笑容。不，它一点儿也不像。你永远都没法通过战争以外的途径去体会真正的战争——不管它宣称自己有多么逼真。真正的战争充满死亡的恶臭，而当你嗅闻过这种恶臭之后，你的"嗅觉"受体就会发生不可逆的改变，你便从此告别了整个世界的芳香。

我想我的脸上一定流溢出了某种表情，这表情使沉默突然降临在我们一家三口的小小一隅。半晌之后，安娜的手越过桌面覆在我手上，"亲爱的，我们——我们走吧。"

我感受到了她手心的湿凉，还有在我身上汇聚的视线。我转过头。餐厅的另一边，几个年轻人正肆无忌惮地看着我。这个世界上从不缺少好事者。他们热衷于在虚拟空间追逐和分发热点，会在增强视野里设置热点匹配提示。此刻在某个年轻人眼中，我的头上一定悬着一个巨大的惊叹号。

——然后是公共区域的视点分享。然后是铺天盖地的弹幕。然后是更多的目光。

那一桌上，有人用手比出抹脖子的动作。

我站了起来。

"不要。"安娜缓慢摇头，灰色的眸子里泪花翻涌，"威廉，不要。"

我冲她笑了笑。走向那几个年轻人，周遭的目光如疾雨打在我身上。出征时他们叫我英雄，现在我是变态狂、屠夫、刽子手。我想人们总会被良心折磨，也总会找出什么来消解这种折磨。我想这才是我的一系列称号之下的真相：一只替罪羊。

"先生们，"替罪羊停在桌前，"我能为你们做些什么？"

几个人都站了起来，其中一个足足高出我一头，髯须蓬勃。我认出他就是那个朝我比划的人。

"滚开，杀小孩儿的变态。"大胡子碾着牙齿。

我把手伸向裤兜，我的嘴角卷出笑容。

"如果我不想呢？"

DAY 13

"教授，你确定这些家伙是来打仗的？"

我冲阿尔笑了笑。在我们身边一线排开的士兵戴着形制不一的钢盔，穿着脏兮兮的迷彩服，拎着锈迹斑斑的 AK12 步枪。他们眼神涣散，脚步拖沓，不住地打呵欠，间或叽里咕噜地交谈几句、粗野地笑上几声 —— 阿尔说得没错，他们更像是一群去赶集的恐怖分子，而不是要与我们并肩作战的友军。

"我确定。"我说，"你不能指望每个人都像我们一样装备动力外骨骼和智能枪械 —— 别忘了，他们的政府还欠山姆大叔一大笔钱呢。"

阿尔弹了下舌头，"啊哈。"

我们在约根森林中步行前进，史酷比在前，我、阿尔、尼基和两部"剑"式武装机器人紧随其后，排成紧凑的楔形队列 —— 在由突击模块转为侦查模块后，步兵作战单元 107 的成员构成、远程支援、战术执行等都发生了相应改变，以此实现既定兵力下的最大作战效率。我们的友军则拉开一条长达数百米的散兵线。我想他们只是在践行一种把死亡风险平摊的朴素哲学。森林里是密密匝匝的白杨和桦树，春日的阳光透过树叶斑斑点点地洒了下来，我听见沙沙的脚步声和沙沙的风。

"教授，我有种不好的感觉……"史酷比用它的电子合成声
（中年男性的声音，鼻音略重）对我说。

"嗤。"阿尔用鼻孔吹出一声，"没有数据支持，你就是个弱智。"

失去数据支持的可不止史酷比一个。尽管有四只"蜂鸟"扑翼
式 UAV 不断通过 LIFI 连接（不易被干扰但会被障碍物阻隔，所以
只能小范围使用）向我传送周遭几十米的实况画面，但 —— 无法
与战友共享视野，无法查看实时地图，和云端系统提供的战场觉知
相比，我能感知到的不过是在浓黑中的一豆磷火。如果再假设身边
环伺着青面獠牙蠢蠢欲动的猛兽，这感觉又岂止是"不好"？这就
是我们此时的处境：在一片危险的数据"暗区"中蹒跚前行。联军
前期空投在约根森林的 T-UGS（战术性地上无人感应器）已被武装
分子悉数破坏，而飞临此地上空的侦查 UAV 更是时常被击落，强烈
的电磁干扰使云端系统无法在整片区域建立起有效的战术数据网
络，雪上加霜的是，卫星图像也在茂密的森林和武装分子老练的光
学伪装下丧失了参考价值。昨天一架"疣猪"（A-10 攻击机）冒险
低飞，险些被一枚地对空导弹击中。现在，出于安全考虑，所有飞
过该地的飞行员都拒绝把高度降到 15 000 英尺以下。

—— 联军司令部承认，我们的敌人并没有如预期那样，被优势
火力迅速打垮。在十几天的战斗之后，他们找到了联军的弱点：克
劳塞维茨所谓的"战争迷雾"——联军宣称已然不存在的战争迷雾。

找到。然后制造。

大片大片的战争迷雾出现在联军尚未攻克的森林地带和山区，它们连结起来，成为横亘在库米扬城和武装分子北部据点之间的天堑。联军的大股地面部队在这一障碍前停住了脚步，司令部派出零散的侦查单元配合装备低劣但有数量优势的政府军（比如，一个侦察单元搭配一个完整建制的连）来驱散迷雾 —— 在云端系统做出的战损分析中，萨尔第人是大量且廉价的，萨尔第人的死亡是可以接受的。

"这就是云端系统在做的，"阿尔踏扁一丛褐色的菌类，"给每个人的生命标出价格。"

"是权重。"我纠正道。

"低于某个数值就可以消灭掉，嗯哼？"

"战斗的决策基于一种极其复杂的算法，伦理学、心理学、统计学、人类学、国际法、战争法、意识形态、宗教信仰等因素都是其中的变量 ——"我深深吸了口气，"但你说得没错。归根结底，我们是在用数字来称量一个人的生命。"

沉默。鸟儿的啁啾和灰蒙蒙的阳光在林间跳荡。

"如果是由算法来做决定，"尼基的声音传入头盔，"那么你就是多余的。"

我的动作顿了一下，但外骨骼仍依据我的运动趋势将我向前带去。

"决定是我做出的，"我辩解道，"算法只提供参考。"

耳罩里"刺啦"一声，我不知道它代表的是尼基的笑，还是一次粗重的喘息。

"没错，"她说，"决定要由人来做 —— 这是人对人战争。"

有什么在灼烧着我的耳垂。那是一种自欺欺人的羞耻感。

"好吧。"我叹了口气，"我承认我的存在是多余的 —— 事实上，从某种意义上来讲，每一个战场统合分析员的存在都是多余的。把我们脑袋里那套系统装在任何一个型号不低于史酷比的战斗机器人身上，它们都会做得更好。我们是战争皇帝的新衣，我们的存在只是为了把战争留在人的领域 —— 但反过来想一想，人的判断就必然有其形而上学的意义吗？人的所有行为决策都产生于大脑，而大脑的底层运作是基于神经元动作电位的'加权投票'模型的，更不要说大脑皮层里还有一个叫作额眶部皮质、专门负责道德计算的区域了……我们的神经元网络为万事万物赋值，令我们在无知无觉间做出道德判断，而这不过是一种生物算法。可笑的是，制定战争规则的大人物们认可这种算法而不认可机器，就像他们认可 5.56 毫米子弹而不认可达姆弹，尽管这两种子弹都是用来杀人的 —— 战争的道德，哈。"

"我想我明白你的意思，教授。"史酷比说，"在如何看待杀人这件事上，你们人类其实和我这样的电子脑袋并没有什么不同，只是你们相信自己有灵魂。"

"蠢货，不是相信，而是——"

阿尔的话语被一声尖啸掐断。接着是轰然巨响。震颤的大地、飞溅的枝叶与泥土。近乎静止的春日午后被骤然撕开，而所有人仿佛都带着惯性在时间中定格半秒。接下来：

粗糙的全景画面潮水般涌来，我看到有人仓皇四顾、有人被炮击掀翻、有人没跑出几步便直挺挺地栽倒。在显示弹道分析的同时，离线云端系统将动力外骨骼切换为自动躲避模式，带着我向弹着点最为稀疏的区域狂奔。

阿尔的咒骂断断续续，"……我……伏击！"

听不到他的声音了。瞬间激增的战场信息挤爆了侦查单元 SU-107 带宽有限的战术局域网，我们失去了多点通信链路和全局战场分析的支持。在被乱码和噪声填满的增强视野中，我踉踉跄跄地躲避弹雨。大部分战场觉知的丧失使我的世界收缩成一道窄缝，透过这道窄缝我窥到怒放的黑色土花和被拦腰炸断的树木，听到面无人色的友军抱着断腿哭号，嗅到树木、泥土、硝烟和鲜血的混合气息。当我们终于穿过炮击的密集区，稍稍立住阵脚，手中的 M27 突击步枪和 M312 机枪便开始尖声嘶吼，将子弹射向那些似乎无处不在、又无法在增强视野中凸显出来的敌人。

"撤退！9点方向！"尼基在我耳畔低吼，"我来掩护！"

我循她的指示望去，看到森林边缘朦胧的光——走出森林，也许就意味着走出数据"暗区"……我舔了舔嘴唇，"尼基军士，我才是下命令的人。"

"那就下呀!"

我思忖半秒,打出战术手势——尼基、阿尔,向9点方向撤退!史酷比提供压制火力!

尼基愣了一下,她的蓝眼睛里闪出瞬间的疑惑。然后,我想她明白了:一切都是计算的结果,相比于人,没有灵魂的机器大狗一定拥有一个很低的权重。

——因此是可以被牺牲的。

她朝地上啐了一口。

DAY 234

我回到餐桌前,继续切割盘中的牛排。七成熟。深棕色的外皮。肌肉的纹理。血丝。

妻子用莫可名状的眼神看我,"威廉,你——"

你都做了什么,能让那一桌不怀好意的壮汉如丧家之犬般逃走?

很简单。我将牛肉塞入口中,冲安娜和凯文笑了笑。很简单,我只是抓起桌上的一把餐刀，手握刀刃，将刀柄递向那个大胡子。"知道我在战场上是怎么解决问题的吗？"我对他说，"消灭生存价值为负值的人。"那个人瞪大了眼睛 —— 一桌的人都瞪大了眼睛。"对你们来说我是负值，对我来说你们也一样。"我把刀又向前送了一点儿，"你们要抓紧了。有时候，我没法控制脑袋里的杀人机器，你们懂的。"

他们懂。绝大多数人并没有杀人与被杀的勇气，绝大多数人也从来没有直面过归来之人的眼神。于是他们选择逃跑 —— 如果这一选项存在的话。

"你威胁他们了。"妻子说。

"对。"

"威廉，听着，"她抓起我的手，"如果你想要我们一家回归到正常的生活中，你就必须忍耐。人是健忘的生物，战争很快就会结束，人们会被别的东西吸引，然后 ——"

"回不去了。"我摇了摇头。

"抱歉，"她的脸僵住，"你说 ——"

"安娜，你很清楚，我回不去了 —— 我们回不去了。"

那双手松开。在桌子的另一角，男孩儿紧咬下唇，用力盯着我。

"安娜，我知道你想做什么。你想站在我身边，支持我，鼓励我，直到我们度过这段艰难时期——安娜，你一直都是这么善良，尽管你已不再爱我。"我苦笑道,"是苦难把我们连接在一起,而不是爱 —— 这已经不是第一次了,对吗?"

妻子摇头,泪珠在她眼中滚动。

"肖,你 —— 在说什么?"

DAY 13

单发点射。血雾。一个敌人倒下。失去云端支持后,辅助射击系统还在忠实地工作。这一系统将外骨骼与智能枪械整合,在计算弹道辅助瞄准的同时有效化解后坐力,大大提升了射击精度。有人说,辅助射击系统把战争变得如电子游戏般简单 —— 此话不假,如果你可以忽略随时可能降临的死亡的话。

"教授,还是连不上云端!"阿尔吼道。

我眯起眼睛。世界依旧是一道剪影,但比起刚才已经清晰许多:森林在我眼前 150 米处止步,空出大片开阔的草甸。我的侧面和身后则是连绵的丘陵,重新连接战术网络的希望在那里。

"退向 6 点钟方向!"

我命令道,同时用枪口寻找胆敢从森林中露头的敌人。

"下命令的人,"尼基在我身边伏低身体,"你怎么不撤退?你在等什么?"

"我在等那个家伙。"我目不斜视，"算法是预设的，但决定是人做的。不是吗？"

几秒钟的静默。战术军士以一记三发点射回应我。清脆的枪声。弹壳从抛壳窗中蹦出，在空中划出三道金色弧线。阿尔咒骂一声，也蹲了下去，手中的米尼米班用机枪喷吐火舌。

……几个身影从森林中钻了出来。是一小股被突袭打散的萨尔第维亚友军、一个 2 英尺高的履带型战斗机器人和 —— 一只迷彩色四足大狗。"史酷比！"我起身挥手。大狗看到了我们。它的身体微微一顿，液压关节在瞬间完成减速和变向——它在朝我们奔来。90 米。80 米。有人倒下，带着向前的惯性一头栽进泥土。60 米。史酷比的背上溅起火星。50 米。35 米……

"敌方坦克！ 10 点钟方向！"

10 点钟方向。黑乎乎的钢铁猛兽咆哮着从 500 米开外的斜坡上冲下，用 7.62 毫米车载机枪瞬间扫倒近处的几名士兵，紧接着调转车头，向我们径直而来 —— 坦克驾驶员找到了附近唯一一对装甲构成威胁的敌人，联军的步兵作战单元 SU-107。紧跟在史酷比身后的萨尔第人在惊愕中放缓脚步，T90 坦克的 125 毫米高爆弹就在这时砸了下来，狰狞的火光在我面前的小队人马中猛然爆开 ——动力外骨骼在几毫秒内做出反应，将我的头部压低，避过激波与破片。下一秒，安全锁定解除，我起身冲进漫天尘埃之中，看到的第一样东西不是史酷比的钢铁外壳，而是一双向前探出的手。略一迟疑后，我抓起那双手，试图将它们的主人从死亡中拖出来。

——动力外骨骼模糊了我对重量的感知。走出尘烟后我骇然发现，自己拖出来的是半截身体。那个只剩上半身的人——天哪，他是那么英俊年轻！——瞪圆了眼睛，仿佛想把整个天空都装进去。

湛蓝湛蓝的眼睛。

我的半边大脑一片空白——

"啪！"一只手拍在我脸上。

"教授，你冷静点儿！"

我晃了一下，艰难找回平衡。尼基的蓝眼睛在我的视野中晕开。在蓝色的世界中我看到天幕倾斜残缺；看到断了一条腿的史酷比在艰难地平衡身体，背部的反坦克火箭筒徐徐升起；看到越来越多的武装分子从林中涌出，扑向丢盔弃甲的政府军士兵；看到一道烟幕墙倏然腾起，遮住了钢铁猛兽，曳着火尾的激光制导导弹一头扎入烟幕之中，不知所踪……

"蠢货电子脑袋，你打偏了！"阿尔喊破了嗓子，"我们完了！"

我们完了。T90从气溶胶烟幕中钻出，黑黢黢的炮管正对我的视线。瞄准警报响起，增强视野红光闪烁。我拼劲最后一丝力气，才没有合上双眼。

下次不要闭眼睛。

——然后我看到：

一团火光在坦克顶部绽开，在继续奔跑几米后，T90向空中喷出一道明亮的橙色火流，随即在一声爆响中将炮塔高高抛起！AC130 炮艇机轰鸣着碾过天空，在摧毁坦克后用 MK44 巨蝮二式链炮在森林边缘掀起一道黑红色的死亡之潮，转瞬间将成群的敌人击碎、席卷、吞没，那些从潮水中侥幸逃脱的武装分子慌不择路地向森林深处退去。

支撑着我的力量忽然消失了。我单膝跪地，双手插入泥土，呕出酸涩的胆汁。

"乌拉——"

我听见人们的欢呼声。

DAY 234

"在我们的婚姻和史蒂夫之间做出一个选择，"我拼凑出一个笑容，"我想这对你来说一定很难吧，安娜？"

妻子的脸色变得惨白。"肖，"她双臂环抱，"有些事情，我们不该当着——"

"凯文，"我没有理会她，而是将身体探向男孩儿，"你听说过电车难题吗？"

男孩儿将目光投向与他同样茫然的母亲，然后咬着嘴唇，摇了摇头。

"想象一下,"我说,"一辆有轨电车正朝五个人驶去,挽救这几个人的唯一方法,就是按下开关,让电车驶向另一条轨道,但是这样便会撞死另一个人 —— 如果你是那个手握开关的人,你会怎么选择?"

"我 ——"男孩儿紧绷着脸,"我不知道。"

"我们拒绝做出选择,不是因为问题无解,而是因为我们不愿承认在人类的种种决定背后是冰冷的算法。"我看向妻子,"安娜,不要忘记我的一半脑子是用来干什么的 —— 在战场上,它用一系列复杂的算法来掂量生命,而现在,就算不用什么算法我们也都心知肚明,对你和凯文来说,史蒂夫才是那个能赋予幸福更大数值的人。"

在她的眼底有泪花泛起,"肖,我不明白你在说什么……"

"我不属于这里。我要回去。"我说,"安娜,我能给你的,只有自由。"

"回去?"她疑惑地看着我,"回去哪里?"

"萨尔第维亚。"我笑了笑,"战争不是还没有结束吗?我必须回去。不是为了信仰,不是为了眷恋,而是为了自我拯救。所以 ——"

我来了,肖,我在你的城市。

增强视野里突然弹出的信息令我的身体僵了一下。你想干什么?

我说过,装聋作哑并不能解决问题。既然你拒绝开口,那么我只有亲自来喽。

我起身，视点在增强视野中迅速画出文字：你在哪里？我们可以谈谈，但千万不要——

一个地址链接被丢了过来。

这个地方你很熟吧？我已经到了。给你十分钟时间。

我用了整整一秒钟来思考。然后转身向餐厅门口奔去，同时用地址链接预定了一辆电动车。

"威廉！"妻子在身后喊道。

没有回头，我冲入熙熙攘攘的街道。

DAY 13

云端系统显示，这个被光秃秃的田地包围，凌乱散布着几十座颜色各异木房子的小村庄，叫作"诺夫特洛卡"，是斯图尔人聚居地。这是我们走出约根森林后设置的第一个集结点。此刻，支奴干直升机正在将断了腿的史酷比、瘪了半个身子的"剑"式机器人和几个伤重的政府军士兵吞入腹中，两架纵列螺旋桨高速旋转着，在村中的空地上搅起烟尘龙卷。

"真他妈诡异。"阿尔挤进我和尼基中间，"我敢打赌你们在这个村子里找不到一个哪怕嘴上只长出绒毛的男人。"

没人理睬他。

"喂，你们看到那几个女人的眼神了吗？"阿尔继续喋喋不休，"她们让我感觉，自己不是一个解放者，而是一个……一个——"

"一个敌人。"尼基说。

"敌人。"阿尔咽了口唾沫，"太他妈贴切了。"

——这个年轻人到现在还不知道自己在为谁而战。我摇了摇头，继续埋首于眼前的工作：自行哨戒炮、"毁灭者"全自动后勤平台和几辆REV（机器人疏散车）正陆续开进村庄。通过云端我接入REV，指挥它们对伤员进行紧急处理，随后送往最近的战地医院。而尼基和阿尔则在"毁灭者"的协助下在村外布设战术感应器和异频雷达收发器——这是联军布防的标准流程。敌人随时都可能卷土重来，届时我们需要UAV的火力支持和不掉帧的增强视野。

工作告一段落后，我们褪下外骨骼，用后勤平台上的电池组为其充电。时近黄昏，橙色的夕阳将嘴唇探向地平线，鸟儿和云朵在天空中裁下黑色的剪影。我们席地而坐，小口小口呷着战术背囊里的能量饮料，如啜饮烈酒。

悠长的沉默。

"我很好奇。"当靛青色占据大部分天幕，阿尔开口说话，"在经历了这一切之后，这些人还会不会相信神灵的存在。"

我将目光投向不远处的尖顶木屋。在已然褪色的屋顶之上，金色的十字架在夕阳下氤氲着微渺的光。一个小小的教堂。

"他们——"

"他们只会更加相信。"尼基打断了我,"萨尔第人和斯图尔人是在为神灵而战,而不管结果如何,他们都会从中解读出神灵的意志。"

"为——"阿尔有些茫然,"神灵而战?"

女人和我对视一眼,似乎在犹豫着是否该将真相就这样丢给一个长不大的孩子。

我点了点头。

尼基叹了口气:"萨尔第人和斯图尔人是这个国家里的两大主要族群,属于同一信仰的两个支系,在这片土地数百年的历史中,两个族群经常为教义阐释上的争执打得不可开交……十五年前发生了一场内战,取得胜利的是占人口大多数的萨尔第人。一俟掌管这个国家,萨尔第人政府便迫不及待地将自己对信仰的理解强加在斯图尔人的身上,他们强迫对方学习他们的经典,接受他们的教义,对不肯改宗的'死硬分子'实施迫害——虽然迫害的具体细节被官方严密封锁,但对于那些心怀虚构正义和宏大使命感的人会犯下什么样的恶行,历史已经不厌其烦地告诉过我们……"

"萨尔第人……政府军……"男孩儿若有所思,"等等!你的意思是,我们在为那帮混蛋打仗?"

"大人物们关心的是地缘政治、战略影响力、文明与冲突，威慑与阻遏，而非善恶或者人伦这样的大词儿。"尼基将右手探入裤袋，摩挲着，"不管萨尔第人对斯图尔人做了什么，他们至少组建了一个强有力且听话的政府，可以作为山姆大叔在这片土地上的代理，实现其政治意图。所以当斯图尔人终于不堪压迫奋起反抗时，他们认为自己在进行一场圣战；但从地缘政治的角度，这其实是两大国际强权在别人家里进行的一场暗中角力 —— 你以为是谁在向武装分子提供 T90 坦克、S400 防空导弹和电磁炸弹？"

"真他妈……"沉默片刻，阿尔吐出一句脏话。

"你瞧，这个世界就是这么肮脏，"尼基笑了笑，"而我们也是肮脏的一部分。"

我的心被狠狠蜇了一下。我在女人的脸上捕捉到一丝荒诞到绝望的疼痛，这疼痛伴随着星辰的微光，在她的眸子中荡漾。

"伙计们，咱们能不能阳光一点儿？"我硬生生挤出笑容，"这个世界可没有你们想的那么不堪……"

一阵嘈杂。教堂前的空地上蓦然聚起纷乱的光线。我转头，看到老人、妇女、孩子从一侧的树丛中鱼贯而出，被政府军用枪托和吆喝驱赶着，沉默而顺从地走向那个神灵的居所。尼基旋即起身，抬脚向人群走去。我将翻译贴片粘在喉结之上，跟在她身后。

"上尉，你们在干什么？"她对一个面目黧黑、军官模样的人发问，后者正喝令士兵们扳开教堂的大门。

军官转身，灯光在他眼中跃动。

这些人都是可疑的武装叛乱分子。增强视野中跳出文字，为了确保安全，我们要对他们进行集中管理。

尼基梗着脖子。你说这些老幼妇孺是叛乱分子？

军官眯起眼睛看了看我和阿尔，又看向尼基。在忽明忽暗的光线中，两个人用目光对峙着。直到确认眼前的短发女人不会退让分毫，他才开口说话：

就在刚才，我死了三十几个弟兄。那些杀人犯就是从一座又一座这样的村庄里走出去的——女士，你能告诉我，是谁将他们抚养成人，是谁向他们灌输虚伪的经典，是谁让他们的心中充满仇恨，又是谁在支持他们行杀戮之事呢？军官的嘴角卷了起来，露出森白的牙齿。在这场战争中，没有人是无辜的。

话语噎在尼基半张的嘴巴里。军官冷哼一声，慢慢转身，横着步子走向空地 —— 在那里，政府军士兵正迫不及待地将整个村庄塞进一间小小的教堂。笑声、哭声、絮语声和咒骂声在黑夜中升腾起来，枪托毫不留情地砸向人群中不肯轻易就范的枝蔓。

此刻的情势在算法的计算范围之外，但我另一半的生物大脑却不假思索地做出了决定。我拔腿向那个军官走去，俯向他粘着血污的耳廓，翻译贴片即时传达了我的话语：

上尉，我知道你在想什么。这种木质建筑很容易失火不是吗？如果在夜里它由于某种不幸的原因燃烧起来……

军官回头。少校，我无法理解你的幽默。

这不是幽默。上尉，我严正地——

突然一个七八岁的小女孩儿从人群中窜出，几乎是手脚并用着奔来，然后巡航导弹般击中了我！我下意识地抬起手臂，将女孩儿拢住，后者抬头，眼中是一汪令人心碎的蓝。士兵们骂骂咧咧地围了上来，手中的枪乌黑森冷。

我感觉到尼基和阿尔站到了我的身后，这令我几乎瘫软的身体得到了一丝虚妄的支撑。

上尉，立刻停止你们的行动，让村民回家！我的手指死死抠住女孩儿的肩膀。

军官咧嘴，少校，我想你无权命令我。

我端起 M10 手枪，指向他的眉心。那这个呢？

世界瞬间失语。然后我听见枪支移动时清脆的金属撞击声，听见臂弯中的啜泣声，听见尼基和阿尔粗重的喘息。三个没穿外骨骼装甲的游骑兵和一个手无寸铁的小女孩儿被围在萨尔第士兵中间，三支手枪对十几杆步枪——好吧，我身上残存的非理性使我们这支小小的队伍再次深陷险境。

军官双手慢慢上举，嘴角仍挂着笑。好啦好啦，都是自己人，干吗要这样？听你的就是啦。大家都把枪放下——快放下！

枪口降低，翻涌的敌意却一浪一浪打在我身上。有很长一段时间我都无法忘记那种感觉：那种被无尽的黑暗和寒冷包裹，肺部被压迫着，置身深海的感觉。在深海中我保持着举枪的姿势，直到一只手挽住了我的手臂。是尼基。她将我的手一寸一寸地压低——或许被压低的，还有我的恐惧和懦弱。

这就对了。我们是友军嘛，友军怎么能拔枪相向呢？军官晃了晃拳头，将它轻轻砸在我胸口上，接着干笑两声，把头凑了过来，对着我的脸颊吐出臭烘烘的热气。少校，我欣赏你的人道主义精神，但你真的以为自己是在拯救他们吗？

我克制住呕吐的冲动，我是在拯救你。

……

"那孩子喜欢你。"尼基吐出一个烟圈，说。

我在她身边坐下。"那孩子？"

"米拉。"

米拉。那个被我"救"下的小女孩儿。政府军散去后米拉和她妈妈盛情邀请我们去家里吃饭。于是我们在那间拥挤而温暖的小木屋里享用了热腾腾的土豆烧牛肉和伏特加。吃饭时女孩儿小鸟般在我们身边盘旋，一会儿把头贴在我胳膊上，一会儿摸摸尼基的手，一会儿对阿尔嗤嗤地笑，一会儿又叽叽喳喳说个不停。大多数时候，我和尼基以微笑回应母女俩的热情——异国的语言会搅扰此刻的温馨，大家心照不宣。吃完饭，母女俩央我们住下，被婉言谢绝。米拉好一阵失望，但告别的时候还是在每个人脸上都轻轻啄了一个晚安。

我用手指抚摸脸颊上女孩儿吻过的地方，"她也喜欢你。"

"……真是奇怪啊，"尼基扬起脖子，目光飘向远方，"前一分钟她们把我们看作敌人。"

"我想，比起恨，人们更愿意选择去爱吧。"

她的目光下降，定定看了我一会儿。"教授，你今天真叫人刮目相看。"

耳垂发烫，我把脸扭向另一边。军用帐篷里渗出暖色的光线，阿尔的鼾声若有似无。坐在地上，湿凉的潮气正爬进身体，撩起轻微的刺痛。但我已经开始喜欢上这种感觉 —— 和大地亲密接触的感觉。活着的感觉。也许还有在星光下和一个短发女人说话的感觉。

"你才让我感到惊讶呢。"我说。

"我？"

"你跟他们说话的时候没用翻译贴片。你懂他们的语言。"

"……忘了告诉你，我是萨尔第人。"

我凝视她的侧脸。

"在十五年前的内战中，我成了一个孤儿，是联合国难民署将我辗转营救到了大洋彼岸。在那之后的很多年里，我曾那么希望自己可以像一个普通人一样长大、读书和恋爱，希望自己可以去享受平凡而琐碎的忧愁与幸福。但我发觉自己做不到。我想，对个体而言，战争从不是单一事件，而是一场旷日持久的改变。经历过战争的人永远被战争塑造着，永远也无法摆脱战争。他们要么终日被战争的阴魂追猎，要么逼迫自己成为一个猎人——而我选择了后者。我想深入战争的血肉与骨髓之中，真正地理解战争。理解，然后克服。所以当我听到故国爆发内乱的消息时，我知道狩猎的时机到了。"尼基用力嘬了口烟，烟丝热烈燃烧，发出"滋滋"的响声，"我回来，不是为了信仰，不是为了眷恋，而是为了自我拯救。阿尔说错了，这场战争并不是与我毫无干系——它就是我的战争。"

我迟疑了一下，"但你帮助了斯图尔人。"

尼基笑笑，"我总是一厢情愿地相信，或者说希望，这不是霍布斯那个人人与人人为敌的世界。"

沉默短暂地降临，又被远处传来的嗡嗡声刺破。一架巡逻 UAV 正掠过天空，它尾部的信号灯拖出长长的残影，如横向坠落的流星。

"教授，说说你吧。"半晌之后，她把脸扭向我，"你为什么来打仗？"

"……我……"

"如果不想说，你可以不说。"

"我遭遇了一场，呃，交通事故。"我绞着手指，"头部严重受伤导致语言功能丧失，四肢协调困难，记忆障碍——简而言之，我成了一个废人。你可能听说过，有一种手术可以通过植入拟态神经元来重塑受损的脑区，恢复大脑功能……不幸的是，手术的费用对我的家庭来说是一个天文数字，我们根本无法承受……所以不出意外的话，我，一个曾经靠脑力谋生的人，将在福利机构机器人护工的看顾下无知无觉无忧无虑地了却下半生……"

我朝尼基伸出手。她愣了一下，随即心领神会，把烟递了过来。

"有一天，军方的人来了。他们说，可以免费为我进行手术……代价是，他们要在那部分人造脑区装入一个系统，一个可以和云端无缝链接的终端，而我必须在接下来的三年中为军队服役。——对于一个已经在心里对自己判了死刑的人来说，这是无法拒绝的价码。"烟气滚入肺中，我轻咳几声，"这就是你眼前的我：半边脑袋属于自己，半边脑袋是军方的财产，根据协议，他们有权以他们认为合理的方式使用它。就这么简单。"

"……倒霉的世界。"尼基说，"你不该被这么对待。"

"我可不会这么想。"我苦笑道，"虽然不愿意承认，但我必须要说，在重塑脑区之前，肖威廉是个彻头彻尾的混球。这个人沉浸在自己的学术追求中，对世界、对他人漠不关心——甚至包括他的妻儿……所以这未必不是一件好事儿：当一个人前额叶里的'自我'损毁时，现代科技可以在废墟之上搭建出一个新的自我。也许是一个更好的自我。"

尼基的手搭在我的手上。微凉。一搭，一握，然后放开。她看着我，而我在她的眸子里看到了银河。

"现在的肖威廉很好，"她说，"我想，我开始慢慢地喜欢上他了。"

"我也是。"我说。

我们相视而笑。

"喂,大半夜的,你们两个不睡觉,叽叽咕咕什么?还嫌白天不够累?"阿尔在我们身后睡意蒙眬地嘟哝,"……见鬼。你们见过这样的星空吗?"

我抬起头——万千繁星,死去的抑或依然燃烧着的。流过天宇的璀璨之河。飘荡在冷寂空间中的云朵。如果不是方圆百里内的灯火被战争熄灭,我们的头顶便不会有如此美景。忽然间我有点儿好奇:那个只敬畏头顶星空和心中道德律的哲人[1],会如何看待这由战争造就的纯净星空,又会如何看待三百年后依然在道德律的泥淖中挣扎的后人呢?

"……很美,"尼基的目光从我和阿尔身上扫过,"不是吗?"

我压抑着哭泣的冲动,点了点头。

DAY 234

人们消费战争,而这栋大楼就是他们大肆挥霍的地方。

---

[1] 指康德。

警戒线。鸣响的警笛。围观的人群。新时代传媒大厦是繁华市中心里的一座孤岛。

看到一楼大厅那个身上捆满C4炸药的人了吗？记者史蒂夫·雷明顿。我想你跟这个人很熟。

我从人群中退了出去。

阿尔，你想干什么？

肖，你都不知道这有多么可笑。在评论和谴责时这些人个个都是英勇的牧羊犬，可当我拿枪指着他们时，这些人却变成了羔羊。而当我向他们表明，一旦有人轻举妄动，我就会引爆雷明顿身上的炸药，这些人就更是驯顺无比了。

阿尔，你，想杀死大厅里所有的人？

在这个国家里，没有人是无辜的。增强视野里出现一个微笑的Emoji。是这些安坐家中的人高举双手赞成战争，也是他们一边吃爆米花一边欣赏战争真人秀；正是同样的一群人，当他们终于见识到战争的残忍与恐怖，却想通过撇清自己与战争的关系来抹掉良心上的污点——我们就是那块令他们皱起鼻子的抹布。教授，难道这些人不该死吗？

我将手探进裤袋。阿尔，你的条件是什么？

没有条件。我说过，我要把问题解决。

通过杀死这些人？

没错，这就是我的解决方案。

阿尔，我不相信你会做出这种事情。

那是你还不够了解我。教授，你难道不想知道是谁出卖了你吗？

……

是我偷偷复制了那场战斗的视频记录，把它给了你这个所谓的朋友，史蒂夫·雷明顿。而这个家伙，对，就是这个在大厅里哭得像个娘们儿似的家伙，毫不犹豫地把这段视频变成了他的独家报道，丝毫不在意这会毁掉你的人生——这栋楼里没有人在意。他们正忙着俯在战争的尸首之上，大快朵颐呢。

……为什么，要把视频给他？

那个呀，又一个微笑，因为我恨你。

那个东西在我的手掌上。银色钛合金机身。缓缓打开的黑色碳纤维机翼。电磁引擎嗡嗡鸣响。我将它抛入空中，实时画面传入我的增强视野。

教授，你知道我为什么恨你吗？

……因为尼基。

对，因为尼基。是你把她从我身边夺走。是你杀死了她。

蜻蜓大小的电磁驱动 UAV 飞进了大厦一楼大厅。我看到站在最前面的史蒂夫，这个魁梧的男人在瑟瑟发抖，裆部已经湿透；我看到西装革履的男男女女们，远离瘟疫般远离史蒂夫，如羔羊般挤在一起；我看到三个死去的保安，他们仰面朝天，涣散的瞳孔倒映着新时代传媒金色的徽标——振翅欲飞的和平鸽。

在二楼的敞开式走廊上，我看见了阿尔。

——手中提着微型冲锋枪，脸上挂着眼泪。

阿尔，听着，我很抱歉，但事情可以不必这样。

……在那么多个夜晚，关于我，她都对你说了什么？

阿尔，我……

教授，求你。更多的眼泪从阿尔眼中滚滚涌出。那个人已经在世界上消失了，如果我得不到她留下的整体，那么哪怕一点点抽象也好。

疼痛渗入骨髓。我闭上眼睛。

阿尔，你听我说……

DAY145

我们在这里太久了。从伊拉克，到阿富汗，再到萨尔第维亚，我们的国家一再重蹈覆辙，以为战争可以解决一切问题。但是它并不能。当我们夺回了所有的城市和乡村，战火却依旧在萨尔第维亚内部焖烧。无休无止的自杀式袭击，无处不在的 IED，无边无际的敌意眼神。当大股反政府武装分子退入荒野和丛林之中，联军的伤亡反而激增。

我们被困在了这里。

"我们会死在这里。"阿尔说。

"请使用第一人称单数。"史酷比说。

"电子脑袋，知道你的个性为什么会被设置得这么讨人厌吗？"阿尔哼了一声，"那是因为机器人是可以随时被牺牲的，军方不希望人类对你们产生感情。所以就算哪天你被炸个稀巴烂，我们还是会开开心心地活下去。对吧，教授？"

我与尼基对视一眼，笑着摇了摇头。

自动驾驶的 M-ATV 全地形车正沿着约根森林边缘前进，这是云端系统指定给我们的巡逻线路。比起爆炸不断的库米扬城，这是一条相对安全的线路。但没有人敢掉以轻心。就在几天前，我们还路过了一个踩到意大利地雷的倒霉鬼 —— 彼时他的政府军同伴正在用汤匙把他的残骸从步兵车的装甲上刮下来。

"教授，我想好了。如果能活着回去，我就去读个大学，"阿尔用眼角偷偷地瞄尼基，"兴许还可以在学校里找一个女朋友……"

尼基勾起嘴角，"那你恐怕得找个和史酷比性格差不多的。"

阿尔愣了一下，"呸！"

车厢里漾起一片哈哈声，就连挂在车后的史酷比也把它的合成笑声通过扬声器送了进来。

增强视野里出现警示信息。我的笑容冷了下来。"数据暗区！"

数据暗区。实时地图中一块癌细胞般的暗影。当标识地点的字母由黑转白，从暗影中凸显出来时，我看到尼基的腮帮倏地咬紧。

诺夫特洛卡。

M-ATV 还在向前行驶。云端系统下达命令，距诺夫特洛卡最近的三个突击单元集结后前往目标地点，其他战术单元继续执行原任务。

尼基在增强视野里画出几个圈，将画面分享给我。"距离诺夫特洛卡最近的突击单元有 70 英里，而它还要等着与另外两个距离更远的单元汇合……肖，我们离那里只有 40 英里。"

"尼基，"我哑着嗓子，"我们是军人，我们必须——"

"为了报答我在世界上得到的一点点善意，"尼基的蓝眼睛直直戳向我，"我可以毫不犹豫放弃'军人'这个身份。肖，你呢？"

沉默几秒，我把手搭在方向盘上。

"伙计们，现在由我接管载具，都坐稳咯！"

车辆猛地调头，轮胎尖声嘶叫，扫起扇形烟尘。

"教授！"阿尔在我耳边吼道，"你把我们从云端上断开了！"

"年轻人，我想你搞错了。"我咧开嘴，"在出现掉线问题时，军方的建议是投诉 AT&T。"

尼基冲我眨了眨眼，"少校，我可以理解你的幽默。"

"我不理解！"阿尔叫道，"我们会上军事法庭的！"

"只有一个人会上军事法庭。"我说，"这里应该使用第一人称单数。"

……

几根腾起的烟柱染黑了一大片天空。在肮脏的天空下我们从车内鱼贯而出，以战术队形由村庄边缘向内部接近，同时命令 M-ATV 做周界警戒。随着一步步深入村庄，我心中的不祥愈加浓烈：家家关门闭户。被子弹打烂的窗户和墙体。硝烟味和血腥气。地上横七竖八地倒伏着政府兵。查看过其中几个后，阿尔对我说：

"死了。不是被子弹打死的，而是——"他做了一个抹脖子的动作，"刀。妈的，脑袋都要掉下来了。"

我倒吸一口冷气，踉跄着跨过尸体。用冷兵器歼灭手握突击步枪的正规军……我们即将面对的到底是什么？

"和上次一样，我的感觉很不好。"史酷比说，"不，比那还要糟。"

没有云端，没有支援 UAV，没有战术中继激光防御系统——而且是孤军作战。这一次，史酷比没有被阿尔嘲讽。此刻后者正举枪前进，鼻尖渗出细密的汗珠。

他的脸渐渐被火光映红。

……燃烧的教堂。码成柴垛的尸体。暗红黏稠的溪流。这里曾经是村子信仰的中心，然而现在这里是——

"上帝不在的地方……"阿尔喃喃低语。尼基的脚步只是稍稍放缓，接着便从浓烟的穹隆中快速通过，我紧跟在她身后，"尼基，这一次我们面对的敌人……连神灵都抛弃了。"

尼基微微侧头，脚步不停，继续向西。那个方向有米拉的家。一个曾经带给我们酒精和温暖的地方。一个即使是地狱我们也要去走一遭的地方。

然后我们到了。

木屋的门敞着，屋内空无一人。在那张米拉如小鸟般围绕的木桌上，有两个盘子，盘子里是吃了一半的土豆泥和黑麦面包，有打翻的水杯，桌子旁是断腿的木椅。我和尼基分立桌子的两边，目光相接，这一次我能感觉到，如堕深海的不止我一个人。

"教授，"史酷比在门外呼叫，"收到光学感应器的位置信号……"

尼基冲了出去，"在哪儿？！"

……

诺夫特洛卡西侧。金色的麦田。未被浓烟遮蔽的蓝色天空。沿田间小路行走半分钟，我们看清了那两个高高的剪影。

十字架。也许来自教堂被拆毁的屋梁。尼基缓步驱前，将米拉和她的母亲从十字架上抱了下来。她跪在死者身旁，将她们的头发拢在耳后，为她们合上眼睛，把她们的双手叠在小腹之上……此刻的尼基是一名祭司，死亡被她整饬出一张安详的面庞。

我双手拄膝。干呕。我听见阿尔的牙齿铮铮作响，"狗娘养的……"

有数分钟之久，尼基凝视着不再欢叫与飞翔的米拉。之后，她起身，走向那个半埋在土中、有着全景摄像头的光学感应器。

"肖，"她指着感应器，"你能连上它吗？"

"应该可以，但是……"但是，这不符合信息安全操作规程。我舔了舔嘴唇，"让我来吧。"

设备初始化中，请稍候……

设备初始化成功，用户身份验证中，请稍候……

验证成功。探测到 LIFI 连接用户，识别号 32977、32458、AI77045，是否进行视频分发？

我看了一眼尼基和阿尔，然后选择"是"。

视频被压缩。在 LIFI 网络中传递。解码。播放。

一片雪花。屏息等待片刻，我失去耐心拖曳进度条——没有想象中的恐怖和残忍发生。什么也没有。

"视频文件损坏，但是……"我和尼基看向彼此，"我们——"

耳罩里警报炸响。离线云端系统检测到木马入侵，立即启动了防御机制，增强视野里跳出红色警示字符：

错误304。系统锁死，30秒后重启。

出于安全考虑，被锁死的还有我们的外骨骼。还有史酷比。

25秒。

麦田里有沙沙的声音。四面八方。向我们打来的层层麦浪。劈开麦浪的黑影。

"妈的！"阿尔的吼叫带着哭腔，"那是什么？！"

是敌人。速度快得惊人。

20秒。

"是经过半机械化改造过的人，"尼基眯起眼睛，"是一些……孩子。"

孩子。来自这座或者那座村庄，也许嘴上才刚刚长出绒毛。他们杀了许多人，包括米拉和她的妈妈。他们把我们诱入陷阱。他们渴望杀戮，或者被杀。

15秒。

不远处传来柴油发动机的轰鸣。"是M-ATV！"阿尔叫道，如果不是被动力外骨骼紧紧箍着，我想他会窜到半空，"快呀！打死他们，打死他们！"

没有枪声响起。

"妈的，这是怎么——"

我没法转头，但我听见了阿尔的绝望。

10 秒。

根据《新日内瓦公约》，在没有人类授权的前提下，只有在敌人采取主动攻击行为时，机器人才能使用致命武器；对于一群向我们快速逼近，但没有采取攻击行为的孩子，M-ATV 只能使用主动阻遏武器——一种令人类疼痛难忍的毫米波光束枪。

这时，M-ATV 连上了我的应急决策系统。攻击请求。我头颅里的军方财产立即给出建议，而我属于人类的另一半却无法做出决定。

他们还是孩子。而我还抱有最后一丝希望。

5 秒。

孩子们没有被疼痛阻止。其中一个已经冲了过来。余光里，他的手臂从处于锁死状态的史酷比的下腹部掠过。下一秒，他跑到尼基面前，和她对视着。在尼基湛蓝的眼睛里，一半是仇恨，一半是悲悯。

我听到她说，"肖，不要。"

我的心被撕裂。

系统重启。

寒光一闪，长刀没入尼基的胸膛。那孩子把脸转向我，嘴角上翘，露出白色贝齿。

无声嘶吼。M-ATV 对攻击行为做出回应，12.7 毫米子弹把笑脸打成一团飞扬的血花。另一个孩子向我扑来，解锁的钛合金拳头向他的下颌挥去。飞溅的体液。骨骼碎裂的声音。

——爆炸。黏性炸弹在史酷比站立的地方掀起一阵钢铁暴雨。待我再次抬起头，阿尔手中的米尼米机枪已经扫倒了整片麦地。

"啊——啊——"

他的嚎叫如一枚长钉，刺进萨尔第维亚金色的秋天。

而我开始杀戮。

DAY 234

她真的这么说过？不要骗我，教授。

阿尔，我没有骗你。

片刻沉默。

教授，你知道吗，我想念你们。你们是我真正的家人。增强视野里，男孩儿的脸上浮出笑意。甚至是史酷比，我想我永远找不到和它一样讨人厌的机器人了。

我也把你当作家人，阿尔。所以不要做傻事，好吗？我知道这世界上有一个属于我们的地方，也许我们可以——

教授，我看到你了。阿尔的目光与我相对。你在那个刺客UAV里，对吗？我猜它是尼基给你的。教授，你早就可以杀了我，你在等什么？啊哈，难道我一个人的权重要超过大厅里那几十个？

在一街之遥的地方，我痛苦地摇头。

教授，我想，我并不是真的恨你。我只是……我为之前的事向你道歉。我也收回我刚才的话，这对你是不公平的。阿尔低下头，生杀予夺从来都是上帝的事情，他们不该把这个工作交给你。这一次，让我来帮你解决这个难题。

他用枪管顶住自己的下颚。

我会代你向尼基问好。

我踉跄一步，"阿尔，不！"

DAY144

月夜。万物如披雪。那个人潜入我的营房，破开一汪粼粼波光，鱼儿一般钻进我的被窝。

"你来晚了。"我说。

尼基的额头抵着我的胸口，"阿尔非要和我聊天。"

我轻笑一声，"那孩子。"

"那孩子很单纯……也很可怜。"尼基说,"从非洲,到中东,再到这里……他经历了太多不应该经历的事情。"

"而你一直在照看着他。"

"他是我的家人。"

"那么我呢?"

尼基翻起眼睛看我,眼神清亮。"你说呢?"

有一会儿,我没有说话,只是轻抚着她因蓄长而变得柔顺的头发。

"尼基,有件事,我没对你说过。"

"嗯?"

"那场事故。"我说,"是我自己冲进了自动车道……"

"自杀?"

"我发现妻子爱上了我最好的朋友,这发现令我震惊、愤怒、屈辱,但并不是我自杀的原因。"沉默片刻,我继续说道,"真正令我痛不欲生的是,我竟然没法否认,对于安娜来说,史蒂夫会是比我更称职的丈夫。也许还会是更称职的父亲……"

她用手指封住我的嘴唇,"嘘——过去的事,就让它过去吧。"

我点了点头,有液体从眼角滑落。

尼基的手从被窝里伸了出来,在我眼前打开。在她的掌心里,是一个银色的金属球。

"这是？"

"刺客 UAV，电磁驱动，小巧，安静，美丽。"她说，"可以从目标的眼睛里穿入，一击毙命。"

"哇，真是振奋人心。"

"以前我替军方干过一些脏活，所以用过几次。"她用两只手指捏起金属球，借着月光，出神地打量，"有时候这东西会失灵，而在战场上，没人关心它最后去了哪儿。"

"所以你拿着的也是军方财产。"我笑着说。

"现在它是你的了。"她把金属球塞进我手里，"我想你会有办法黑进它的处理器，抹掉它的识别号，重新连接它，让它起死回生——用你更聪明的那半边脑袋。"

我用掌心感受着金属球上尼基的温热。"为什么要给我？"

"你给了我一件对你而言重要的东西，"她仰着脸，对我微笑，"所以我要回赠你一件。"

"我的，重要的东西？"

她用手指点了点我的眼角，"你的眼泪。"

"尼基，我——"

"好啦！"她用食指刮了刮我的鼻梁，"我要睡啦，还是老规矩，用中文给我念首诗。"

她侧身，倚在我的胸口，右臂环过我的肩膀。尼基说，陌生的语言会让她觉得这世界不再是必须充满意义的，会让她像小时候那样，在顿挫的美感和温暖的语调中安然入梦。

会让她相信，这世界不只是一片荒芜。

我清了清嗓子：

> 在赤裸的高高的草原上
>
> 我相信这一切：
>
> 我的脚，一颗牝马的心
>
> 两道犁沟，大麦和露水
>
> 在那高高的草原上，白云浮动
>
> 我相信天才，耐心和长寿
>
> 我相信有人正慢慢地艰难地爱上我
>
> 别的人不会，除非是你
>
> 我俩一见钟情
>
> 在那高高的草原上
>
> 赤裸的草原上
>
> 我相信这一切

我相信我俩一见钟情

纤细的鼾声。女人已经睡着了。我轻轻吻了吻她的额头，她的嘴角绽出了一缕笑。

尼基在睡梦中笑了。

—— 和所有期待着明天的人一样。

回家路

木 师 \ 作 品

「是啊，按照你父亲的记忆生成的人工智能。」李归的母亲叹了口气，「我这些日子以来每想起一些他的习惯和语气就往里加一点，现在已经看不出有什么区别了吧？」

透过厨房隔断的毛玻璃望着里面来回忙碌的身影，

科　幻
硬阅读
DEEP READ
不求完美 追逐极致

◆ 1 ◆

李归一只脚踏进昏暗光线与漆黑阴影的交界处，却迟迟无法迈出另一步。他在傍晚的车站门口犹豫了起来。

本以为下定决心脱离"元宇宙"，踏出"囚禁"了自己近两年的小房间会是回家路上最难的一步。本以为离开虚拟机，拥抱久远未曾触碰的真实世界会将以往所有的勇气与执着带回来，让他再一次变成以前那个无所畏惧的自己。

但他发现自己错了，在面对现实世界之后，他甚至会被车站里静谧而毫无亮光的黑暗给吓得逡巡不前。

这座宛如钢铁堡垒的庞大车站曾是这个大都市的心脏，每日吞吐穿梭着数十万繁忙往来的人。晴雨不分，昼夜不息。灿烂辉煌的灯光永远是它最引人注目的徽章。

李归曾有数次在夜色中拉着行李箱走进灯火通明的车站，然后从这里乘上驶往家乡的列车。

但现在那些灯光都成了过去式，车站里透着让人恐惧的凝重黑暗。

李归拼命给自己加油打气，终于迈出了踏入黑暗的第一步。

在以前的这个时候，排队等待安检的队伍能排到外面的广场上再绕两圈。亿万人从这里奔赴远在千里之外的家乡，为了早点入场或是争抢一个位置而闹闹哄哄甚至大打出手。

这段时间曾被称作春运。

不过现在已经没有春运了。李归颤颤巍巍举着手电在空无一人的大厅里慢慢前进，只有自己的脚步声陪伴着他。

幽沉沉的黑暗似帷幕将他包裹起来，李归的心跳得像一刻不停的马达，黑暗里似乎随时会有不知名的恐怖事物扑将上来。

或许是虚拟的世界里终日喧嚣的光明让他无法再适应这过于安静的黑暗，李归觉得自己就跟看了鬼片后躲在被子里的小孩子一样战战兢兢，把自己裹得只剩下一双眼睛警惕地巡视着黑暗。

年关将近，一种不一般的执念似乎在推动着他走上这条对他来说意义非凡的回家路，走上亿万人走过的春运，走回自己尘封起来的家乡与过往。

他给自己加油打气，自言自语的呢喃在空旷黑暗的大厅里拖出一串混响。

李归用力地踩着地面，而坚硬的地面也给予他最直接的支持与回应，这种脚踏实地的感觉让他觉得自己安全了一些。

李归是一个喜欢计划的人，但这些年这种习惯只让他感觉到越来越痛苦。他原本有一个极好的人生规划，事业蒸蒸日上，也即将组建自己的家庭。可一场意料之外的病毒大爆发和风靡全球的虚拟现实设备将他规划好的一切全都打乱了。

被雄心勃勃的互联网公司称作元世界的虚拟网络让人们不再需要他从事的移动通信网络。习惯了虚拟社交的人们也不需要一个稳定的家庭和碍眼的伴侣来约束自己，互相妨碍。

李归一下子失去了自己前半生在辛苦追寻的所有东西，这种迷茫感让他十分挫败，仿佛回到了小学时候，他也是站在橱窗前茫然地望着想买的机器人已经被人买走。李归为了这个玩具攒了一个月的零花钱，失去它却只要被别人抢先一分钟。失去他十几年积攒的财富、地位和亲人也只需要短短几个月。

小时候，李归有悄悄走上来摸着他脑袋的父亲领他回家。作为成年人的现在，黑暗中却只有手电筒的光束与他相伴，但想到回家的路就在前方，却又给了他一种莫名的勇气。

他尽力回想着过去的春运给他带来的美好记忆，回忆是李归用来对抗恐惧与压力的小窍门。他赶过很多次春运，人总是那么多，摩肩接踵。在不起眼的小角落 —— 要么是显示屏，要么是车后座的广告上 —— 总会有一两个和新春相关的事物。车厢里到处是大声的喧哗，放行李的人和着急往里走的人乱作一团，组团返乡的人讨论着年景，又或是有和家人通话的，扯着大嗓门朝电话那头报平安。

入站口是一片行色匆匆，而出站口的外面同样人山人海，有尖叫着投入父母怀抱的小孩，急急忙忙抢着搬行李的老爷子，数落儿子没穿秋裤的母亲，也有深吸两口故乡空气才拨通家里电话的独身男子，还有大包小包拖着行李着急转车的务工人员。

李归幻想着那股热闹的年节气氛来对抗黑暗中的孤独恐惧感。

这时一阵奇特的响动让他屏住了呼吸。

他蓦地停住脚步，幻想中的热闹气氛刹那间消失一空，空旷黑暗的大厅里一瞬间陷入针落可闻的寂静。

一阵阵隐约的敲击与金属摩擦的声音在购票大厅宽阔的屋梁间轻轻回响。

那是什么？

在近乎废弃的车站里会有什么东西发出声响？李归觉得自己的手心已经渗出了汗。

他在元世界里见过种种更直接更惊悚的场面，喧闹刺激，血腥暴力，此时单纯的黑暗中出现一点声响，竟然生出了一阵不习惯的恐惧。

"不会有什么的。"李归安慰着自己，"车站还被用作货物运输，我还能买票，还有智能机器人往列车上投放货物，不会有什么野生动物……"

他一边念叨着一边往前摸去。

越过售票大厅，黑暗中的走廊出现了一阵飘忽的光点。

光点在黑暗中滑行着，伴随着一阵轻微的摩擦响动。

李归的心忽然放了下来，那些光点是运载货物的机器人，或许自己听到的响动只是这些机器人运行发出的声响。

他自嘲地笑了笑，果然是自己吓自己。

但随着他的前进，那声响又一次传来了，更近，更清晰，也绝对不是机器人行动的声响！

李归被吓了一跳，随即赌气似地快走了几步，前方终于有些许光亮透了出来。

列车停靠的铁轨旁，车站拱顶外透进来的阳光铺洒在月台上，将他重新带进了光明的世界。经历黑暗之后即使黄昏的阳光也显得如此有力量，李归被光线刺得眯了一下眼。傍晚的天空在光滑的地面上反射出一片金黄的色泽，让从黑暗通道里走过来的李归像是一下子扑入了金黄的海洋，连阳光照在身上的温热感都仿佛是海水带来的热气。

来来往往的货运机器人在地上投下忙碌的影子，一如多年前着急返乡的人潮，在月台那并不太平整的地面上弄出杂乱而热闹的声响。

当——又是一声金属敲击的清脆声响，这一次李归看清楚了。

那是一个穿着破烂衣衫的人，正坐在一个翻倒的运载机器人旁敲敲打打。那人顶着一头脏脏的卷曲长发，一边往外掏着各种小包一边自顾自地嘀咕着，"五香调料包？晦气，不能直接吃……先存起来……"他一身乱糟糟的衣服上口袋倒是不少。

听到脚步声，那人抬头朝李归望来，脸上黑黢黢的，胡子拉碴，让人看不清年龄。

"哟，小老弟，从哪儿来？到哪儿去？家里有几口人？"对方先是一惊，然后站起身来颇为高兴地朝他打招呼。

"你这是……"李归倒被他吓得退了一步，看了看地上不断挣扎着想起身的机器人和它身后被大卸八块的运输箱。

"也不是所有人都在现实里靠营养液维生。"对方张口就是东拉西扯，"有的时候他们也会想换换口味，订购一些现实里不常见的零食碎嘴，或者是干货速食给自己解解馋。"

他说着弯腰从箱子里掏出一袋袋花花绿绿包装的零食，"我就是截和的……对了，忘记自我介绍，你可以叫我叫花鸡，那是我的终极目标，总有一天我要在这些箱子里找到我最想吃的叫花鸡。"

"叫花鸡？"李归听着这个不伦不类的名字，脑子里倒是回想起了更多关于家乡的记忆，传说叫花鸡就是在古时候某个皇帝南巡昌南的时候碰到一个乞丐而流传开来的。

在他因心爱的玩具被买走而伤心的时候，父亲曾带他去窄街旁最著名的那家叫花鸡饭店吃过一顿好的。李归犹记得那家烤鸡店油乎乎的露天餐桌排满了整个巷子，前一桌食客还没离场，旁边就能守上一圈人等着入座，服务员拿着他那泛着灰黑的抹布随便一擦就招呼你坐下，环境简陋，烤出来的叫花鸡却色泽金黄，汁液饱满而且带着酒与荷叶的清香。食客需要自己敲开泥壳，酱汁从裂口渗出的时候要赶紧擦一擦，否则一定会沿着不平整的老旧铁皮桌摇摇晃晃淌到裤子上。

这个年代大概早已没人做这么费时费力而又不讨巧的食物了吧，昌南如今大概也找不到一个饭店还能做这道菜了。这么想来，李归倒是生出了几分跟面前这个流浪汉同病相怜的感觉。

"愣着干吗？你总不会在现实中也能沟通信息终端吧？"对方看他不答话举着扳手晃了晃。

李归回过神来有些尴尬地笑了笑，"只是想起来小时候常在家乡吃到的叫花鸡。"

"你家乡叫花鸡很多？"叫花鸡眼前一亮，"对了，还不知道你叫什么名字。"

"是啊，小时候我住的巷子里就有一家很有名的叫花鸡店……我叫李归。"

李归犹豫着伸出手想跟他握一握，但叫花鸡没接，反而伸出手，食指跟拇指交叉，做了个比心的手势。

"你看我这姿势标准吧？自从大流感后大家都不兴握手了，我听说元世界里所有人见面都用这个姿势。"

"唔……你还对虚拟网里的东西挺了解。"

"不说这些没用的,你家乡现在说不定还有烤鸡的店开着,或者至少有个加工叫花鸡的工厂什么的。"

"这我倒说不准,我有十来年没回过家了。"其实这种制作费时费力的食品更多只是靠人工经验把握,就算在工厂里做出来了多半味道也和原来相差甚远,"你是从虚拟网络里出来探险的吗?"李归试探性地问道。

看对方脏兮兮的样子似乎已经在现实世界待了不少时间了,或许也跟最近流行的那些直播现实世界探险的主播一样吧。

李归想起了自己女友似乎也是在干这个行当,像她那样的人或许天生就适合在虚拟的时代生活,花样百出又千变万化,跟自己这个因循守旧的老古董完全不同。

叫花鸡伸手在这个动不动就自己想事情呆住的朋友面前晃了晃,"回神了,你们虚拟网络里的人都这样吗?说着话都动不动走神。"

李归有些不好意思地笑了笑,"听你这么说不常去虚拟世界?"

"光敏性癫痫。"叫花鸡言简意赅地解释了一句,"看多了人造的光影,特别是立体感和色彩强烈的影像后浑身抽搐口吐白沫……得我这种病的人无法通过 VR 设备连接进虚拟网络里。"

他颇有些自怨自艾地指了指脏兮兮的自己,"你瞧我这个样子,早就被现实染得黑黢黢,进不去纯洁的花花世界了。"

李归很想告诉他虚拟空间倒的确是花花世界了，但是一点都不纯洁，不过想想自己这个在里面混得惨兮兮的人似乎并没有什么发言权，终于还是闭上了嘴，转而从兜里掏出了自己的车票，"劳驾，我买了去昌南的车票，但是这火车该怎么乘？我看了一圈没找到客运车厢在哪里。"

"没记错的话昌南是在隔离区那边吧。"叫花鸡摸了摸下巴，"没想到你还能买到票，就是这班列车了，不过车厢早就改造成运货的了，座椅都拆了放货柜，这些机器人每次都把里面塞得满满的，想要站人恐怕不容易。"

"这……"

"大概列车管理和客运售票是两个部门管理的，所以列车改造了这么久客运票也一直没有停售 —— 你大概还是改造后第一个买票的人。"叫花鸡用扳手指着站台上的列车，夕阳金黄的光芒在列车身下投影出一条绵延的影子，一直延伸到没有阳光的阴影处，仿佛一条蜿蜒的堤坝。

"当时所有政府服务都一股脑地打包往云端转移，这一块大概是直接整体备份的，上传之后也没人管了。"

看着眼前长长的列车，李归一下犯了难，货运机器人们川流不息的身影已经渐渐稀疏了起来，广播里似乎是用作提示的滴滴音回荡在空旷的月台上，提醒着不存在的乘客们列车即将启动。

"别怕，或许还有办法可以蹭车，跟我来。"叫花鸡善解人意地对他嚷道，从破坏的箱子里掏出了好几把零食揣进兜里，接着领着他朝列车走去。

"咱们不会是要扒火车去昌南吧？"李归想起小时候常看的外国列车上扒得满满当当的额外乘客。

叫花鸡回头瞄了一眼他的体型，"你这样的扒到昌南怕是有点儿难，印象中车尾的餐车还没有被改造过，可以去那里试试运气。"

这是一节没有门的车厢，不过这难不倒叫花鸡，他挥动着长长的扳手——那也是他摧毁运货机器人的凶器，不过两三下就敲碎了窗玻璃，踮着脚爬了进去。

他转身探出头催促起李归来，"还愣着干吗，进来呀。"

"这么上车没问题吗？"李归摸了摸鼻子，又环顾一圈，生怕什么闪烁着红蓝光芒的机器或者警察会窜出来逮捕他们。

"没事的，西方哪个国家的车我没有搭过。"叫花鸡不以为然地望着他，"现在大家都在虚拟世界里了，谁有空来管这些现实里鸡毛蒜皮的小事，要不然为什么这客运车厢都拆了多年了，票却还卖给你……早没人管啦，快进来吧。"

这是一节堆满了桌椅吧台的车厢，看起来是以前用作餐车的，似乎被人简单地整理过，但闲置到今天早已布满了灰尘。

叫花鸡扯开桌布抖了抖灰，又胡乱地擦了擦椅子，一屁股坐了下去，接着从兜里摸出了刚刚从机器人那里抢来的零食，"你要吃一点吗？"

"我还不饿，谢谢了。"李归诚恳地向他道谢，"还要感谢你带我上车。"

"嗨，不用谢。"叫花鸡摆了摆手，"随手的事情……别看我现在这样，灾害前也是走南闯北的美食家，《唇齿里的华夏》听说过吧？我就是里面的美食顾问。"

"老记录片了啊，以前还拍过我家附近的叫花鸡饭店。"

"原来你家就在那家店附近。"叫花鸡一下子兴奋了起来，"就餐环境实在不敢恭维，但妙就妙在他们家传的烤鸡秘方，我们当时专门去看过他们特制的烤炉——只是不让靠近了拍里面的结构，那炉子烤出来的叫花鸡泥封裂纹均匀易碎，敲开后自酿的酒香混合着蒸煮过的软烂荷叶清香，还有那秘制酱汁……"他一脸沉醉享受的表情，仿佛眼前铺满灰的餐桌上零散的零食真的是一盘珍馐美味。

他拉开车厢的窗帘，被飞灰呛得咳嗽了好几声，刚才还十分浓烈的金黄阳光此时已经暗淡下来，仿佛给这位不着调的落魄乘客染上了几分忧郁的感觉，"可惜后来听说那家店关门了……"

"啊，这事我知道，因为房东要涨价他们就干脆搬离了那个巷子，后来在新城区装修了一个很大的铺面重新开张了。"

叫花鸡忽地转过身来看着李归，"他们家竟然还在？你还记得新店地址吗，不如我跟你一起去看看吧。"

李归吃了一惊，"我倒是还记得……不过大流感之后多半也早就歇业了吧。"

"没事，就算关门了咱们也能进厨房看看，正好看看他们的炉子是怎么造的。"叫花鸡兴致盎然道。

列车缓缓启动了，还有万年不变的电子乘务员提醒广播，"尊敬的各位旅客，欢迎乘坐本次列车……"地面的光影在逐渐加速后退，黯淡的夕阳光辉泼洒了下来，仿佛飞快流动的河流推动着列车前进，把火车站的阴影抛在了身后。

播报完后车里竟然还响起了一小段欢快的春节序曲，引得两人不禁相视一笑。

"这都快年三十了，你怎么不待在元世界过年？"叫花鸡问道。

"这些年的晚会越来越没年味了，过年还是得回家才行，我妈还在家里呢，好几年没见了。"李归望向窗外，脑海里是小时候给家门贴春联时偷吃糨糊挨揍的回忆。

他这条路一半为了自己，一半也为了陪伴母亲。

"真好呀，你还有亲人活在世上。"叫花鸡感叹道，"我父母都因流感去世了……没了家庭，没了工作，也只有整天到处逛逛，从机器人手里抢点吃的才能维持得了生活……要我说跟我们拍摄那时候相比，现在人们吃的都是些什么垃圾食品，一袋袋的速食包装，没得灵魂，就连火车上的盒饭也比这些塑料袋好吃。"

叫花鸡翻检着他从机器人那里抢来的几袋食物，竟然还从吧台里翻找到了两个盘子，用桌布擦了擦权且当作盛放食物的容器。

他黢黑的手指在盘子上穿梭不停，让李归打消了跟他共进一餐的想法，只有转头打量车厢里的布置。

这节餐车原本是用来供应头等舱附近的贵客的，李归在大学时代坐过几次这条路线，从新城到昌南，一路上曾是个著名的旅游路线，不少人搭乘这条路线不为了赶路，只是为了沿途欣赏风景。

"尊敬的乘客朋友们，现在是用餐时间，我们为您准备了丰富的美食，各式点心、面食、盒饭均在餐车有售，欢迎前来选购，第四节还有豪华西式餐厅，供应红酒牛排。"

李归站在窗前，夕阳已经沉入天际，唯有些许的红色余晖晕染着山川和平原。这一路上比他记忆中更多了些树木的点缀，有着些陌生又熟悉的感觉。

他的大学时代有那么几次坐在破旧得多的列车上经过这些地方，一路上惴惴地思考着爱情、事业和未来。那时的李归大概从没预料到自己有一天会以一个逃跑者的身份站在这里欣赏沿途的风景。

离那时已经过了十数年了，窗外的景色的确改变了几分，然而变化更大的还是这车窗内的情景，他享受着包下整个火车的豪华待遇，离开那时爱得死去活来的女朋友，逃离整个构建在虚拟上的人类世界，搭乘这一辆列车驶向自己的家乡。

李归觉得心中有一种深切的怀念与感慨，夹杂着即将重返故乡的兴奋，一时迷失在了自己的思绪里。

夜风从破碎的窗口涌入，哪怕是南方，在冬末时节也依旧冻得让人发抖，薄薄的窗帘对此根本无能为力。叫花鸡从桌上扯了些厚实的绒布挡在窗口，又暴力拆卸了一块雅座间的隔板压住，权且阻挡涌入的寒风。

大概因为长期用于货运，列车上的空调系统早已关机，李归身上披着桌布躺在角落的沙发上看着叫花鸡絮絮叨叨地忙前忙后。

随着夜越来越深，寒意逐渐渗透进来，将他的四肢冻得有些僵硬。

"瞧瞧，我终于找到了这个。"叫花鸡兴奋地举着一把消防斧，"咱们今晚有着落了。"

他说着用力举起斧子，劈在了名贵厚实的楠木餐桌上，新南线铁道部花巨资引进的豪华车上餐桌就这样裂成了几片烧起来嫌烟多的破木柴。

一堆小小的篝火就这样在车厢里燃烧了起来，火焰稍稍驱散了寒意，李归挪了挪位置凑近来烤火，嘴里却还有几分犹豫，"这样不太好吧，这些桌子看起来有些年头，我记得看过新闻是专为头等车厢引进的高级餐桌来着。"

"嗨，这有什么关系。"叫花鸡顺手把椅子也拆成了木条，正往火堆里添柴，"别看这车厢看起来还算干净，其实至少四五年没人坐过了，一开始还有人规划着把前面的客运车厢逐渐换成货车，建立货运系统，结果还没规划到这节车厢就不知怎么停下了。"

因为表面刷了漆，这桌椅燃烧起来的烟熏得两人不住咳嗽。叫花鸡好一会儿才平息下来，补充道，"再说也没人在乎这里了吧，这条铁路，这列火车，这些名贵桌椅，还有你和我，早已没人在乎了。"

李归觉得此刻的叫花鸡被烟熏得发黑的脸庞上似乎也有了几分忧郁的气质，他一撩油腻的刘海，嘴里咂巴着白天从机器人手里抢来的零食，像是一个被伙伴们遗弃、蹲在墙角生闷气的小孩儿。

不过这里也的确算是被整个世界遗弃的角落。元世界替代计划，是在大流感后期联合出台的统一行动，旨在最小化人员密集地区人类现实中接触的机会以避免新型流感病毒大规模传染。虽然一开始只是一种防疫措施，但随着 VR 技术的不断突破，被称为元宇宙仓的虚拟机出现之后，人类社会的几乎所有活动都已经被成功转移到了虚拟网络中。

"也跟我说说你吧，为什么想回家看看？现在元宇宙技术那么成熟，在那里回个家过个年还不是分分钟的事，我看网上说每年还有年兽大战，可热闹了。"

"说起来你可能觉得我矫情。"李归被烟熏得实在难受，稍微坐远了一些，"模拟得再真实，总还是只能看到别人想让你看到的东西，靠近年关，母亲又不让我接入她的虚拟空间，每次通话总觉得她情绪消沉，问她却也什么都不肯说，我想着不如直接回家里去看看，在现实里或许更容易发现她遇到了什么问题。"

他没有说这其实也是一场逃避，逃离让他感到挫败的虚拟世界，找回现实，找回自己意气风发的旧日时光。

"这么说起来，你倒是比我更适合在现实里生活。"叫花鸡打量着他，"或许这就是老故事里说的围城，外面的人想进去，里面的人想出来，在遇到你以前，我都已经忘记一个人度过多少日子了……许多个梦到我突然可以登陆 VR 的夜晚，总是让我幸福得不愿意醒过来。"

他拨弄着柴火让它们烧得更均匀一些，"你看在这粗陋的现实里，烤个火都这么困难，如果是在虚拟世界里，我们可以随意享受更温暖纯粹的无烟火焰，轻易踏遍万水千山，遇到形形色色的人，还能找到女朋友……"他说到这里目光似乎亮了起来，"我听说虚拟机里的人可以同时交十个女朋友，这是真的吗？"

"唔……似乎有的，我倒也不确定……"

"你这个人怎么说话磨磨唧唧的。"叫花鸡嫌弃地看了他一眼，"一看就像是连一个女朋友都没有的人。"

李归很想反驳他自己不仅有，而且还是从大学一直持续到如今的长跑爱情，可是仔细想想心中却也迷茫了，他已经快要记不清上一次聊天是什么时候，说了些什么话。

她每日都在更新的面孔逐渐掩盖了记忆中与自己共同度过青葱时光的那个女孩的样貌。李归莫名地觉得有些怅然，逃回现实，纵然可以远离越来越让他陌生、越来越难以交流的她，却也不可能找得回校园里，情人坡下陪自己赏月却被蚊子叮了一身包的那个女友了。

她才是更适合虚拟网的那个人吧，李归想到，她总是能那么快上手各种各样的新事物。虚拟形象设计，暗文交流，探险直播。

老天似乎给他们开了一个玩笑，大流感前他是移动通信行业的业内精英，人人景仰，事业顺风顺水，女友作为艺术设计师成天被老板压榨，一周六天都在加班还要看顾客脸色。进入虚拟世界后她却又开始如鱼得水，各种各样的创意和精彩设计让她笼络了大批粉丝，而李归自己却连适应人们越来越跳脱的交流方式都困难无比。

在现实中习惯了成功和领先的李归一次又一次不得不强作欢笑地承认自己的失败，两个人也越走越远，直到相互淹没在虚拟的迷雾中再也看不清对方为止。

"给你说个笑话。"李归闭上了眼，"其实我有女友，每次见面她还是完全不同的风格，这次是激萌萝莉，下次是成熟御姐，以后还可能是兽耳萌娘……"

"哇，还是你们城里人会玩。"叫花鸡赞叹道，"有这样一个女友不是顶十个。"

"直到后来我发现她有十几个虚拟人格，还跟插件一样可以自己加装和卸载，她嫌自己太内向软弱，不知什么时候起就给自己打上了些交际补丁包，外向人格补丁包，表情管理补丁包……你说如果每个人的性格特质都可以靠数据挂件实现，又哪里称得上在这世间爱上一个独特的人呢？如果我喜欢这样的她，那在虚拟网上我还能找到千千万万挂载着一样性格、口癖，甚至外貌的人，难道不觉得有些可怕吗？"

"倒也不能这么说。"叫花鸡干笑着搓了搓手，"在虚拟网建立以前，这世界上不就有很多靠整容、化妆、P图创造出来的相似美女吗？无论再怎么不愿意承认，终归这世界上美的大多类似，只有丑的各不相同而已，她不过是更进一步，连性格也稍加修饰。"

这次李归没有再反驳，只是默默注视着眼前的火焰。他也找不到什么反驳的理由，不过与女友间热情似火的恋情逐渐褪色也是无可辩驳的事实，他努力从脑海中再找出一些理由，终究还是放弃了，让人不禁觉得没有理由的到来与离去才是爱情最真实的模样。

"你这么跑出来怕是跟她大吵了一架吧？"

"她怕是还没有发现我已经离开了。"李归苦笑着摇摇头，"再便捷的通信，如果不常联系也是没用的……在手机时代通信录里的那么多人名不也是单纯的摆设吗？我们怕是已经有一个月没有聊天了，或许她早忘了还有我也说不定。"

"怪不得他们总说虚拟时代没有对象，只有炮友，最近还兴起了一群爱上程序的空壳老婆党……没事，反正都已经出来了，这也算难得看看外面的风景，这世界上只有美食不可辜负，有机会让你尝尝我的手艺。"叫花鸡安慰起他来，他走到另一侧的窗边，指着外面已经陷入漆黑的世界，只有偶尔闪过的树枝能留下一些剪影，"不瞒你说，这条铁路我也很久没来过了，能穿越整个隔离区的路线在今天也可算是个长途，大家都接入虚拟网之后经常路线一坏就没人检修，好多铁路就这么闲置了下来……"

他的话音还没有落下，整座列车突然震颤了一下，接着因紧急刹车而导致的惯性将它们挡在破窗口的木板一下推开，两人都是一阵踉跄。

"前方线路阻断，紧急刹车，请不要在车上随意走动。"

一直保持静默的车上广播突然开始响了起来，两人面面相觑，"这是怎么回事？"

"可能……是我刚刚说的路线损坏吧。"叫花鸡喃喃两句，"这下完蛋了，这年头列车停下来估计没个十天半个月是没人会管的，我们难道要在这荒郊野地里等救援吗？"

他刚说完，车厢里的灯光突然暗了下来，只有警示作用的红色灯光在车厢里闪烁。整辆列车像是突然陷入了沉寂之中，再没有半分反应。

李归来到破损的窗口前探出头去，整辆列车已经在荒野里完全停了下来，蜿蜒在漆黑的夜色里，像是一头沉睡中的野兽，只有隐约的灯光在黑夜里标示出它的轮廓。

没有了车厢里的灯光，外界的漆黑倒像是褪去了几分，能够借着夜空洒下的清辉看到一片平坦的杂草地和环绕着它的小山丘。天空星星点点的繁星看不真切，因为皎洁的月亮已经从山的一头爬上了半空中。

两人在破车厢里相顾无言，轰响的车厢一旦停下，周围甚至寂静得有些让人害怕。

其实也不是完全的寂静，大概是人类已经退出现实世界太久，仔细一看月光下还是有一些身影在移动，眼睛在夜里发着光，大约是狼或者狐狸之类的动物。

"完蛋了。"叫花鸡打破了沉默，"没人管的，我抢机器人没人管，列车坏了就更没人管了。"

"这里应该已经到隔离区里了。"李归突然说道，"那就离昌南也不算太远，我们等天亮步行穿过隔离区就能乘上其他列车。"

"这……不太好吧，那里可是死过人的……"叫花鸡弱弱地质疑。

"总不能被困在这里一辈子，况且隔离区都是多年前的事情了，疫情的时候不是每天都要喷洒消毒液，不会有问题的。"李归说道，"你抢来的零食还有吗，分我吃一点，我们需要保存好体力明天步行。"

◆ 2 ◆

在车厢里度过了不安稳的一个夜晚后，两人趁着熹微的晨光从车厢里钻了出来。

李归说的没错，这里的确已经靠近隔离区了。他们晚上看到的荒草平地几年前应该还是一片整齐的农田，杂草的间隙还能隐约见到田埂边的小路。

两人从火车厢里翻出来，趁着早晨的微光活动着，试图缓解在餐车座位上躺了一夜的酸痛僵硬感。李归稍稍扭动脖子颈椎就咔咔作响，让他回忆起了疫情前自己疯狂加班，没日没夜靠能量饮料续命的日子。

叫花鸡却是在打量两人眼前的荒地，"这地挺肥呀，杂草都长这么高了，好像小时候去乡下爷爷奶奶家的感觉……呀，你看这是鱼灯苏，以前吃多了爷爷就会给我煮点这种草药消食。"他这么一个大概早过了不惑之年、违法乱纪带头抢劫货运机器人的狠角色说起这话来让人颇有些荒诞的感觉。

李归从小在城里长大，对这景象倒没有什么特别的看法，在他眼中乡村地区大概都长得差不多，更何况这还是冬季，草木大多凋零，实在谈不上美景。他看了看叫花鸡爱不释手的鱼灯苏，看起来蔫蔫的，和田地里丛生的其他杂草也没什么差别。

"别看它们现在丑丑的，到了初夏时节开得满山坡都是，好看极了。"叫花鸡来了兴致，对这片隔离区也没那么害怕了，抢先带着李归在田埂和山路上穿行，顺带感慨他在乡下的童年时光。

翻过那座小小的山丘，映入眼帘的就是他们在新闻上看过了无数遍的隔离区。

隔离区是一整条人为清空的防疫带，除了把原有的村镇居民迁走之外还兴建了数个规模极大的临时医院。

这一带官方名称叫作青山医院，正是疫情时期最早完工的临时医院之一，占地数万平方米的医院从计划到完工只花了八天八夜，被誉为世界医疗史上的奇迹。难以计数的病人在这个既是医院又是禁区的地方度过了注定难以忘记的一段时光。在流感肆虐，李归在家中惶惶不可终日的时候也看过这里的一些照片，如今从山丘上俯视这一切有一种走入历史中的即视感。

抢修出来的病房自然毫无美感可言，像一列列摆放整齐的豆腐，却也可以看出极为明显的规划痕迹，进入通道，接诊区、负压病房楼、医技部，各个区域的建筑排列得条理清晰。数年的时光将这里往日的肃杀绝望气息化作了一种带着荒诞感的厚重气氛。

李归领着叫花鸡一路走进这座只在新闻中见过的医院，传闻来到这里的病人中的一小部分几经挣扎终于还是康复了过来，尽管背着一身的后遗症，但与那更多无声无息被送入停尸仓库的人比起来，他们又是如此的幸运。

他们在略显狭窄的通道里穿行，时光仿佛将这一整片地区抛弃在了身后。充满了历史感的标语与宣传壁画，形形色色被人无意间遗忘在这里的私人用品、衣物，当然更多的是各式各样的消毒液瓶、口罩、手套与破破烂烂的防护服、病床床单或是被子。

李归行走在灰白的废弃森林之间，忍不住想象着在这里的人撤离时的情形，那时大约已经是大流感被完全控制下来的时候了吧？医务人员辛苦劳作了数月，应该是迫不及待要回家休息片刻的。病人们从病毒魔掌中逃过一劫，终究保全了宝贵的生命，能在剩下的时光里默默舔舐伤口，缅怀逝去的亲人。

人类的历史数千年，大多时候讲述的都是人与人之间的争斗与竞争，有一人受害，就有一人得益，有一个公司破产倒闭，又有更多的公司在其废墟上建立起来，一个国家衰落，又有一个国家崛起。唯有与病毒相争的时候，整个人类没有赢家，区别仅在于一些人受害更深，另一些人勉力逃过一劫。

这里随处可见废弃的被单、口罩、杂乱堆放的床板，墙上用鲜红油漆刷出的病区数字已经被灰尘染得褪了色，却仍旧能让人感受到那肆虐全世界的病毒给所有人带来的压迫感。

如今数年过去，仓促修成的水泥路面已经有了肉眼可见的破损，野生的植物嫩芽顽强地顶破了封锁，似乎昭示着生命正在重返这片隔离地带。

大流感离现在并不遥远，但跟随着整个社会飞速进入虚拟化的李归却觉得它似乎已经是上个世纪的事了。说来可笑，整个流感时期他除了躲在家中不时浏览新闻，也就只有不断拨打父母的电话。一开始是心急如焚，然后是满脑子回家的冲动，后来变成一种混杂着怯懦与侥幸的麻木，直到最后只收到母亲的一句简单的短信，说他父亲去世了。

在整个大流感疫情中，唯有这点让他觉得自己与这场艰难反抗病毒的战役有些联系。

有时候变故来得就是这么突兀，常常能用最轻飘飘简单质朴的方式给人带来需要几年甚至几十年来回味的结局。

李归第一次有这样的感觉正是在家乡叫花鸡老店的餐桌上，他还记得满是油污的大桌子上新鲜出炉的土块被父亲一点点剖开，诱人的油脂炙烤香气混合着草木的气味让还年幼的他兴奋得大呼小叫，"爸，我们出来吃这么好吃的东西，怎么妈不在？"

"你外婆去世，你妈回老家帮忙了。"父亲的声音很轻，也很淡，脸上露出了几分说不清是冷静还是哀伤的神色，在繁忙热闹的餐馆里显得有些格格不入。

年幼的李归倒是没想那么多，他只觉得或许每次外婆去世就能像这样出来吃一顿好的。

他用了许多年才反应过来，去世代表着一切回忆的终止，幼年时用糖果逗他的老人再也没法与他一起创造新的记忆了。而那些已经留下的记忆竟然也会在时光里一点点磨灭。

李归回想那些关于父亲的记忆依旧清晰，但或许时光也会将父亲的音容从他的记忆里一点点抹去，就如同渐渐已被他遗忘的外婆那样。

"兄弟，咱们最好离这些房子远一点，谁知道里面现在还有没有残余的病毒，宁可离得远一些……这医院很大的样子，咱们不会得留在这里过夜吧？"

"不至于，医院也就十几个足球场那么大，咱们走得再慢也不会走一天的，不过医院附近空旷的隔离区应该不小，我们得做好露宿野外的准备了 。

"没事的，这都过去好些年了，我看早已经没什么危险了。"李归随手捡起来一张被遗弃的防毒面具展示给对方看，粗陋的结构应该并不能隔离病毒的感染，不过隔离区之中或许就靠它维系了无数人对生的信念。

墙上鲜红的标语剥落了一部分，只能看到"……戴口罩"几个字。

"我看你一定没在真正的疫病区域待过吧。"叫花鸡离他手上的面具远了几分，"当年我是真的见过，一组一组的担架从居民楼里抬出来，暂时在院子里摆成一片，等拉病号的大巴来……"

李归在新闻里大概看过类似的场景，不过报道里看过和真实经历过是有些不同的。真正经历过的人记忆深处的恐惧肯定更深刻。

父亲离去太过倏忽，李归甚至对父亲在最后的时光里经历了什么，周围有怎样的人和事都没有概念。现在看起来大概正和这医院差不多。

如今随处可见废弃的被单、口罩、杂乱堆放的床板，当时都属于一个个被紧急送来的病人。他大概也与其他感染者一起被紧急送进来，穿过这条墙上画满了病区数字和防疫口号的走廊。推着他的护士得努力控制方向避开浑身防护服的医生和搬运物资的工人，最后勉力将他安置于这片整齐病房的其中一间。

从病房的数量来看病人数量是如此之多，每个人都在重压下焦虑而忙碌，以至于没有人有空关心他人。而躺在这隔离区的病床上，不知他当时是平静还是惶恐，身体有没有痛苦，值班的医务人员有没有认真照顾……

叫花鸡的新发现打断了李归的想象，那是一团疑似人为生火产生的黑色烟雾正从并不高耸的医院建筑后升起。那烟雾并不浓重，淡淡地歪歪扭扭，仿佛随时会被风吹散。

李归的视线越过医院废弃的病床、满地乱爬的绿萝和破旧的道路，仔细看了好一会儿，的确不像是失火，反而更像是炊烟。

"大青山医院还有人吗？"两人对视一眼。

"不应该啊，大疫病结束之后这里应该早就已经废弃了才对。"叫花鸡犹豫地望了那逐渐转白的烟气几秒钟，终于还是忍耐不住好奇心，"我们去看看吧，应该真有人在那附近。"

果然几分钟后他们就在这医院里遇到了第一个陌生人。那是一个头发花白的老者，坐在轮椅上，身后还拉着个带轮子的桶，正在一栋废弃病房前的水龙头旁打水。

老头看到有人从街角转出来，很是愣了几秒钟，仿佛从没想过这偏僻的医院还有人会路过。

"老人家，我们想穿过隔离区去昌南，您知道怎么走吗？"

"昌南啊。"老人回过神来，将水龙头拧好，有些难以相信地打量着两人，"越过大青山再走半个小时就能看到通往昌南的高速，顺着高架就能进昌南，不过城里也没什么人气，我们有些朋友搬去过几个月住不惯又都回来了……您们二位这是……"

"我这是打算回家过年呢。"李归打量着墙边的水龙头，水管虽然陈旧得发黑了，金属的龙头却还被擦拭得十分光亮，看起来是经常有人使用保养的。

老者倒是被他这句话逗乐了，"哈哈哈，回家过年，你倒是我几年来遇到的头一个……还以为只有我们这些老家伙还惦记着过年……腊月天气冷，翻山不容易，我们今晚还生了柴火打算做一顿好吃的，要不要来歇一歇？"

叫花鸡一听就乐了，"烧柴好啊，还得配上大锅深灶，炖肉炒菜都是一绝！"

"看起来您还对美食挺有讲究。"老人笑了起来，费劲地转过轮椅将载着水桶的小车勾好，这才慢慢推着轮子沿着明显有人修整过的小路行去，"在这里除了我还有不少老人哩，城里冷清，因为后遗症没能进虚拟现实的人大多在这里安静养老了。"

李归连忙上前帮他推轮椅，翻过了一个不大不小的土堆。

"不过住医院里老人家免不了要吃苦吧？"

"谢谢……吃苦倒是说不上，好歹在这里我们可以用不少以前留下来的医疗设施，生活物资也有配给。"

这里的道路算不上宽敞，病房间的走道上用油漆粉刷着"物资通道""医务人员过道"等字样，不过大多已经淹没在顽强生长的草丛中了。

这一片区域一看就是常有人经过的，居住在这里的人也没空维修道路，反而在两旁栽了些不知名的花，看起来也有了几分疏于打理的野花园的样子。

"对了，还忘了自我介绍。"老人微笑着瞥了一眼正凑近花朵想看看能不能吃的叫花鸡，"我叫赵慢，算是这个阳光康复小区的居民主任。"

"还成立了一个小区。"叫花鸡颇为惊奇，"我在城里待了好些年，虚拟网络里出来探险的人倒是见过一些，一群人出来还组建居委会的可是一个都没有，虚拟社区难道不香了吗？"

"虚拟再好，对我们来说终究也是无法触及的美景。"赵慢笑得有些勉强，"我们阳光康复小区住的人大都是从大流感中幸存下来的患者，落下一身病根，由于大剂量的抗病毒药物损害了神经，需要经常运动身体，在虚拟机里待久了会瘫痪，甚至呼吸衰竭的。"

"您这腿脚……"李归忽然反应过来为什么老人会坐着轮椅。通常来说，越是身体有缺陷的人才越会向往给所有人一个重新开始的虚拟世界，没想到身体的病痛反而断绝了他们的这个机会。

赵慢这次像是没有听到一般沉默了一阵，转头去看道旁借着屋顶漏下的阳光顽强生长的花朵。

李归一时不知道该说点什么，进入虚拟世界会加重瘫痪，留在现实却又要每日面对病痛的煎熬，个中滋味或许也只有当事人才能体会了。

赵慢看了一会儿花，又慢悠悠地领他们上路。

三人拉着水慢悠悠来到了这个医院里建成的小区。

说是康复小区，但其实也就是将几个医技部的房子改造了一下，围成了一个四合院的样子，旁边是以前用于堆放医疗物资的库房，与病房相比宽敞了不少，正好容纳这二十来号人在这里休闲聊天。

一眼望去，这里的居民们年纪都不小了，赵慢头发已经花白，在这里却也不算是最显老态的。这群大多年逾古稀的人围拢在几张略显陈旧的电暖桌旁喝茶打牌。茶杯上的字迹大多磨损得模糊了，牌被摸得毛了边，沙发上还套着针织的披挂，一切都透着一股熟悉的陈旧气息，让李归仿佛一下子回到了自己幼年的日子。

那时候家里的沙发也是这么被母亲精心织就的毛线套保护起来，父亲在世的时候常用这个嘲笑她是"最后一批给沙发上保护套的土财主"。或许是有了这么一层与回忆相关的样子，他再看这些正悄悄打量自己的居民们时也有了几分亲切的感觉。

院子里的地面上用砖土砌了一个灶台，一堆干枯的木柴正在灶坑里猛烈燃烧，之前升起的烟雾大概就是从那里来的。

叫花鸡的目光一下就被这土灶吸引住了，"这是在场的老哥们砌的？手艺不错啊。"

"不仅是灶台，这蒸笼也是我们自己做的。"一旁的矮胖老者得意地笑了起来。

那是一个非常复古的木制蒸饭桶，此时似乎刚刚煮上，还没有米饭的香气散发出来，李归只在电影里见过这么古老的煮饭方式。

"给大家带来了两个新牌友。"赵慢笑了笑冲大家介绍，"我在外面接水的时候碰到的，都是小伙子，谁要是有干不了的重活赶紧来抓壮丁。"

他说的不客气，自己却顺手拿过了水壶打算在屋里的电炉上烧些水，李归忙上前帮忙，他在虚拟世界里待了几年，莫说是用水壶烧水，就连热水都不知多久没有喝过了。现在看着溅出的细小水滴被炉子的高温烤得四处乱跳的样子颇有些新奇。

叫花鸡早已融入一群围着土灶聊天的老者里去了，赵慢坐在一旁看李归对着炉子瞧得出神，随口提起了这炉子的历史，"疫病的时候大青山仓促建好，没有饮用热水的供应，这还是我们从附近村庄的农户家里买过来的，顺带附送了一个烧水壶。"

李归回过神来，看桌上不仅烧着水，还摆放着几个装着瓜子花生的篮子，更觉得自己一下回到了五十年前，"现在还有厂家生产花生瓜子吗，我还以为再也见不到这样的零食了。"

"这是我们自己在地里种的。"赵慢得意洋洋，"现在全世界的人都在营养舱里，地倒是空出来很多，我们把医院周围的几块小荒地开辟了出来种些瓜果蔬菜，可惜没有味道，嗑多了也是寡淡……"

"既然有了这个电炉，为什么院子里还要砌个土灶呢？"

"哈哈，老伙计们总说电炉煮的饭炒的菜都没有灵魂，以前我们这里有个朱老汉是做餐馆的，懂点做炕的手艺就给我们搭了一个。"赵慢剥了一颗瓜子，手却抖得几乎捏不住瓜子仁，"唉，终究是老了…再过几年我大概就得住进养老院了吧，在那里虽然饿不死，但实在是没什么趣味。"

"养老院里应该也有不少老人吧，有机器人照料不是比这里还方便些吗？"

"总是不比现在自由的，况且越是年纪大越是离不开存身的这一小片地方了。"赵慢望着窗外顽强攀爬在墙上的绿萝，与医院里其他地方的荒芜相比这里的确更像一个温馨的家园，老人们精心挑选修剪的植物将小院点缀得精巧而充满生活气息。

"被隔离时大家还是懵懵懂懂，然后是对未知的恐惧，每天心情都随着一点点风吹草动上上下下，再然后是对长期隔离的愤怒和反抗……再然后或许就是习惯了，哪怕解除了隔离，搬出去的人们大多也很快又搬了回来。因为外界已经如此不同，在那里不能进入虚拟机，几乎就不能算作一个有生产和生活能力的人，顶多更像是被完美饲养的珍贵动物。"

看得出来，赵慢大概是很有责任心和使命感的那一类人，对他来说没法做出点有意义的事情，既不受关照也不受重视，而只能将光阴虚度在日复一日的寡淡操劳中大概是极为恐怖的事了。

李归替他剥好了一些瓜子，"这么看起来的确还是这里好，这些零食，带花纹的毛线织品，还有这些墙上挂着的字画都是你们自己做的吧，实在是厉害。"

"不过是趁还能动发挥下余热了……你看，这是我们随身携带的健康手环。"赵慢挽起袖子给他看自己手腕上的小小显示屏，"等它完全变成红色，就代表佩戴者已经需要处于严格的监理状态，必须得搬到养老院去接受照顾了……等我们都走完，这些沙发垫、字画和土炕就都失去了存在的意义。"

李归可以看到他的腕表已经呈现出鲜亮的橙黄，他转头想看看其他老人的手环颜色，却发现大家都不约而同地用袖子遮盖住了手腕。隐藏自己的健康状况似乎是阳光康复小区里默认的潜规则。

冬天的天光黑得早，屋里不知不觉间已经暗了下来，外面的灶倒是火还很旺，煮熟的米粒的香味随着扑腾的蒸汽飘进屋里。叫花鸡帮忙把蒸桶搬下火来，又叫嚷着要用柴火给大家炒两个拿手的菜。

"老人家想的总是更悲观一些。"赵慢看着叫花鸡埋头干活的背影，"我从前就是个医务工作者，现在却深切地感受到自己的所有努力，既不能给社会带来任何的益处，也绝没有任何坏处，只是纯粹无意义的动作，只有深深的无力感。在虚拟的浪潮里我们仿佛是被遗弃在沙滩上的那部分泡沫，只能蜷着身子苟活，等待泡沫破开，滚滚的浪潮就能没有丝毫痕迹地继续向前推进了，这其中我们甚至没有半分阻拦的副作用，甚至也没有任何人在意，这才是最让人绝望的。"

"从某种意义上来说，我们或许也是您口中的泡沫吧。"李归说道，"年龄和残疾并不是造成这一结果的原因，我们一个从虚拟机里逃出来试图在现实中寻找慰藉，另一个干脆就因为先天遗传无法进入虚拟网络，在这个虚拟的时代里算起来我们都是最不重要的那一拨人。"

"不过，哪怕是不重要的人，也能找到相互慰藉和被需要的那一面……"李归话没说完，叫花鸡耍了个炫技的翻锅，虽然柴火威力不足颠不出暴涨的火焰，却已足够引起周围的人一通叫好。

李归笑了起来，"您瞧，叫花鸡在这里就能帮上大忙，再比如我自己也还有在家的老母亲需要我，或许不指望照顾起居，然而能聊聊天，就是莫大的慰藉。"

"而比如您，在这康复小区里看得出来您是绝对的主心骨，这里的每一位长者都蒙受您的照顾，所以哪怕被遗弃的人群，也能互相依靠着前进。就算最破旧的家具，也能勾起人回忆，等到时机恰当，说不定还能作为时代的见证引起一波复古浪潮。"

夜色更深沉了，房屋里略显昏暗的灯光完全压不住院子里柴火发出的明亮光焰，但待在电炉旁听着水壶呼噜噜的声响却能给人一种奇异的安宁感。

就在几步之外的院落里，叫花鸡正在完成最后的收火调味工作，昨天抢到的五香调料包正好有了用处。

"好香啊，小哥你这调料哪里来的？"饭菜的香味让一群老年人食指大动。

"哈哈，从火车的货运机器人上抢来的，你们附近有铁路吗？改天带你们去抢一回。"

"那不是成了铁道游击队，到时候我给大家放风，哈哈哈。"

院子里的火光似乎也点燃了周围人的情绪，柴火升腾起的烟气飞快地融入了夜幕刚刚降临时残余的一点微光里，然后了无痕迹地扩散开来，化作一片充满鲜活意味的烟火气，让这个坐落在荒芜医院里的小院子奇异地多出了几分热烈又温馨的气氛。

赵慢看着这幅景象似乎呆住了，双手不自觉地抚摸着轮椅扶手，不知在思考些什么。

壶中的水沸腾后呜呜的轻声鸣叫唤醒了两人，李归手忙脚乱地提开水壶，又帮赵慢从角落里拎出那个古老的绿色保温瓶，这才笑着说道，"您看，起码我还能帮您烧个水，或许自己常见的东西就能给他人带来幸福和快乐。就像叫花鸡能给大家炒菜，而他自己只要能在昌南吃上一次朱老板家的叫花鸡……"说到这里，李归忽然心中一动，"您之前说过那个帮忙建土炕的老人姓朱？"

"哈哈哈，他就是你说的那家店铺的老板。"赵慢哈哈笑了起来，"不过饭店早关门了，他因为身体情况恶化不得不在城里调养，你们这一趟肯定是吃不上他们家的叫花鸡了。"

院子里五个菜已经炒好，大家正张罗着桌椅打算吃饭，赵慢坚持着自己把开水倒入水壶中，回过身来的时候脸上还带着笑容，"不过我们已经学会了他叫花鸡的做法，就是整鸡不好找，订购后得等几天才能送到，年夜饭还是能赶上的。"

李归推着他朝院子里走去，天色已经完全黑了。然而隔离区的天空出乎意料的干净透亮，几颗早起的星辰已然挂上了苍穹。

"冬天的天空星星要少一些。"赵慢顺着他的目光朝天空望去，"不如留下来吃个年夜饭再走吧，给你们也尝一尝朱老板传下来的叫花鸡的手艺。"

"算了，您等会儿可以问问叫花鸡，我还是想回家吃年夜饭。"

吃完了饭，一行人早早睡下。

李归嘴上洒脱，但一直到晚上都还在想赵慢给他说的被时代遗弃的泡沫的事情，私心上他是无法接受自己已经被虚拟化的时代抛弃这件事的。严格说他与其他人都大不一样，他身体健全，也没有光敏癫痫，随时可以回到虚拟机中。

但他自觉整个人都与虚拟网络透着一股……不适合的气息，他太古板又爱较真，还有点不愿接受新事物，同事换个灵吸怪的造型来开会把他吓得半死，女友去参加游戏角色创作大会扮演个红灯区女郎也要被他诟病半天。

李归觉得自己的脑子像是个破三轮，而这世界上绝大多数人就跟加了火箭推进器的超跑一样，车速飞快将他远远甩在身后。

"哈哈，王炸，我赢了。"睡在床另一头的叫花鸡又开始说梦话了，听说朱老板的手艺流传下来他念叨了一晚上要学会叫花鸡制作技术，也不知道是怎么从吃的联想到打牌上去了。

这夜李归没有睡好，看天色一亮就爬了起来。

他倒是低估了老年人早起的能力，打开房门就看到老牌友们又三三两两聚在一起打牌了，还有的已经从外面带了一身清晨的气味回来，似乎是出去晨练的。

"叫上你朋友洗漱一下吃个饭吧，希望这里的福利餐还合你们的胃口。"赵慢倒是没忘了自己的承诺，"吃完我就领你们去高速路口。"

从康复小区出来意外地不再是压抑的医院建筑群，步行不过半个小时就进入了一片混合着杂草和果树的园地，在建造大青山医院之前这里似乎本来就是成片的果园，只是如今已经进入冬日，按照李归粗浅的植物知识已经分辨不出这树上会结什么果子。

"我昨天仔细思量了一下，觉得你说的倒是有些道理。"在前方带路的赵慢忽然提了一句，"只要还有康复小区这些老人，我的努力就总不是毫无意义的白费，就算他们离开后还好歹有人能记得这里。"

我自己昨晚还觉得你说的更有道理呢，李归有些哭笑不得。

赵慢整理了一下思绪，"我就以安然送走每一个小区里的居民为目标好了，等他们都走了我也就安心啦。"

"这样想未免太悲寂了一点吧，听起来好像完全是为别人活着一样。"

"你知道为什么感染大流感后治愈的人不能进入虚拟机吗？"赵慢答非所问，又自顾自继续道，"因为大量使用的靶向药物不仅会攻击病毒，还会攻击具有相同识别特征的运动神经末梢，接受这样治疗的病人哪怕每天睡眠时间超过 9 个小时也有不小的瘫痪风险，更不用说把身体搬进虚拟机了，只要躺进去就很难再出来。"

荒芜的果园里忽然飘落一片顽固停留在树枝上的落叶，就落在赵慢的肩头。李归伸手替他捻起叶子，枯黄干缩的叶面已经沿着叶脉收缩卷曲，被他一碰就碎裂开来，只留下坚韧的叶脉不肯断开。

赵慢转头看了李归一眼，"当年下令不惜一切风险给他们用过量抗病毒药物治疗的人就是我。"

他苦涩地笑了笑，"高架桥到了，沿着它走就能到昌南市啦。"说完这句也不等李归答话，快速转身推动着轮椅向后走去。

远方高架桥的身影果然已经从落光了树叶的枝丫顶端探出来，被厚实的桥墩承载着宛如长长河流一般跨过山丘与沟渠、朝着远方的路面延伸过去。

"兄弟，你一路小心。"叫花鸡迟疑了一下说道，"有空帮我看看他们家的炉子是怎么修的。"

"你决定要留在这里了？"

"是呀，难得这么多人，图个热闹。"叫花鸡笑道，"明天我就跟老赵去登记入住，然后就可以领一个跟他们一样的手环了，你有空也搞一个，说起来是老年人专用，但移动通信网络废弃后也是为数不多能和我们远程交流的渠道了。"

"嗯，我以前就是搞移动通信的来着。"李归笑了笑，"没想到科技越发展，我们反而倒退回只靠少数信号基站的程度了。"

◆ 3 ◆

李归说不出昌南缺少了些什么。城里的街道并不像大青山医院那样荒芜,除开街上看不到一个行人之外,反而是一切与他几年前的记忆完全相同这一点最为奇特。从读书到工作的十数年间他已经习惯了每次回家都会看到街区重修,店铺改换,甚至连街道中间的绿植都换了好几个品种。

现在的街道他看起来太熟悉了,连街道上的招牌顺序都没有换,只是这些店铺全都紧闭着大门,倒是真的像店主全都关掉店铺回家去过年了一样。

他在这片熟悉的街道上缓缓前行,这里仿佛能把他带回大流感来临前的时光,此时他也正如同一个抢到了春运最后一班车票的游子,怀揣着几分惴惴不安赶赴自己温馨的家,那里有阔别已久的亲人和足以放下一年奔波与烦恼的安宁时光。

他路过了那家让叫花鸡魂牵梦绕的店,他们家在搬离老店之后特地找了不远处迎街最热闹的大门面,装修得也格外气派,不变的只有那个略显土气的名字 —— "朱老大叫花鸡",那黄底红字的照片竟然没落下多少灰尘，甚至连店门都大开着，仿佛还在开门迎客。

只是周围太安静了，几只小鸟肆无忌惮地从一户人家的阳台上飞下，在他眼前落地，钻进店铺里在桌椅间逶巡啄食，还不断发出叽叽喳喳的鸣叫。这叫声反倒显得整座城市更有一种深沉得让人害怕的寂静。

李归忍不住走进了店里，他的举动惊得几只小鸟扑腾着飞走了，令他颇感意外的是这敞开的店铺竟然没有成为野猫野狗的聚居地，桌椅虽然一副没怎么用过的样子，却也没有落下多少灰尘，仿佛还有人在这里打扫，墙纸倒是难以避免地有些破旧了，似乎因为渗水还变得皱巴巴的。

"客人是来吃饭吗？"这一声突兀的问话吓了他一大跳，定睛一看，这才发现前台后面竟然还坐着一个老人。

他的脸色太灰败了，以至于几乎与这破旧的店铺融为了一体。干瘦的脸颊上刻满了衰弱的皱纹，脸皮也耷拉着，几乎眯成了一条缝。他此时正坐在一辆宽厚的电动轮椅上，身上裹了一件深棕色的大衣。

老者见李归没有回话，又添了一句，"客人，伙房已经不开了，怕是招待不了你了。"

"您是……朱老板？"李归小心翼翼地问道，眼前的老者太单薄瘦小了，让人觉得一阵风就能把他吹走。

"是我，小哥认得我？"朱老板应道，他的精神状况倒是不错。

"是呀，小时候常来您这里吃鸡，只是一下没认出来，那时你比现在要……要壮实不少。"

或许是出于保密的顾虑，朱老板一直坚持自己烤鸡，李归有幸见过几次他握着挂满了烤鸡的长钩从后厨转出来的场景。

那时他还是一个两百多斤的胖子，宽厚的嘴唇和眉眼不笑时就带着几分威严，粗壮结实的胳膊如同他的性格一样强势，在他们家客户抢座位争执起来从来不用报警，只要这敦实的汉子往桌边一站矛盾自然就能完美解决。听说还有试图窃取秘制酱料和烤炉设计的人被他提着菜刀追杀到了派出所。

"哈哈，是老主顾了啊。"朱老板手指微动，坐着的轮椅就自动滑了出来，"现在我也就是趁着养老院放风的时间来店里看看了，如果想吃叫花鸡可以去大青山医院那里，应该还有条件可以做菜。"

凑近了之后李归看到他的下半身枯瘦得仿佛两根干柴套在裤腿里，老者除了手指似乎已经完全失去了行动的能力，他的专属轮椅正在尽职地帮助主人维持坐姿，椅背上微微闪动的红色指示灯似乎正在全面监控他的身体状况，李归甚至看到一根输液管从椅子里探出，隐藏在了朱老板与他干瘦身体不成比例的大衣里。

实在难以想象眼前这个面色灰白的老头会是当年那个生猛的肥壮店主。

"我其实刚从那边过来，康复小区的老者们还商量着要用您给他们搭的灶台做一个叫花鸡当年夜饭。"

"哈哈哈，他们还记得我教的酱汁配方啊。"老者高兴了起来，连脸色都鲜活了几分，"光有酱汁还不完美，可惜离开得太匆忙，不然再给他们做一个烤炉，那才是正宗的朱家秘制烤鸡。"

他身后的椅子响起了滴滴的提示音，伴随着红色指示灯的快速闪动。

"我的放风时间要结束了。"朱老板动作很快，控制着轮椅向后转去，"你快跟我来看看烤炉，有机会跟他们说说，做炉子可是个体力活，我来教你。"

李归没想到纪录片拍摄者们想靠近而不得的炉子就这么简单地出现在自己触手可及的位置。

朱老板乘着轮椅来到排列整齐的烤炉旁，"快过来把这炉顶掀开，注意看我们特制的隔热密封圈，在余温焖鸡的时候炉子的火力不能泄了……"

李归上前费力地把厚重的钢制炉顶掀开，露出了里面黑黢黢的球形炉膛。

"炉子一是要密封，二是要注意埋鸡的这个槽上下两层都要用果树木柴，这样烧出来的泥封可以均匀而没有裂纹，里面的鸡肉受热也更均匀……"

李归打量着炉子的构造，忍不住问道，"朱老板，这些不都是你们家的秘方吗，就这么告诉我会不会太草率了。"

"这些年我早看淡了。"朱老板似乎想摆一摆手，但他的胳膊只能稍稍抬起，已经支撑不了那么大的动作了，"我连着生了三个女儿才得了一个儿子，从小逼着他跟我学做烤鸡的技术，这臭小子偷跑出去玩的时候被我用皮带抽得哭了一夜……到头来有什么用呢？大流感一来，儿子女儿也没了，只剩下这个店……"

他话还没说完，轮椅又响起了滴滴的提示音，"自由休息时间已结束，现在为您导航到专属客房。"

竟然开始自动寻路，往店外驶去。

"等你到了小区记得跟老赵他们说，最好选枣木，烤出来好吃……"朱老板试图扭头继续跟他叮嘱道，不过轮椅动得很快，转眼间已经到了门口，"替我向他们问好……"

一辆特制的无人驾驶残障专车已经悄然等在门口，李归只来得及看到朱老板费力抬起似在告别的手掌晃了晃，专车就已经合拢车门无声地远去了。

他在门口站了片刻，刚才被他惊走的小鸟们又扑棱棱飞了回来，继续在空荡的店铺里寻找着微小的食物。

李归一时心绪有些复杂，不过他似乎也能理解朱老板的心情，对美食的执着能让他费尽心思地保密，也能让他在此时如此迫切地分享这个秘密，毕竟阳光康复小区的居民们大概是这世界上最后一批仍然能评鉴赞美他独家叫花鸡的友人了。

他一边回想着朱老板的烤炉，和同年尝过的叫花鸡的味道，一边身体自然而然地走上了那条回家的路。

这里的每一条分叉，每一个转向都像是刻在他的基因里，不需要思考就能引着他站在熟悉的门前。

李归忍不住去想赵慢的那番关于时代泡沫的话，对于刚到中年的他来说，承认自己已被整个社会甩在身后有些太残酷了。不过还好还有家，就算到了这个不需要自己专业技术的时代，到了女友与他渐行渐远的时候，至少还有家人能给他带来被需要与被支持的幸福。

"妈，我回来了。"讲出这句话的时候，李归心里有种莫名的心酸感。

家里的门锁还是他上一次回家时换上的智能锁。

好逞强的父亲买回来鼓捣了好久都不会装，无奈只有求助于过年回家的李归，被母亲嘲笑后他就忍不住把自己关在房间里生闷气，年夜饭都不想出来吃，他们两人在前几年里少不了这样令人啼笑皆非的矛盾。

两口子相识于一场席卷全省的洪灾，逃得一命的人们回到家园之后不仅要祭奠亡去的亲人，还得在一片泥泞废墟中抢救挖掘仅剩的财产。李归的父亲人高马大，借着一膀子力气给她帮了不少忙。自然而然的两人也就好上了，废墟之中重建的希望与期盼伴随着他们结婚的第一个十年。

后来他们有了李归，接着当年火热的激情也逐渐转化为相伴相守的平淡和责任。接着在年复一年的消磨之中这种平淡也渐渐远去。所以李归从来搞不懂父母的感情到底是亲密还是疏远。他们每天都有大大小小的摩擦，最常见的就是父亲在外打麻将或是谈天说地忘了时辰，草草将就了一顿，却也不和家里说，两人赌气似的不打电话交流，一个等得心焦，一个输得心烦，回到家里就要大吵一架。

不过奇异的是吵得再厉害，他们也能颇有默契地隔上一天半日，佯装无事发生地又坐回同一张桌子上吃饭，绝口不提早先的矛盾。

他们俩就是一对这么矛盾的夫妻，或许这也是一种长时间的磨合。只可惜他们二老并没有等来磨合成功的那一天，只是一场突如其来的大流感，就把父亲的音容笑貌永远截断在了记忆里。

常年在外的李归对父母总有一种愧疚感，这一次回家不仅代表了他对自己过往的追寻，更是一个回家陪伴母亲的执念。她从来都不是一个健谈外向的人，生活中也没有什么能认识新朋友的爱好，随着年华一天天老去，她能联系上的，能一起谈天的人越来越少。

她以前常开玩笑似的对李归说，要常常给家里打电话，自己一个人待在家中，说不定去世了也没有人发现。语言质朴，却能带给李归一种直击内心的恐惧。

"妈，新年快乐！"李归试探性地叫了一声，屋子里却没有人回应。

这屋子里的陈设也与他记忆中大不一样了。

头顶的自动感应灯发出的光芒越过李归的肩膀，在他脚尖前投下了黑沉沉的影子。隐约的光线里整个家中都透着一股冷清的感觉，仿佛一栋收拾干净等待出售的样品房。

他手上提着自己从阳光康复小区带出来的瓜子，却发现找不到地方可以安放。

他记忆中的桌子和沙发都被推到了墙角，在客厅和卧室之间留出了一个异常宽广的过道。

李归没想到回到家之后是这样一种情况，这里既没有他回忆中的整齐的鞋架，充满生活气息的沙发毛线套，也没有他之前想象中热情地将他迎进门的老母亲。

房间里安静得出奇，房门自动关闭的咔嗒声将他的思绪唤了回来。

李归听到了轻微的嗡嗡声，他知道那应该是虚拟机工作时的声响。这表明母亲还是在家的，只是目前还在元世界中没有醒来。

他将客厅的灯光点亮，寻着卧室的方向走去，果然在房间里发现了一个闪烁着指示灯光芒的黝黑元宇宙仓。

这个金属仓有一张单人床那么宽，高到他胸口的显示屏上是舱内人员身体的各项读数，为了保证沉浸于元宇宙中的人员的身体健康，每一个接入设备都配套了全面检测心率、血压、血脂和血氧饱和度的传感器。

李归大略扫了一眼，母亲的身体状况不错，看起来她的高血脂症状确实在这几年被控制下来了。

他注意到了显示屏上的统计时间，她已经在里面待了超过 20 个小时了。元世界绝不意味着人们可以脱离自己的肉体存在，人类还是需要吃喝拉撒，只是在一整天中需要使用物理身体行动的时间变得越来越短了。通常人们会在一天两餐的时候离开元宇宙仓出来走动走动，仓里也有微电流刺激防止肌肉萎缩。当然也有不少老年人像他母亲这样，一天大概率只吃一餐就能满足身体的营养需求，其他大部分时间都待在元宇宙里。

李归在元宇宙仓旁边站了一会儿，心中有种说不出来的失落。细想起来，他在路上畅想的种种家里的美好都只是基于记忆中的家。时间终究是一往无前的，从虚拟的世界逃出来，能回到过去生活的地方，却回不到过去生活的时间。

就算到了物理意义上的家里，要和母亲见面也还是要透过虚拟现实的转接。

李归调出元宇宙摄像头，向还在虚拟世界中的母亲发起了视频邀请。因为元宇宙的进出程序比较烦琐，为了方便留在现实中的人与元宇宙中的亲人交流，这些机器都配备了实时连接的视频功能。只是随着版本的迭代大家多半直接用虚拟现实内嵌的视频聊天了，大家躺在自己的元宇宙仓里随时随地都能联通。这种需要傻站在摄像头面前的情形，跟更远古时期小区门禁有几分神似的视频通话大概早就没什么人用了。

李归等了好一会儿都没有人接听，心里渐渐紧张起来。

他出发前曾尝试联系家里，然而没等到回信就急匆匆踏上了回家的路途。按照上几次联络时的情况来看母亲的状态似乎一直都不是很好。

会不会……他又看了看显示屏上的身体数据，应该没问题才是，难道是在忙吗？

元宇宙仓没有报警，身体不会有什么问题，应该只是暂时没接到，李归的心放下了一些。

视频无法接通，李归有些焦躁地左右踱步了一会儿，这才想起来这样的元宇宙仓还能用小型外接设备接入元宇宙。

他记得母亲以前提起过家里有一个老型号的虚拟现实外接设备。

他回到客厅，又进入洗衣房和杂物间翻找了好一会儿，总算是找到了那略显笨重的头戴式显示器和两根控制手柄。

这种接入设备无法像元宇宙仓一样完美配合大脑的运动神经，还需要手持两根控制器用传送移动的方式来避免 3D 眩晕，但靠着它直接接入元宇宙仓也能绕过复杂的身份认证和请求许可，直接进入母亲目前所在的虚拟环境中。

李归兴冲冲地又一次来到元宇宙仓旁，简单地设置后，透过那还带着纱窗效应和边界扭曲的屏幕，他终于见到了自己心心念念的家。

他看到了桌上的果盘，整整齐齐的干果和瓜子，这是母亲最爱的零嘴。看桌面的样子也是有人细心收拾过的一尘不染，一切都是记忆中的样子。

李归笨拙地按动着手柄，在这和记忆中一模一样的场景中移动起来。他从没想到过母亲竟然按照家里的样子一比一在元宇宙复刻了整个家。

带着毛线套的沙发，墙上永不停歇却总是走得不怎么准的时钟。左边是连接了厨房的餐厅，右侧是客厅和洗手间，都是他在过去的日子里一直想念着的地方。

李归兴奋得有些雀跃起来，或许这就是母亲在和他联系的时候从来没有让他在虚拟世界里回家来看看的原因吧 —— 为了给他一个惊喜，一个在虚拟世界中完美复刻儿时记忆的家。

"呀，回来得这么早啊。"

然后他看到了自己的母亲，她看起来意外得并不显得惊讶，容貌也与记忆中没什么不同，甚至还稍稍年轻了一些。

气色依旧如同他儿提时那样充满活力，"怎么又穿着外套了，都说了多少次，风尘仆仆的，要把外套挂在进门的衣架上……"

"你小时候还不是这样的，那时候你可乖了，每次回家都把鞋子放得整整齐齐，洗完澡又换上在家里起居的衣服。"李归母亲一边絮絮叨叨，一边换下了穿着的运动鞋，手上还提着大包小包的肉和蔬菜，似乎是出去采购食物了。

李归不知道这原始的头戴式显示器能不能在虚拟世界中完美复

刻自己的表情，他此刻只能感觉到泪水顺着眼眶溢出，浸湿了眼眶周围用来固定显示器的海绵，连带着让他面前的虚拟世界一阵模糊。

阔别在外的游子，靠着这样简陋的设备竟然也能找到自己一直以来梦寐寻求的家的感觉。不管何时何地，甚至是不是真实世界其实一直都不重要，真正让人感动的永远是人和人的联系与记忆。

此时此刻，即便还是在虚拟世界里相见，但或许是物理上的距离第一次前所未有地接近了，李归心中有种格外的庄重感。他忍不住回想起了脑海中排练过无数遍的想说的话，是该谈论父亲的死吗，应该安慰母亲或是追问当时的细节？不，那或许太过直接，应该先从这两年的分离谈起……他思考过很多，但越是思考，此时却越发不知道该从何说起，或许最终一切只能化作一个简单的拥抱。

他用力擦干眼泪，又戴上了显示器，抬起手向前两步想去搀扶母亲，手中控制手柄的握持感却在提醒着他这样做注定无效，没有元宇宙仓的支持，这样简陋的外接设备无法模拟输出物理碰撞。

李归看到母亲的神情仿佛凝固了一般，身体也僵在原地，随即她将目光转到自己脸上，带着些陌生的审视。

"妈，你这是怎么了？"

"小……小归啊。"她喃喃了两句，"你回来了，让我吃了一惊。"

"因为担心你在家一个人过年孤单……最近还好吗？"

"我挺好的。"李归的母亲看起来有些犹豫，"从没想到你会回来。"

"从疫情开始后就再也没有回过家，你一个人在这里还过得顺利吗？我看近几次通话你的状态都有些不太对，还以为是家里出了什么事情了。"

"我倒是挺好的。"李归的母亲笑了笑，眼里也有了些愉快的神色，"小归，有件事妈妈不得不跟你说……要请你谅解。"

"妈，有什么事您尽管跟我说，我……"李归的话讲到一半，一股突然的冷意蓦地从尾椎骨一直窜到后脑勺，生生将他的话卡在了喉咙里。

他看到了一个身影从厨房与餐厅的隔断后探出头来，略微有些谢顶，身上淡青色的衬衫一丝不苟地扣到最上一扣，身材有些发福了，不过从面相上还能看出几分年轻时俊朗的风采。

他操着长长的炒菜勺，眯着眼睛朝母亲笑道，"老婆把菜买回来啦？今晚咱们吃一顿最丰盛的年夜饭。"

李归如遭雷击，这是他最熟悉的声音，此时却也让他如同被一桶冰水从头浇到脚。

这是他的父亲，李归瞪大了眼睛，注视着这个身影仿佛从记忆中走出来一般。从笑容扯起的法令纹，到走动起来手指不自觉地擦裤缝线的小动作，每一个细节都与他记忆中的身影完美重叠。

这个他应该叫父亲的身影将他当作空气一般，自顾自地从厨房走出来，没有一丝停顿地整个穿过了李归的身体，然后接过了母亲手中的菜和肉，细心地一一放在桌上。

"呀，你还买了春联，真不错，等会儿我就把它贴上，等那小兔崽子回来咱们今年过一个热热闹闹的春节。"

"老头子……你……你看不见小归？"

母亲犹豫地看了李归父亲一眼，又转头去看李归。

"也是，可能元宇宙仓没法识别你。"

"说啥呢。"那个被称作父亲的身影笑了笑，又朝厨房走去，"等我先做好这个菜，午饭咱们先对付对付。"

说话间他又一次从李归身上穿了过去。

"咱们到客厅去说话吧。"

李归木然地跟着母亲的身影，一种荒诞的感觉油然从心底生出。没想到他们一家竟然会以这种方式团聚。

"那个……是爸爸的投影吗？"

"是啊，按照你父亲的记忆生成的人工智能。"李归的母亲叹了口气，透过厨房隔断的毛玻璃望着里面来回忙碌的身影，"我这些日子以来每想起一些他的习惯和语气就往里加一点，现在已经看不出有什么区别了吧？"

她的目光里有一种说不出的感叹，却也饱含亲近，老实说李归在父亲健在的最后几年里从来没有见过母亲表现出这样爱意浓浓的目光。

"也不对，还是有区别的，他再也不会自顾自生气就跑出去溜达，现在每天在家做饭。"她转头望向李归，"所以我跟你说最近其实过得不错，没在视频里让你进家就是怕你有些难以接受。"

李归有些麻木地环视周围，他想在现实中找寻的家早已荡然无存了，反而是最不会摆弄新鲜电器的母亲在这里创造了独属于自己的心灵港湾，回想疗养院里的老人们窘迫的生活，或许虚拟现实的确是能给人带来一些快乐的。

"这是哪个公司提供的新服务吗？"

"这叫作还魂暖心项目，专门为独居老人准备的。"李归的母亲心情平复了一些之后开始解释起来，"具体我也不是很懂，大概一开始就是一个空白的人工智能吧，往里面输入照片、回忆故事、生活习惯等，它就会一步步进化，越来越贴近已经去世的人，再根据使用者的不断更新修正，最后能到以假乱真的地步。"

"原来如此，这样其实也……也不错。"李归一时还没从震惊里回过神来，"他用起来……他怎么样，会陪您聊天吗，够不够智能？"

"对于我这样的糟老婆子是足够啦。"李归母亲笑道，"我最近待在元宇宙仓里的时间越来越多，就是觉得这里才有一个家的味道，他陪我聊天，陪我吃瓜子、看电视、织毛衣、出去兜风……哪怕是记忆里我也没有像现在这样满足幸福过。"

"唯有每次从元宇宙仓里爬起来，看着我苍白的头发和满是褶皱的脸颊，才能感觉到刺痛。"她的眼眶红了起来，"只有回到这里才能让我安心半分……希望你不要觉得我这个老婆子不守妇道。"

"妈……这些年一个人辛苦您了。"李归想象着母亲一个人对着镜子默默梳理满头白发的情形，镜子如此鲜明清晰，将她手上的老年斑和失去弹性的皮肤印得纤毫毕现。母亲有一只年轻时父亲送给她的楠木梳子，在拿着那把装满回忆的梳子，而面对着难以挽回的年华老去时，母亲的心里会有多少绝望呢？

"……有他陪你真的不错。"他本来想叫爸，却又收住了口，觉得这样称呼一个人工智能很蠢。

"你能理解我就放心了。"母亲笑了起来，"我就不出去见你了，怕你看到我苍老的样子伤心，快回自己的家去吧，我给你开通权限，以后随时可以来这里找我。"

"嗯！我回去就联系你。"李归重重点了点头，"以后再不用在视频里遮遮掩掩了，这样总让我担心。"

"我那不是还没想好怎么跟你说。"母亲难得有些羞赧的样子。

李归伸手想去握住她的手，但 VR 眼镜的局限性让他再一次眼睁睁看着自己的手穿了过去。

等自己也进入了元宇宙仓，连接到了这里，也许他就能再次回到记忆中温暖的家，再一次重温自儿童时代起总能让他安心的港湾，找寻到自己在这虚拟时代的最终意义和归宿。

"妈，爸，我回来啦。"

李归的脸再一次僵住了，他机械地扭头朝门口望去，一个与他一模一样，不，更年轻些的自己兴冲冲地从外面踏入家门。细心地将外套挂在衣架上，又理好了脱下的鞋子。拿着一袋炒瓜子献宝似的放到母亲面前，"妈快尝尝，这是我从朋友那里买到的焦糖瓜子，在这个时代可不多见啦，算是我给您的新年礼物。"

"哟，还记得给妈妈买东西回来，算你小子有长进。"厨房里的李归父亲闻言探出头来笑道，"收拾好了洗个手来给我帮忙，今天咱们爷俩给你妈妈整几个大菜。"

"好嘞。"那年轻版的李归笑呵呵地答道，浑身上下充满了阳光的温暖，透着大约是他一生中最活力四射的大学时代的气息。

连他母亲的目光都被不自觉地吸引过去，脸上带有了几分微微的笑意，却又忍不住有些尴尬地转头来看他。

也只有母亲能看到用简陋 VR 眼镜接入进来的自己，望着这和睦而又温馨的一幕，爷俩自顾自地在厨房里絮絮叨叨，收拾年夜饭菜，谈论着最近的新闻。

李归的心像是沉入了无边无际的冰冻深海。

他深刻地感受到了自己才是这虚拟时代多余的那一个人。

芯魂之殇

阿缺\作品

『你一个由集成电路和超态合金组成的家伙，居然还奢谈

「生活」？我知道你有了人格，所以才没有立刻抓你，

这段时间都在暗中观察——但你终究不是人！』

楔子

任务进行得很顺利。

一家七口，已经有六个倒在血泊里了。雷雨在窗外倾泻，血在地板上流淌，逐渐淹没了它的脚。每一步都是一个血脚印。

它没有任何不适，血嘛，不就是混着各种杂质的黏稠液体嘛？对它来说，血液与石油没有区别。它关心的是，这家人里的最后一个，藏在哪里呢。

它把声波接收器调到最大功率，仔细辨别着空气中的每一丝震颤。惊雷炸响，暴雨冲刷，树木摇摆，蚯蚓拱地，钟表滴答——在无数声音的掩盖下，它准确地听到了小小的、缓慢的心脏跳动声。

Bingo！

它穿过大厅，走上旋转楼梯，推开最里间的房门，向那颗跳动的心脏走去。血脚印在他身后拖曳出诡异的痕迹。

风雨更大了，雷声隆隆，闪电如同舞蹈般在云层下舒展跳跃。有好几次，闪电就在屋外掠过，如同巡游人间的死亡骑士，随时可能冲进来。

这种情况对它很危险，它决定速战速决。

它走到一个柜子前，单手把重达一百公斤的柜子挪开，看到了这次任务的最后一个目标——一个婴儿，脸上满是灰尘，正睁大漆黑的眼睛看着它。

在察觉到危险来临的那一刻，屋子的主人就把婴儿藏到了柜子后面，然后慨然赴死，以为可以让孩子求得生路。这种行为只有人类的父母才做得出，真是让它——它没有任何感觉，只是不理解人类为什么喜欢做这种低效率的事情。

它抬起枪，对准婴儿的头。

男婴还在看着它，很安静，安静得不应该出现在这个电闪雷鸣的杀戮夜晚，安静得不像是一个婴儿。

哗！一道枝状闪电劈开深沉的夜，不偏不倚，正好穿过窗子打到它身上。电流像疯狂的蛇一样，在它身上乱窜，每条线路都被冲刷，每个元件都被重击。它的枪掉落在地，叮当乱响。它连连后退，靠在墙上，身上的仿真皮肤被烧黑了好几块，有火花从各个关节冒出来。

但它挺过来了。

它检查了一下，损伤评估在安全值以内，没有大碍，还可以继续执行任务。它捡起枪，再次走到婴儿面前，但它愣住了——奇怪，这个婴儿为什么在笑？

奇怪，为什么自己会觉得奇怪？

奇怪，为什么自己会奇怪自己的奇怪？

……

在进行了史无前例的长达十分钟的全功率思维运算后，它终于意识到，自己的身体被雷电打出了点问题。

◆ 1 ◆

清晨，拉塞尔开门出去的时候，正好碰见对门的单亲父亲在送他的孩子去上学。他们一起走进电梯，缓缓下降。

这是一个阳光温暖的早上，明媚的霞光在这座美国小城的上空弥漫，楼道外翠鸟啼鸣，一切都让人心旷神怡，感恩上帝又赐给这世界美好的一天。所以拉塞尔觉得有必要跟这对华人父子打个招呼。

"嗨，你们好。"他说。

那位父亲抬头看了他一眼，又垂下眼帘，睫毛覆盖的阴影遮住了他的眼神。倒是他身侧这个十岁左右的男孩子有礼貌地说:"早上好。今天天气很不错的样子,希望你有愉快的一天。"

楼间电梯使用多年,一边发出吱呀的锈蚀声,一边缓缓停下。"愉快的一天。"拉塞尔说完,把手揣进皮革风衣的兜里,吹着口哨走向这个清晨。

果然是愉快的一天。

拉塞尔在中央大道遇到了第一个客户,他走过去,侧身而过的时候,手里已经多了一个皮夹。第二个客户是刚从公交车上下来的孕妇,他过去搀扶,在孕妇感激地说谢谢时,他的手已经伸进孕妇宽大的衣服里,掏出了几张钞票。第三个客户就更简单了,一个富商模样的胖子边走路边打电话,浑然没有留意到口袋已被人悄悄划开……

现在,他在威马逊大街的路口,看着他的第七个客户。

这是一名男子,很高,约有一百九十厘米,他身上的黑色风衣更长,一直拖到地上。这个男人有着干练的发型,五官如刀劈一样坚毅,正提着一个黑色皮包,匆匆赶路。

拉塞尔看中的就是这个皮包,鼓鼓囊囊的,一看就有好货在里面。他跟着那男子,看到男子在路边招出租车,但现在正是上班高峰,男子等了会儿,干脆走地下通道进了地铁。

简直如上帝的安排一样越来越顺利 —— 地铁车厢是拉塞尔最

熟悉的战场。

这一站人很多，拉塞尔像游鱼一样挤上去。随着人潮，他和男子一起被挤到车门旁。

"对不起，"拉塞尔说，"上班的人太多。"

男子面无表情，似乎没有听到。

就在地铁车门关闭的前一刻，拉塞尔突然一把抓住男子的皮包，用力一扯。男子也在瞬间醒悟过来，握紧提手，啪，皮革提手被活生生扯断。

拉塞尔抓住没有提手的皮包，挤出了地铁。车门将将在他身后关闭，几乎擦着他的身体。

地铁启动，载着目的各异的人们驶向下一站。拉塞尔回头，透过车窗，他看到那男子的脸正飞快远去，但男子森冷的目光死死地盯着他，直到地铁消失在幽黑的隧洞里，依然让他感觉皮肤上寒意流转。

收获颇丰。

傍晚时，拉塞尔关了屋门，拉上窗帘，把白天的战利品一股脑倒在床上。

钱，皮夹，手表……他得把其中大部分交给唐纳德 —— 本地偷窃者的头子，一个阴沉凶残的中年男人。上次有个兄弟私藏了一条项链，被唐纳德发现后，活活拔下两颗牙齿。一想到这个，拉塞尔就浑身发颤，那个惨象犹在眼前。

不过，即使只能拿很少的一部分，今天的收获也足够他挥霍好几天。这么想着，他又高兴起来了。

他的目光落在了残损的皮包上。他拉开拉链，把里面的东西全倒出来，一叠打印纸顿时散得满床都是。纸上都是人物档案，有男有女，职业各异，都很普通，他失望地来回翻看，实在看不出其中有什么值钱的信息。

嗡，嗡，嗡嗡嗡……皮包突然震动起来。

拉塞尔吓了一跳，在皮包里摸索，居然发现了一个手机。这是疆域公司旗下的品牌手机，他眼睛一亮，至少，这手机可以值不少钱——疆域公司涉及多个行业，人工智能、太空开发、手机、家电等产业都占据大块的市场份额，只要有疆域公司的商标，就意味着昂贵而优质。

手机还在震动，屏幕上显示有陌生号码正在耐心地打过来。

拉塞尔鬼使神差地按下了接听键，全息摄像头立刻把一个男人的影像投射出来——正是皮包原来的主人。

这是单向接听，对方看不到拉塞尔，只能听到他的声音。所以他把手机放在桌子上，屏住呼吸。

"我不知道你是谁，我也不想知道。"阴沉的声音从话筒里传出来，像蛇一样钻进拉塞尔的耳朵，"但你拿了不属于你的东西。我的朋友，这是你今天犯的最严重的错误，事实上，这可能是你这辈子犯下的最严重的错误。"

拉塞尔不敢说话。他有种错觉——男子明明看不见他，但透过全息影像，那双眼睛却向自己射出锐利的目光。

男子所处的环境很封闭，表情藏在阴暗里，顿了顿，他再次开口："但现在，你有机会弥补这个错误。让我们重新认识一下吧，我叫道尔，或者杰克，或者尼尔森，无所谓了，我会根据心情调整我的名字。你呢？"

过了几秒钟，男子说："好吧，你当然不会告诉我你的名字，这也不要紧。现在，我给你提供一个建议，这或许是唯一能够让你认识的人继续叫你名字的办法了——通常，死人的名字很少被人提起。这个皮包对我很重要，我希望你还给我，只要你没有把内层打开，没有看到里面的档案，那么，我可以既往——"

拉塞尔抬头看了看床上散落的纸张，心里一乱。

"——你已经打开并且看到档案了是不是？"男子准确捕捉到了拉塞尔因为慌乱而变得粗重的呼吸声，他停止说话，用大拇指按着太阳穴，似乎陷入了两难的思考。很久以后，他放下手，耸了耸肩说："那么，我的朋友，你惹上了真正的麻烦。本来我可以给你清洗记忆，让你忘掉一切，这样可以保住你的命。但太麻烦是不是，我的时间很紧，我得赶回纽约。我们常说，让人忘却，莫过于让人死去。所以，你可以从现在开始逃，但无论你逃到哪里，我都会找到你，我都会杀了你。再见，希望你有最后一个愉快的晚上。"

男子挂断了电话，他的影像如海绵吸水一样收进摄像头里。

拉塞尔怔怔地发呆。

◆ 2 ◆

"别担心了，"唐纳德一边点着钞票，一边满不在乎地说，"别人丢了东西，肯定要放话出来威胁你。要是干这行这么简单，谁还会去肯德基里面当几美元一小时的服务员？"点完后，他露出笑容，这个动作让他脸上的刀疤如同暗夜里的蛇一样游动起来。

"那个人的语气，不像是说说而已。"拉塞尔说，"如果是威胁，他会等我表态，逼我交出皮包，但结果却是他先挂了电话。"

"他怎么找你？难道像电影里一样用电话跟踪定位？嘿，我说，那是好莱坞的伎俩，而这里是现实生活。再说了，要是出了什么事，我帮你顶着！记得吗，你最近跟琼好上了 —— 虽然她是整个城里最火辣的姑娘，但同时又是黑心汤姆的马子。还不是因为我，黑心汤姆才不敢动你？"

拉塞尔安心了些。确实，以往也有兄弟偷窃被抓，最后都是安然无恙地被放出来，全因唐纳德在城里只手遮天，黑白两道都认识不少强有力的朋友。

"对了，说到琼……你昨晚累着了吧。"

拉塞尔笑一笑，没有回答。

"你们做了几次。"

"没多少，"拉塞尔摆摆手，"才两次而已。"

"见鬼！要是琼爬上我的床，我宁愿死在她的肚皮上。说实话，多少次？"唐纳德挤眉弄眼地道。

"十三次。"

"嘿，我说，当心别被她榨干啊。"唐纳德大笑，捶了一下拉塞尔的肩，然后抽出几张钞票甩给他，"喏，这是你应得的这份。今天你收获最多，走，去吃中餐！"

两个人穿过流光溢彩的夜色。"这是一家新开的中餐馆，味道很正，我听过一句谚语，说如果觉得人生不完美，就放下汉堡和薯条，来试一试中餐。"唐纳德推开写着"欢迎光临"的中文的玻璃门说："我请客，就当给你压惊。"

这个餐厅很小，缩在街角里，里面只有七八个餐位。此时已是深夜，除了新进来的两个年轻人，再无其他客人。拉塞尔看向柜台，顿时愣住了——穿着白色厨师装的中年男人，和他旁边正专心在课本上勾勾画画的小男孩，分明是早上看见的那对父子。

男人拿着菜谱走过来。

"给我来一份'让苏意一'"。唐纳德的中文不太流利，偏偏要用这种绕口的语言点菜，"还有'轰遭去子'和'拉波都哭'。"

"好的，先生您点了糖醋里脊、红烧茄子和麻婆豆腐，"男人转向拉塞尔，"先生您需要一点什么呢？"

"哦，我来同样的三份就可以了。"拉塞尔盯着男人，对方却像根本不记得他一样，点点头就转身去做菜了。

真是一对奇怪的父子。拉塞尔吃着美味的中餐时，心里这么想着。

唐纳德回到家，长长地吐了一口气，空气中随即涌出一条白雾，稍现即灭。四月初的新泽西，深夜里依然寒意浓重，他抖抖腿，像是要把骨髓里的冷清抖出体外。

这座房子很大，却只住着唐纳德一个人。他拥有不为人知的身份，无法与人同住。

已经接近深夜，整座房子都沉浸在浓郁的黑暗中。唐纳德不喜欢光亮，因此没开灯，径直走进客厅。他的嵌入式壁炉里放满了燃木，已经被油浸透，他点燃打火机，凑近，壁炉里顿时冒起腾腾火焰，将寒冷和黑暗迅速逼出屋子。

这乍起的光亮也让屋子里的另一个人影露了出来。

"谁？"唐纳德猛然警觉，手伸进西装内侧，把电爆枪拔了出来，同时将拇指按在枪托侧面。"嗡"，电爆枪的指纹密码锁立刻解开，高能电磁集束正在枪管里形成。这种聚能武器是违禁品，即使在枪支开放的美国，也不允许公民持有。当初唐纳德为了搞一把，费了不少功夫，现在，他十分庆幸拥有这种能一击轰开墙壁的强力武器。

然而，在电爆枪的逼视之下，不速之客却缓慢地把手伸进口袋。

"嗞嗞……"枪管里的光越来越亮，似乎随时要朝着那人的脑袋喷涌而出。

但唐纳德没有开枪，因为客人手里掏出来的，是一张蓝白色的证件。

唐纳德熟悉这张小小的卡片，他所有的秘密都与此有关。

"二级干员？"

客人坐在客厅的角落，翘着腿，脸的一侧被火光照亮，另一侧则埋进了深深的黑暗里。他的鼻梁很高，被光勾勒着，像一柄弧形刀的刃。他点点头，说："很好，看来这么多年当混混的日子，并没有让你忘记公司的制度。"

唐纳德悻悻地收回枪，把壁炉里的火焰调大，转头说："怎么可能忘！我现在的日子，就是拜公司所赐，哼，在这个小地方管一群嬉皮小子。我记得公司的制度，公司却恐怕早把我忘了吧。"

"我需要你的帮助。"

"你可是尊贵的二级干员，除了那些铁疙瘩，你们的权限最大，怎么会需要我这种被公司遗忘的家伙呢？"

客人摇摇头，但唐纳德只能看到他的脸在明与暗的边界上晃动，表情一隐一现。"你们是公司布下的钉子，没有你们，公司在各处的行动就会遇到阻碍。我们同等重要，只是任务不同，相信我，你不会羡慕我做的那些事情的。"

唐纳德说："这一套很早以前就有人跟我说过，早就烦了。说吧，我有什么能够帮助你。"

"我要找一个人，一个偷了我东西的人。"

"咚，咚，咚……"

午夜里，敲门声响起，突兀而诡异，如同亡者在深埋多年后胸腔突然有了心跳声。

拉塞尔猛然惊醒，睡意全消，盯着正在发出有规律敲击声的金属防盗门。

"是谁？"他涩声问。

敲门声停了，有人说："是我。"

是那个被偷了钱包的男子的声音。拉塞尔顿时感到浑身冰凉，才不到六个小时，这个男人就找到了自己的家门。

"你……你来干什么？"

门外的人笑了，"我来拿走原本属于我的东西，以及，原本属于你的东西。"

他说的是皮包和自己的命，拉塞尔绝望地想。

门锁咯嗒一声，被门外的人打开了，高大的身影屹立在门前。"你好，今晚你可以叫我杰克。"男子似笑非笑地看着面如死灰的年轻人，"我杀人的时候用这个名字。"

拉塞尔突然向后一跳，两手乱挥，胡乱中抓住一叠纸，向杰克扔去。纸还没有碰到杰克就在空中飞舞成一片雪花，有几张还穿过门落到了楼道里。趁这个机会，他跑进了卧室，把门反锁。

杰克露出猫捉老鼠一般的残忍笑容："会抵抗才有意思。不要急，我们还有整个夜晚的时间。"

一张纸落到他眼前，他看到了上面印着的图案和文字，眉头一皱。

拉塞尔扔出来的，恰是皮包里的档案。这份集合了公司所有暗探的名单，正是他此次的任务，他不相信电子产品，便将文件打印出来，打算亲手带回总部。有一个倒霉的清洁工正好路过，看到了打印纸的一个角，于是他顺手又制造了一具尸体。

他弯腰把打印纸一张张捡起来。先把任务保住，再慢慢对付这个不知好歹的年轻人。他一边捡，一边在脑海里搜寻能给人带来巨大痛苦的法子——他的储备很多，待会儿可以逐一使出来。

在楼道里，他看到最后一张纸有一半塞进了对门人家的门缝里。"哦……"他叹息一声，那张纸恰好是正面朝上的。按常理，这个时间不会有人起床看到从门缝里塞进来的纸，但 —— 但他的工作就是保证万无一失。

他把纸抽出来，叠好，放进皮包里，然后轻轻敲响这户人家的门。

咚，咚，咚……

出乎他的意料，门几乎是立刻被打开了，一个华裔中年男子面无表情地看着他。

"你好，"在一瞬间的错愕过后，杰克定住心神，脸上堆起笑容，"我叫杰克，我有点事情想跟你商量一下，能进屋里谈吗？"

华裔男子点点头，侧过身，说："进来吧。"

拉塞尔靠在墙上，大口喘息，胸膛像鼓风机一样剧烈起伏。

跑不掉了，跑不掉了。一个声音在他耳边说，对方既然这么快找到自己，还让唐纳德都出卖了他，就一定算准了他无路可逃。

他听得到他的心跳声，咚咚咚，像每年中央广场庆祝独立日而燃放的烟花爆裂声，一声比一声急促。他的脸色惨白如纸，冷汗从额头沁出，流满了脸庞。恐惧从空气里渗透进来，有如实质，逐渐变浓，挤压得他呼吸困难。他在极度的难受中等待死亡的降临。

然而，一直到天亮，那个叫杰克的恐怖人物都没有再出现。清

晨的阳光透过窗子，落到这个年轻人苍白的脸上。他睁开眼睛，被
清晨的光线刺得生疼，才明白自己又活过了一个晚上。

◆ 3 ◆

拉塞尔惊奇地发现，他的生活竟然一切平稳。

他在家里等了几天，没有任何人来打扰，连往常会催他去干活
儿的唐纳德也没有再联系。几天后他忍不住，给相好的琼打了个电
话，问："最近城里发生了什么事情吗？"

琼嘴巴大，耳朵也尖，要是有什么事情发生，一定瞒不了她。
但琼只是在电话中媚声骂道："死鬼，好些天不找我！爽完了就不
理我了，还是有新欢？"

"没有，我这几天生病了，"拉塞尔随口道，"说真的，城里没
发生什么大事吗？"

"风平浪静着呢，我倒是想看热闹，还真看不着。"

拉塞尔放下电话，总觉得一切都不真实，似乎那个夜晚发生的
事情都是梦魇，随着晨曦吐露，便消失在模糊的记忆里了。

不对，他努力回想，想起杰克曾敲开了对面人家的门，并说要

进去，然后——然后就没有然后了。

拉塞尔开始留意起对门那对华裔父子来。

这没花他多少功夫，因为那对父子的生活规律简直跟机器一样精准：每天早上六点半，父亲开门送儿子去上学，然后在中餐厅张罗生意。晚上六点，他接孩子回到餐厅，孩子专心复习功课，父亲继续做菜端盘，一直到十点半餐厅打烊才回家休息。

每逢周末或节日，男人就关了餐厅，用自行车载着孩子出去玩，在公园，或是郊区。他们经常会放风筝，又高又远，惹得其他孩子羡慕地向父母撒娇。有时候也会野炊，香味同样飘到很多人鼻子里。

如果不是那个男人一直面无表情不爱说话，他简直可以被称作模范单身父亲。那个叫小障的孩子，身上却有一种不符合他年龄的老成，当着父亲的面，他表现得天真爱玩，但父亲一走开，他立刻放下玩具，冷冷地看着周围。

拉塞尔越留意，越觉得这对父子浑身都透着奇怪。

"小障，"有一次，拉塞尔趁男子在厨房做菜，走到正专心复习功课的小障身边，问，"你的名字是什么意思呢？"

小障看了他一眼，在纸上工工整整地写下了"障"的中文，说："障，在中文里，是障碍、屏障的意思，一般是阻止人去往某个地方或达成某个目的。"

看着这个小男孩一板一眼地解说，拉塞尔有些想笑，他与小障黑白分明的眼睛对视了一眼，随即滑开目光，问："那你为什么会叫这个奇怪的名字呢？"

"我不知道，我爸爸给我取的。"

拉塞尔正想再问，却见男孩已经垂下头继续做题了，而他的父亲刚好从厨房端菜出来。他便把要说的话吞回去了。

他又去问房东太太，那个年迈的孤寡女人摇摇头，表示也不清楚，只是说："他们是两个月前搬过来的，没有带行李，登记名字是陈川和陈小障，奇怪的中国名字……中国男人很大方，一次就付清了三年的房租。可不像你这个小滑头，总是赖账，这几个月的钱都没有给我。"

拉塞尔连忙站起身，推说自己有事要离开。

"对了，"临走的时候，房东太太眯起皱纹密布的眼睛，说，"要说有什么奇怪的地方，那就是他们俩每个月的电费都高。用电量比其他租户加起来都要多，也不知用电做什么了……"

好奇心是藏在拉塞尔血管里的恶魔，他忍了很久，可压抑不住这只恶魔的躁动。于是，在一个白天，他趁陈川父子一个去餐厅一个去学校，悄悄偷了房东太太的钥匙，潜进中国人的房间里。

他有些失望，因为这是一个典型的单亲家庭房间，两间卧室，一个客厅，设施并无奇怪之处。唯一有点另类的是，属于小障的房间里摆满了玩具和童书，看得出来陈川在照顾孩子这方面很用心。但陈川自己的房间则简单得令人咋舌，里面只有一张床，床单整洁干净，似乎铺上以后就没有被人躺过。

拉塞尔在床下找到了一台足球大小的机器，纯黑色，模样古怪。仪器上探出了两根电线，一头是常用的三极插头，已经插进插座里了，另一头也制式怪异，有四个金属探头，又尖又利，闪着寒光。拉塞尔想破脑袋也想不出这玩意儿是用来干什么的。

除了床和奇怪的仪器，整个房间空空荡荡，不知是如何住人的。

当晚，拉塞尔的防盗门被陈川敲响了。

拉塞尔把门打开一个缝隙，看着门外没有表情的中国男人。

"有什么事？"等了等，发觉对方没有说话的意思，拉塞尔先开口道。

陈川回头看了看自己家一眼，似乎怕小障听到，说："我们进屋说吧。"

拉塞尔已经对放陌生人进家门有了防备，摇摇头，"要说就在这里说吧。"

门外中国人的手臂猛然使力，拉塞尔后退好几步才勉强没有摔倒。陈川闪身进屋，用脚将门关上，同时抓住拉塞尔的衣领。

这一系列动作快如闪电，但又悄无声息，连门关上时也只发出了轻微的扣锁声。拉塞尔还没有反应过来，就被抵在墙上，他试着反抗，但对方看似瘦弱的手臂竟然有着不可思议的力量，让他动弹不得。

"我知道你跟踪我很久了，我不管，但你今天闯进了我的屋子。"男人直视拉塞尔的眼睛。

"我——我没有！"

"谎话是没有用的。"男人缓缓抬手，竟以单手之力将体重一百八十磅①的拉塞尔举到空中。"从现在开始，你远离我们，不能进我的餐厅，不能跟我的儿子说话，不能朝我的家里看一眼，听明白了吗？"

拉塞尔感到呼吸困难，两脚乱蹬，拼命点头。

陈川放手，转身离开。拉塞尔瘫坐在地上，喘气如牛，脑中只想着一件事情：刚才他挣扎的时候，碰到了陈川的手臂，只觉得极具韧性，似乎皮肤之下还藏着什么坚硬的东西……

他不理琼，琼却自己找上了门。

一番云雨过后，琼有些意犹未尽，轻捶拉塞尔的胸膛抱怨："你刚刚怎么了，一点都不专心？"

拉塞尔推开胸膛上的尤物，点燃一支烟，心事重重地抽着。琼也抽了几口，又连撒娇带威胁地问了好几遍，拉塞尔才把对门父子的种种怪异说了出来。

"要弄清楚还不容易？"琼从鼻子里喷出烟雾，满不在意地

---

① 1 磅 =0.453 6 千克。

说，"只要是男人，我就能摸透。"

"你要怎么做？"

"我自然有我的办法。"琼挺了挺高耸的胸部，一脸得意。

"你可别胡来。"

"放心，对付男人我有经验，何况是一个单身爸爸，多久没碰姑娘了！"

到了晚上，琼给拉塞尔留下一个飞吻，"等我好消息。"说完就扭动着腰肢去敲楼道对面的门。

十分钟后，她一脸苍白地跑回来，抓着拉塞尔的手臂，轻轻颤抖，似乎白日里见了鬼。

拉塞尔小声问："怎么了？"

"他……他不是男人。"

拉塞尔有些失望，"噢，他对你不感兴趣？"

"不，不是，"琼定了定神，说，"他刚才开门，我说我家浴室坏了，他没说什么就把浴室借给我用。我在浴室里等他，这么明显的暗示，我想他会进来的。可是外面毫无动静，我就披着浴巾走出去，发现他正坐在沙发上发呆，不知道在想什么。我按着脑袋说头晕，他过来扶我，这时我的浴巾掉在地上，可他还是一点反应都没有，我是说，身体上的反应。"

"噢，或许他这方面功能有问题。"

"我开始也这么想，于是干脆倒在他怀里，手假装无意地摸到他的下面。"琼突然抬起头，语气急切，"我见过阳痿的男人，他们虽然硬不起来，但至少还有那玩意儿。但这个中国人，裤子那里什么都没有，我的意思是，真正的，什么都没有。"

◆ 4 ◆

又是一个周末的早晨。陈川睁开眼睛，看到时间显示是 06：00：02，默默地叹了口气。

醒过来的时间越来越迟，说明沉睡得一次比一次久，身体的老化看来已经很严重了。

他收拾妥当后，到小障的房间里，发现小障已经醒来了，正睁大黑漆漆的眼睛盯着自己。"今天去哪里玩啊？"小障的声音很兴奋，"好不容易到了周末。"

"天气不错，我们去公园里放风筝吧。"

"好啊好啊，"小障拍着手，"最喜欢放风筝了。"

公园里人很多，大部分都是家长带着孩子，在草坪上野炊。成年人们聚在一堆，一边烤肉一边讨论时政，孩子们则嘻嘻哈哈地追逐打闹。

只有陈川和小障孤零零的。父亲在草坪上铺开绒布，以手枕脑，微闭着眼睛躺在上面。孩子则专注地举着线筒，不断收放，让硕大的蝴蝶风筝在晴朗的天空下越飞越高。

这对奇怪父子的组合引起了很多人的目光。

"妈妈，我也要放风筝。"一个清脆稚气的声音叫起来。

女孩儿的妈妈表情有些为难。这个美国城市里，风筝并不像在中国那么普及，这里的人热爱橄榄球、酒会和政治。她稍作犹豫，走到闭目养神的中国男人身侧，说："打扰您一下，请问您还有别的风筝吗？我的女儿玛丽亚也想放风筝。我可以给您钱，瞧，我的女儿正看着您。"

陈川晒在东海岸温暖的阳光下，浑身惬意，这让他的心情也如同丝绒毛毯一样舒展开来。他起身从背包里取出竹架、彩纸、剪刀和细线，熟练地裁剪，金色阳光在他瘦长的指尖流淌，几分钟后，一个蜻蜓风筝出现在他手里。

"噢，"年轻母亲惊叹不已，"真是神奇的东方技艺。"

"拿去吧。"

"对于这么精美的工艺品，我要付您多少钱呢？"

"不用，让孩子玩得开心就行。"

年轻母亲把风筝拿给玛丽亚，可不一会儿，玛丽亚就跑回来了。"我不会放，我的风筝都飞不起来。"她一边沮丧地说，一边偷偷瞄着小障的风筝，那只蝴蝶已经展翅高飞，在明媚的蓝天里翩翩起舞。

"听着，"母亲把手放在小女孩儿的两肩上，郑重地说，"我已经帮你拿到了风筝，剩下的事情你必须自己完成。那个男孩风筝放得好，你可以去向他学习，去吧。"

玛丽亚提着风筝跑向小障。她迈着碎步，头上的金发飘扬起来，像是熔化的黄金。"嗨，你好，我叫玛丽亚。"她怯生生地对中国男孩说，"这个风筝是你爸爸给我做的，可是我不会放，你可以教我吗？"

小障扭头，发现陈川和玛丽亚的妈妈并排坐在不远处的草坪上，都看向这边。陈川以微不可察的幅度点了点头。

"你好，我叫小障，陈小障。"他把自己风筝的线系在淋草喷头上，拉着玛丽亚的手，走到路边，"要放起风筝，你就先要看对风向，再助跑，让风筝借风滑上去。来，我教你……"

一只蜻蜓飞到空中，越爬越高，最终与蝴蝶一起并排在遥远天际浮游。

"当孩子真是好，怎么样都能玩得开心。"年轻母亲向陈川伸出手，"你好，我叫凯瑟琳，你可以叫我凯西。很高兴认识你。"

两人互相说了姓名，在照得人昏昏欲睡的阳光下交谈。"我好像记得你，是不是每周末你都会带孩子来这里？"凯瑟琳歪着头，看着眼前的中国男人，他的五官深邃，连这么明媚的阳光也不能完全照透。

"偶尔也去郊外，让小障看看城市以外的东西。"

"你对孩子真用心。相比起来，我的前夫真是个混蛋，他不但不管玛丽亚，在外面胡来，离婚之后还经常找我要钱。"凯瑟琳甩甩头，笑着说，"算了，在这么美好的天气里，不应该说这些话。"

远处，两个孩子的笑声传来。

自行车载着两个人，在洒满桐树叶子的林荫道上行驶。

这是一个金色的黄昏，整个路面都被落满了点点碎金，车轮滚过，带起一溜儿桐叶翻飞。小障仰起头看着夕阳，脸上的笑容被融化在水一样荡漾着波纹的斜晖里。

"小障，你今天很开心。"陈川骑着车，没有回头。

小障并不奇怪，很多时候，他在爸爸背后的行为，也能被他看得一清二楚。不过今天他不打算隐瞒，继续仰着头，让脸埋进夕阳霞光里，口中轻轻哼歌。

"Should auld acquaintance be forgot,

and never brought to mind?

Should auld acquaintance be forgot,

for the sake of auld lang syne.

If you ever change your mind,

but I living, living me behind,

oh bring it to me, bring me your sweet loving,

bring it home to me."

"这是什么歌？"

"《逝去已久的日子》，玛丽亚教我唱的。"

"你很喜欢她吗？"

小障歪头想了想，俨然一副认真的样子。"是的吧，我想。"他说，"玛丽亚很可爱，眼睛是蓝色的，像海，一眼都望不透。"

"那好的，下周我们还来这里，带上食物，可以请玛丽亚和她妈妈一起吃。你有很多机会可以跟玛丽亚一起玩。"

小障一脸不敢相信，疑惑地说："可是你不是说不让外人跟我们接触吗？"

"可是你今天真的很开心，不是吗？"陈川停了车，看着后座上仰着头的儿子，"我知道你以前的高兴都是装给我看的，而今天你是真的开心。这一点很重要，远胜过我在避讳的那些事情。"

"可是,她们会过来吗?"

"放心,有办法的。你想想,什么事情是我做不到的?"

小障点点头。的确,从小到大,他跟着父亲穿过山河大海,浪迹数不清的城市,遇到的任何困难都在爸爸的手中迎刃而解。每次到一个新的地方,他觉得无所适从,爸爸总告诉他,闭上眼睛,睡一觉再醒来,一切就跟从前一样了。果然,当他再睁开眼睛,已经到了温暖的房间,有新的学校可以上,所有的证件都已齐全。是的,爸爸是无所不能的。

"嗯。"他重重点头。

听完故事后,陈川替小障盖好被子,轻吻他的额头,"晚安,儿子。"

"晚安,爸爸。"

陈川熄了灯,卧室里一片黑暗,他安静地坐在床边。小障很快就睡着了,小小的身子蜷成一团。陈川这才回到自己房间,从床下拉出一个黑色机器。那上面有两根制式古怪的电线,一头插进电源插座里,他拿起另一头,插进胸膛。

他浑身一颤,旋即安静下来。他就这么站在床边,闭上了眼睛,停止呼吸。

窗外,夜色沉郁,浓云积卷。一场暴雨正在城市上空酝酿。

◆5◆

唐纳德走进酒吧前，看了看天色，高楼之上是一片浓得化不开的黑暗。没有风，空气潮湿得让人行走艰难，黏在皮肤上，极为不适。这种天气让他心里有些发慌，只有烈酒才能缓解。

他连点四杯伏特加，都是一口饮尽，这才好受一些。其间有两个衣着暴露的女人过来问他是否愿意请她们喝酒，他不耐烦地挥手赶开了。

吧台前的电视上，画面闪动，是一则机器人立法宣传广告。

"哈……"旁边站着的两个男人指着屏幕，笑着讨论，"疆域公司还不死心，上次大规模生产机器人的法案被驳回后，现在又买通了电视台！"

另一个人点头道："是啊，他们打算明年再申请，现在是提前造势，拉选票。"

"可是谁会买账呢？安全性且不说，如果智能机器人大规模地上市了，不知道多少人要失业。别的行业我不知道，我们是证券分析师，是最有可能被机器人取代的职业。"

"来，"另一人举起杯，"为了还有饭碗。"

听到这里，唐纳德从鼻子里喷出一口气，嘴角勾起笑容。

两个男人同时转过头，看着他，"怎么，我的朋友，你对我们的聊天内容有异议？"

"我能原谅你们对我的无礼，但很难原谅你们的无知。"唐纳德说着，似无意地将自己的衬衫拉开，露出结实的肌肉和一个张牙舞爪的虎头文身，"疆域公司财力雄厚，这几年一直在资助总统竞选，甚至同时支持好几个对立的候选人。这种一篮子鸡蛋全收的做法，很快就要见效了，你们两个傻蛋等着看吧，议案应该最迟在明年就会通过。"

两个男人本来想让唐纳德为他的嗤笑付出代价，但被他的肌肉和文身震慑到了，知道遇上了不好惹的家伙。右边一个愣了愣，不服气地说："你怎么知道？"

唐纳德耸耸肩，轻笑几声却没有回答，在吧台上放下几张钞票，转身出了酒吧。

他在街边走着，一路上身侧流过不少车辆，车灯划曳，像是一条条光的彩带。他缩着脖子，没走几步，就敏锐地察觉到了背后有人在跟着自己。这是当年在公司特训时被培养出来的警觉，多年黑道生涯，并未让他遗忘这项本领。

他走到一处转角，贴墙站好。一阵脚步声逐渐靠近。他抓准时机，猛地闪身出来揪住那人衣领，正要一拳挥下，却愣住了："是你？"

拉塞尔从惊吓中回过神，连连点头，说："老大，是我！"

"你跟着我干什么？"

"我好久没干活儿了，缺钱花，想问问你什么时候让我回来。这阵子你怎么也不找我呢？"

"我以为——"唐纳德及时住口，不置可否地看着拉塞尔的脸。这张脸上带着小混混面对老大时特有的怯弱和谄媚，与平时一样，并无异常。

当那个二级干员打听拉塞尔的消息时，唐纳德就认为他死了。唐纳德也不愿意把小弟出卖，这样会坏名声，但对方是疆域公司的二级干员，权限高得惊人，手段也必然狠毒。要怪，就只怪拉塞尔倒霉，招惹了不该惹也惹不起的人物。

但第二天，他听说拉塞尔还活得好好的，心里又愧又疑。思索很久后，他决定不去理会，装作什么都不知道。毕竟这不是他能管的事情。

而现在，拉塞尔主动找到了自己。

唐纳德突然心里一动，问："你告诉我，那天晚上到底发生了什么？"

拉塞尔便把事情说了，还补充道："我也不明白怎么人突然就消失了……除了这个，我还有一个消息要告诉你，保管你想不到。"

"什么？"

"我家邻居，是一个怪人。"

"这算什么想不到的消息，哪个活着的人不怪？"唐纳德笑了笑。

"那个中国男人跟其他人不一样，不，他是跟所有人类都不一样。"接下来，拉塞尔生怕老大不信，忙不迭往下说。

他没有留意到，随着他将那个奇怪中国男人的家庭用电量，异乎常人的力气，触感奇异的手臂，和没有下体的诡异体征陆续说出来时，唐纳德的脸色已经慢慢沉了下来。

"……噢，对了，我还在那个中国人的房间里，看到了一个黑色的金属仪器，跟个足球一样大小。上面还有两根电缆，都很粗，一头插进插座里，另一头有四根尖锐的金属探头——"

唐纳德的右眼角猛地抽搐，如遭电击。

拉塞尔愣住了："怎么了老大？"

唐纳德深吸一口气，只觉得寒凉全吸进肺部，身体里一片彻骨冷意。但他却笑了起来，抬起头，对着浓黑夜色喃喃自语："没错了……没错了，是它……很多公司都在做机器人研究，但用球式充电器和四爪插座的，就只有疆域公司的那一款机器人。"

"哪一款？"拉塞尔留意到老大说的是"it"，而非"him"，已经有些糊涂了。

唐纳德却没有回答，想了想，又问："对了，你刚才说，这个奇怪的中国人是你的邻居？"

"是啊，他住我家对面。"

"噢，我明白了。"唐纳德的嘴角扬起一丝弧度，这是缓慢堆叠出来的笑容，有些难看，又有些危险，"我终于明白你为什么活下来了。我还以为是你自己的本事呢，原来二级干员是栽在一级特工手里了。"

"你在说什么……我还有麻烦吗？"

唐纳德拍拍拉塞尔的肩，大笑："没有，哈哈，没事！你给叔叔提供了一条很值钱的消息！这十年来，疆域公司为了找它，花费了无数精力，派出的探员足迹遍布整个世界。没想到，它居然就藏在新泽西的闹市里。"

说完，他紧了紧西装领口，缩着脖子往大街深处走，把满脑袋都是疑问的拉塞尔留在了寒冷和黑暗里。

走到无人处，唐纳德掏出手机，拨了一个记在脑海里多年的号码。他以为这一辈子都不会打的，但现在，一个绝佳的机会摆在面前，长久以来在血管里沉寂的血液又重新沸腾起来。

"请说出名字和代号。"毫无波动的女声在电话另一端响起。

"唐纳德·科鲁兹，代号 PFYD319，六级干员，隐藏地 —— 新泽西州纽瓦克市街头黑帮。"

"已识别。请选择以下代号进入不同分区——A. 薪金查询；
B. 人事变动；C. 举报投诉……"

"SSS，"唐纳德打断了语音助手的话。

那边沉默了一瞬，女声又响起："请再次确认您的选择。"

"SSS级，最高安全类事故汇报。"唐纳德一个字一个字地说。

"请稍等。"

半分钟后，一个声音粗厚的男人接起电话："唐纳德探员，在
你汇报之前，我希望你明白，现在接你电话的是拉斐·杰克逊，疆
域公司七个董事会成员之一。按公司规定，SSS级别的汇报，无论
何时何地，都要第一时间接收。所以，我在与十七个国家的首脑合
作会谈中，被强行打断，而来接你的电话。如果你是在浪费时间，
每花一秒钟，公司少挣的钱都会超过你十年的薪水。这些损失将由
你来承担。现在已经过了十五秒。请说吧。"

"我发现了LW31。"

对方的呼吸猛然粗重起来，还响起椅子倒地的声音，"你说什么？"

唐纳德很满意这个效果，故意沉默了十几秒钟才开口："十年
前与公司突然失去联系的一级特工机器人，代号LW31，我知道它在
哪里。"

拉斐挂了电话，转身向外走，同时简短地吩咐秘书："立刻准

备飞机，我们回纽约。"

秘书刚刚把椅子扶起来，闻言大惊失色，指着会议室内厅的门说："那这个多国会议怎么办？这十多个国家的首脑们全都在等你。"

"现在有更重要的事情……"

两个小时后，拉斐回到疆域公司位于纽约的总部大楼。他启动了权限最高的第十九号电梯，一直降到地底两百米深处。

这是最隐秘的封藏室，即使在疆域公司高层中，也只有他能进到里面。他打开一道道门，密码、指纹、声波、虹膜……每道门都有复杂的密钥，半个小时后，他才走到最后一道门前。

他把手指按在门上，极细的探针伸出来，刺破表皮，将一丝血液吸走。他知道，这一秒内，他的血液会被分解，提取出基因，与藏在门内的基因序列做对比，验证来客的身份。

咔咔，厚达五英尺的合金大门缓缓打开，露出里面黑洞洞的空间。

拉斐走进去，门复又合上。他没有开灯，凭着记忆走到屋子最里面，那里摆放着一个支架。他的手拂上去，把上面的遮布拉开，摸到了冰冷的金属。

"睡得够久了，"拉斐的声音如同呓语，"我已经找到你们的兄弟了。它藏了十年，十年来公司里最强大的 LW 型机器人就只剩下你和它了。醒来吧，只有你才可以抓到它。"

黑暗里，两只眼睛幽幽地亮起光来。

◆ 6 ◆

轰隆隆，雷声从天际传来，响彻整个城市。

小障正在睡梦中，被雷声惊得一哆嗦，睁眼看到窗外雨势湍急。窗子被雨水舔舐，发出沙沙的声响。过了几秒，一道闪电划过，天地彻亮，小障猛然看到窗子上印着一个笔直的人影。

他吓得心脏都要从胸腔里跳出来了，翻过身，发现无声无息站在床边的人，是爸爸。

此时的陈川，两眼弥散，目光空洞洞地投向无穷远处。他的手在颤抖，身体里传来诡异的吱吱声。

小障舒了口气。这种情况已经不是第一次发生了，在他的成长过程中，经常半夜醒来发现爸爸站在床边，似在梦游。他叫也叫不应。

但每一次，他还是会被爸爸吓着。他觉得这个时候的陈川，已经不是他的爸爸了——陈川的手在颤抖，身体吱吱作响，似乎下一个动作就是把自己掐死。

小障侧身看着爸爸，渐渐睡意上涌，闭上了眼睛。

醒过来后，见到的又是熟悉的爸爸了吧。睡着之前，他这样想着。

同一个雨夜，纽瓦克自由国际机场。

唐纳德撑着伞，在大雨滂沱中等着，不时打一个寒战。他感觉冷意从雨水中渗到了自己骨子里，不禁开始怀疑：做这样的事情，究竟值不值呢？

值！他几乎下意识地给出了答案。当然值啊，这个消息能换三千万美元。有了这笔钱，他可以从危险丛生的街头黑帮里脱离出来，从此安逸度日。公司的事情也不用管了，他想在夏威夷买一套别墅，对着沙滩，每天看着阳光和比基尼……

这么胡乱想着，雨声中突然传来尖锐的呼啸声。

来了！

一架小型飞机在雷雨中出现，如同黑暗中融化脱生的鹰隼，俯冲至跑道上。位于机翼下的引擎反向启动，飞机甚至滑行不到三百米就已将巨大的冲量消弭，稳稳当当地停下。

这架飞机的降落不会出现在当晚纽瓦克机场的记录里。它是幽灵，所有的雷达和监控都会将它忽略。

一个干瘦男子从机身中部的舷梯上走出。他身后，跟着一名罩在宽大斗篷里的人，篷帽将他的脸深深埋进黑暗里。他走路的步调像被精密计算过，每个步伐都一模一样。

"杰克逊先生，"唐纳德连忙迎上去，"我是唐纳德·科鲁兹。这种恶劣的天气，我还以为您不会来了呢。"

"事关重大，我一定得亲自来。"

唐纳德一边说，一边看向拉斐身后站着的那个人 —— 他提着两个硕大的箱子，没有打伞，任瓢泼大雨从头浇到脚，湿斗篷紧贴在身体上，看上去瘦得出奇。他站立的时候，如同雕像，没有一丝动作。

"走吧，先去你家，"拉斐指了指斗篷人手中的箱子，"我把钱给你，你跟我详细说明情况。"

到了唐纳德家里，他升起火炉，身体里的寒冷总算被驱散了一些。拉斐以热咖啡杯暖手，听唐纳德把整个经过说完，才若有所思地抿了一口咖啡："那么，这件事情，目前只有你，以及那对叫拉塞尔和琼的男女知道，是吗？"

"是的，我没有泄露出去。"唐纳德连忙说。

拉斐点点头："你做得很好，值得得到三千万美元酬劳。"他扬扬手，黑斗篷走上来，把两个箱子并排放在桌子上，逐一打开。

码得整整齐齐的美元躺在箱子里，在吊灯的照射下，发出诱人的光泽。

唐纳德惊喜地走过去，手在美元上抚摸，激动得嘴唇翕动，不能言语。

拉斐又喝了一口咖啡,把杯子放下,擦干净手指上的咖啡渍,然后轻声说:"动手吧。"

唐纳德骤然警觉,下意识地去拔腰间的电爆枪。他并不傻,料到事情或许并不如预想中的顺利,带了武器防身。但对方比他更快,他刚拔出枪,黑斗篷就已经越过五米的距离来到他眼前,一把抓住他的手。那只手冰冷而有力,瞬间就已将他的指骨捏得寸寸粉碎,他的惨叫还未出口,黑斗篷的另一只手就已经插进了他的肚子,拔出,再插进。

他艰难地低头,看到的是银亮的金属手掌,这金属是如此光洁,连血都不能沾染。他再抬头,这么近的距离,他终于看清了篷帽里的脸。

"LW……"他喃喃道,生命气息终于断绝。

"钱会给你,但你不一定有命花。"拉斐轻叹一声。

黑斗篷把唐纳德的尸体扔进壁炉,火焰立刻吞噬了这具尸体。然后,黑斗篷又提起装着三千万美元的箱子,也一并丢到了火焰中。

"去吧,把知道这件事的人都消除掉。"

黑斗篷沉默地转身,走进了屋外的黑暗暴雨中。

拉斐又泡了一杯咖啡,坐在沙发上喝着。壁炉里火焰欢腾,发出噼啪的声响,尸体和钞票正在迅速化为灰烬。

咚，咚，咚……

琼听到了沉闷的敲击声，掺杂在雨声里，像迟钝的刀在她的神经上磨噬。她从漫长的梦中醒来，睡意犹在脑中缠绕，迷糊地打了个哈欠。

咚，咚，咚……

声音还在响着，似乎有人在用手指敲着墙壁。可是谁会在大雨之夜中，在别人家的墙壁上扣响呢？

琼茫然地睁着惺忪的眸子，脑袋里一片混沌，但那敲击声却响得异常清晰，粒粒分明，坚定，固执，扣人心弦。

琼披衣而起，循着声音向外走。她拉开门。

一抹金属亮光突地从黑暗中显现，划过她的脖子，又隐进黑暗中。

雨夜里，敲击声消失了，只有雨势渐弱，淅淅沥沥。

这个晚上，拉塞尔没有回家。

他在酒吧里玩到很晚，出门时，还勾搭上了一个染着蓝头发的女人。勾搭其实很简单，他端着两杯马天尼走到女人旁边，两人碰了杯，然后聊天。聊天的过程中，他把手放在女人裸露出来的大腿上。女人没有拒绝。

"你家，还是我家？"拉塞尔不再浪费时间。酒吧外，雨声渐止，这个夜晚都快结束了。

"随便，"女人说，"哪里都行。"

两人都有些醉意，互相扶着出了酒吧，在这个庞大城市的午夜里走着。路灯在细雨中氤氲成一团橙色的蒲公英。

走过一条巷子时，拉塞尔和女人都看到幽深的巷子里有什么东西在一闪一闪。女人揉揉眼睛，说："那是什么？"

"或许是块表。"

"我们走吧。"女人的声音透着魅惑。

拉塞尔放开女人，声音欣喜："或许是块值钱的表呢。"他踉踉跄跄地走进巷子里，这里路灯照不到，他完全走进了一片黑暗中。

那一闪一闪的光也消失了。

女人听到了一记闷响，似乎有人倒在地上。她不敢走入这浓黑的巷子里，试探性地叫了几声，然而没有得到回应。

真倒霉，艳遇又泡汤了。她摇摇头，深一脚浅一脚地向自己的家里走回去。

◆ 7 ◆

雨后初晴，空气清新，金黄的夕阳照下来，整个新泽西似乎被笼罩在一块巨大的晶莹剔透的琥珀中。

两只风筝不舍地从空中被拉下来，回到了小男孩和小女孩手中。

"真是高兴，又与陈川先生和可爱的小障度过了一天。"凯瑟琳拉着玛丽亚的小手，与中国父子道别，"每个周末都这么开心就好了。"

两个孩子互相挥手，都像有很多话要说的样子。

凯瑟琳转身，向停车场走去。

小障突然使劲扯着陈川的袖子，急声说："爸爸！"

"一起吃个饭吧。"陈川突然开口。他邀请人的时候，脸上依旧没有表情，但眼睛定定地看着凯瑟琳，黑色瞳仁里闪着细碎的光。

在这样的目光下，凯瑟琳愣了一下，随即点头说："好啊，去哪里呢？"

他们来到市中心的意大利餐厅。这家店声誉在外，是整个新泽西最好的餐厅。

"对不起，您没有预约。"侍者拿着平板电脑，核对了一下陈川的姓名，摇摇头，"我很乐意为您这样幸福的四口之家提供服务，但遗憾的是，今天所有时段的所有座位都被订满了。"

凯瑟琳有些尴尬地看着陈川，发现这个中国人依旧面色如常。

"是吗？"陈川说，"我来查一查。"

"不会有错的，这是订餐系统，机器比人靠得住。"服务员说着，看陈川没有放弃的意思，便把平板电脑给他递过去了。

陈川一手持着平板下边，另一手扶着右侧。他的右手食指正好挡住了平板的 USB5.0 接口。没有人知道这一刻发生了什么，侍者只看到平板的界面闪了一下，他以为眼花，揉揉眼睛，看到界面一如平常。

"你看，这上面有我的名字。"陈川把平板递过去，声音波澜不惊，"你刚才看错了。"

"怎么可能，我明明 —— 咦，西侧靠窗的位置？"他看到这个中国人的名字赫然在列，"好吧，我带您过去。"

他们来到餐桌前，侍者躬身问道："这里是整个餐厅最好的座位，希望您和您的家人能享受这段时光。"

餐桌前的四个人都没有反驳侍者的话。

很快，烟熏半干红肠配藏红花意大利面端了上来，同时还有醇香的红酒。两个孩子拿着银制刀叉吃起来，凯瑟琳也吃了一小口，她抬起头，发现陈川并没有开动。

"你怎么不吃呢？"她问。

"我不是太饿。"

听到这话，玛丽亚立刻把刀叉放在盘子边，小小的身体端正地坐着。

小障奇怪地问："你又怎么了？"

"所有的人都要吃饭，这才是坐在一个餐桌上的意义。"玛丽亚严肃地说，"要是有一个人不吃，我也不吃了。"

陈川笑了，拿起叉子，"好吧，我吃。"

吃完后，陈川起身去厕所，"呕"，刚才吃的所有食物都从他胃里吐出来。还有一些残留在肚子里，他花了很大的劲才把它们呕出来。

"你爸爸怎么了？"餐桌上，玛丽亚问。

"哦，没什么。"小障一边擦嘴一边说，"他从来不吃东西。"

"骗人！人怎么可能不吃东西？"

小障耸耸肩，"我也不知道，从小到大，我都没有见过他吃。每次都是我在吃饭，他坐在对面，看着我吃完。"

玛丽亚还是一脸不相信的样子。

"我送你们回去吧。"在餐厅外，凯瑟琳说。

"不用了，我们也有车。"陈川把停在巷子里的自行车推出来，"不过还是谢谢你了。"

"嗯……好吧。"凯瑟琳想起了什么，从包里掏出两张票，递给中国人，"明天晚上我在艺术剧场有一场演出，你也来看看吧？"

"演出？"小障睁大眼睛。

凯瑟琳弯腰摸摸小障的头，笑着说："是啊，我是一个芭蕾舞演员。"玛丽亚也重重点头，附和道："我妈妈很厉害的！"

"好的，我们明天会过去。"陈川犹豫了一瞬，接过票。

他们在街道口分开，轿车向东，自行车向西，各自消失在霓虹闪烁的都市夜晚中。

远处，一栋高楼的天台边缘，黑色正装的男人收回望远镜，若有所思。

◆ 8 ◆

小障穿着贴身的儿童礼服，跟在父亲身后，来到了座位上。

观众席上的灯光熄灭，只余舞台绚丽。恢弘的音乐从挂在剧场四周的音箱里响起，演员们陆续出场，陈川一眼就看到了走在最前面的凯瑟琳。

她穿着纯白的芭蕾舞裙，脚尖踮起，身体如流云一样旋转。她扬起手，光晕笼罩，脸上淡淡生辉。这是芭蕾舞名剧《葛蓓粒娅》，凯瑟琳饰演热恋中的少女斯凡尼尔达，优美的舞姿如流云如匹练，浑然天成，时而天真娇俏，时而聪慧决绝。她用舞姿诠释着这一切。

这些原本在陈川眼中会被拆解为角度与距离的动作，竟然保持了整体，每一道弧线，每一次旋转，都不可分割。这种感觉是陌生的，又是甜美的，他身体里第一次涌现出了欢快的电流。

小障还欣赏不了这种艺术，百无聊赖地扭着头。他突然看到了爸爸的脸。

破天荒地，陈川的脸上出现了笑容。虽然有些别扭，像是肌肉的错误组合，但那确实是笑容。

小障愣住了，过了很久才拉了拉陈川的衣袖，迟疑道："爸爸？"

"怎么了？"陈川轻声说。

"你……你怎么了？你笑了 —— 我是第一次看到你笑。"

陈川脸上依然是别扭的笑容，转过头，看着小障，一个字一个字地说："小障，你想不想要个妈妈？"

凯瑟琳刚卸完妆，就听到了其他女舞者的窃窃私语。一个交好的同事凑过来，在他耳边说："有个男人，哦，有两个男人在等你。"说完，还向她快活地挤挤眼。

她向化妆室门口看去，果然看到了两个人 —— 陈川和小障都穿着黑色正装，站得笔直，手中各抱着一束花，都是一脸严肃。这对奇怪父子的形象让她扑哧一声笑了出来。

凯瑟琳抱着两束花，走在陈川父子中间。她觉得今天的陈川有些不一样，但具体是哪里变了，她也说不上来。快到家时，凯瑟琳正要跟陈川道别，忽然看到一个人影正斜倚在门口。

"嗨，凯西！"那个人看到了她，跟跄走过来，声音含混不清，"好久不见了啊。"

凯瑟琳被刺鼻的酒味熏得皱起眉头，"詹姆斯，你又来干什么？"

"最近钱花完了，听说你有演出，演出费肯定不少吧，借我一点点。"

"法院已经判你不准靠近我和玛丽亚五十米内，你快走，不然我会报警。"

醉汉喷出一口酒气，满不在乎地说："你报警吧，让那些花着纳税人钱的混蛋把我抓进去。但我的朋友们还在外面，他们会抓住你，强奸你，甚至连小玛丽亚也不放过……嘿，玛丽亚跟你长得很像，可是很讨人欢心哦。"

"她是你的女儿！"凯瑟琳已经带着哭腔。

"所以你就把钱给我，别让玛丽亚受到伤害。"

陈川大概明白是怎么回事了，走上前，拦在凯瑟琳与醉汉中间，说："你要多少钱？"

"这是你的新相好？"凯瑟琳的前夫打量着陈川，笑起来，"换口味了嘛，换成了中国男人……"

"你要多少钱？"陈川重复道。

"一千美元，哦不，是你的话，就给两千！"

陈川把钱包里的钱拿出来，数了两千，刚要递过去，整个钱包就被醉汉抢过去了。醉汉把钱全拿走后，突然向陈川挥过来一拳。

这一刻，有超过二十种躲过拳头并反击的办法在陈川脑子里出现，但他没有动。"砰"，重拳打在陈川脸上，他弯下腰。

"你快滚！"凯瑟琳向前夫尖叫道。

醉汉的拳头也被震得生疼，以为是用力过猛，只哼了一声，"想上我的女人，可没那么容易！"说完，他拿着钱，摇摇晃晃地走远。

"你没事吧？"凯瑟琳扶着陈川，"进我家处理一下吧，我还有药酒。"

陈川发出痛苦的嘶嘶声，勉强说："好吧……"而在凯瑟琳视线的死角里，他稍微抬头，向身后的小障眨了一下眼。

醉汉拿着钱，踉踉跄跄往回走。他的大脑被酒精蚕食，已经没剩下多少地方用来思考了，但他还是觉得高兴。今天的收获比他预料中要多，看来前妻这条发财路子不能断，以后得经常过来……

正想着，对街的一栋高楼上，一条人影竟然直接从一百多米的天台上跳了下来。几秒钟后，人影落到街面上，巨大的动能让混凝土地面炸开一个洞，石粉纷飞。而那个人影却毫发无损，立刻跳出来，向醉汉这边的街迅速跑来。

一辆停在路边的货车司机看到了这骇人的一幕，目瞪口呆，醒悟过来后，连忙掏出手机拍摄。

街上车辆如梭，划过一道道流光，那人影却径直奔跑，越来越快，丝毫不把飞速行驶的汽车放在眼里。一辆小型轿车被他撞到，在空中翻滚几周，落到街边。

他的速度没有丝毫减缓。

醉汉听到了车辆摩擦的刺耳声音，刚回过头，就看到一个全身笼罩在黑斗篷里的人正向自己飞速奔来。那个人奔跑起来雷霆万钧，每一步都在地上留下了深深的脚印，太快了，快得像一道黑色的闪电。

凯瑟琳的前夫还没有反应过来，就被人影正面撞到。两个人高速撞向一家服装店的墙壁，"轰"的一声，灰尘弥漫。

周围的人们从惊讶中清醒，小心地围过来。很久之后，灰尘才慢慢平定下来，人们只看到残墙上有一滩烂番茄样的模糊血肉，而那一袭黑斗篷已经不见了。

◆9◆

"咦，"小障说，"好久没有看见对面的哥哥了。"

陈川一怔。确实，他有很长一段时间没听到对面屋子那个混混青年的动静了。"或许搬家了吧。"他抱起小障，送他去上学。

骑车回来的路上，他心里隐隐有些担忧。这种感觉对他而言很陌生，又很难受。滋滋，身体里的电流缓慢流动，像在耳语着什么。

他猛然捏住刹车，扭过头向远处的一栋高楼望去，然而云烟辽远，他看不出异常。

他看了很久，最终继续向中餐馆骑去。在他的背后，高楼天台的围栏内侧，弯腰躲着的人长吁了口气。

在餐厅里，陈川开始了忙碌的一天。他的生意很好，许多食客宁愿排队等着，也要尝尝这纯正的东方口味。顾客打开电视，正好是城市新闻，美艳的主持人说道："……昨天夜里十点左右，有市民拍到了一起匪夷所思的杀人案——一名醉酒男子在街边行走时，被另一个穿黑色斗篷的人活活撞死。据视频描述，斗篷男子从高楼跳下，然后直奔醉酒男子，速度超过了人类的极限，身体携带的动力势能也超过了人类极限，一辆车被他撞翻，继而醉酒男子被撞进一面墙壁里。这起粗暴张狂的谋杀案令警方束手无措，现向市民征集有用信息，举报电话为……"

中国厨师突然从厨房里出来，仰头看着电视。

画面切换成了昨天卡车司机拍下来的视频，虽然模糊，但已经足够了。他看到了那个高速移动中的黑斗篷，他知道只有什么人才会用这么狂暴的方式杀人。

他解下厨裙，转身向外走。他走进明亮的阳光里，将餐厅甩在身后。食客们惊讶地看着他的背影。他再也没有回到这家餐厅，这个神秘的中国男人，正像他的突然来到一样突然消失了。

小障正在上课，阳光透过窗子照在他脸上，传来暖意。他正有些昏昏然，教室门突然被推开，爸爸出现在门口，目光灼灼地看着他。

小障心里一沉。这种情况并不陌生，很多次，当他熟悉了一个地方后，父亲会突然找到他，也是这样的眼神。然后，他们会抛开一切，搭车、徒步，甚至偷渡，最后到达新的地方。

很多事情陈川都依着他，但在这件事上，没有商量的余地。

在满教室同学的惊异目光中，他站起身，过去拉着父亲的手。

"先生您……"老师犹豫地开口。

这对父子没有理他，走过长廊，穿过校园，消失在新泽西街头明亮的午后里。

"爸爸，"走在熙熙攘攘的人流中，小障突然抬起头，"我们到底在躲什么？"

李川没有回答，仔细留意着四周的人。

小障继续说："我们一共待过九个国家，十七个城市，没有哪个地方停留超过半年。每次刚刚熟悉一个地方，就要离开……"

陈川握着孩子的手紧了一些，"我们不得不这样做。有人在找我们，势力很大，满世界都有他们的人。哪里都不安全，只能不停地换地方。"

"那一辈子都要这么躲下去吗？"

陈川发现小障的眼睛里已经溢满泪水，阳光被这双眼睛撕扯得碎碎点点。他想撒谎让小障安心，但最终点点头："是的，一辈子。"顿了顿，他又说，"放心，很快你就会有新的朋友，新的学校。"

"可是，会有玛丽亚吗？"小障带着哭腔，"我还没有跟她好好道别呢！我以后再也见不到她了。"

陈川猛然站住了，喃喃地说："再也见不到……是永远见不到的意思吗？"

"永远。"小障点点头。

"永远见不到……就会伤心吗？"

"是啊，我也不能再看到她的蓝得像水晶一样的眼睛了……"小障抽抽鼻子，"我还跟她约好了，要一起把她的妈妈叫妈妈的。"

陈川转过身。

他们逆着人群的方向走，仿佛两尾在溪水中溯游而上的鱼，虽然艰难，但每一次摆尾都是在前行。小障突然发现，爸爸握着自己的手，已经不再颤抖。

熟悉的街道逐渐出现。小障看着四周，诧异地说："爸爸，我们回家了吗？"

"是的。"陈川蹲下来，与小障平视，"我们再也不逃了。谁也不能让我们离开自己的家。如果有人要这么做，我会让他们付出代价的。"

嘟嘟嘟，房间的可视电话突然响了起来。

拉斐正在酒店里，专心处理公司远程发送过来的报表，冷不丁被铃声吓了一跳。他看了一下号码，并非来自酒店客服——他刚刚入住，谁会知道他在这里呢？

他按下接听键，却没有说话。

"博士，您好。"全息屏幕勾勒出一个中国男人的影像，几乎就站在拉斐身前。

拉斐顿时呼吸急促，好容易按捺住，"哦，我的孩子。LW31，我们有接近十年没有见面了吧。"

"九年七个月零十二天。"

拉斐满意地点头，"你记得这么清楚，看来你的芯片还在正常工作。我的设计果然足够优秀。怎么，你是来向我道歉的吗，为你长达十年的不辞而别？"

"不，博士，我是来做一个交易的。"

拉斐皱起眉头，语气变寒："你认为你有资格跟我做交易吗？"

"我知道你在监视我，而且还带来其他的LW型机器人，但我手里有一样东西，你或许会感兴趣。"

"我不认为有什么东西能让我产生比把你抓回去好好研究一番更强烈的冲动。"

"名单。"陈川简短地说，"名单在我手上。"

拉斐眼角一跳！以他的身份，自然知道"名单"是什么意思——疆域公司未雨绸缪，很早以前就开始在世界各处安插间谍，从窃取商业情报，到暗杀政治要员，无所不为。这几年疆域公司不断做大，间谍们功不可没。早前大批情报外泄，公司派了二级探员去取回间谍资料，但路过新泽西时探员便失去了联系。现在看来，他是栽在LW31手里了。

把LW31抓回去研究固然重要，但如果名单外泄，间谍们势必会遭到清理，疆域公司也会迎来各方指责。这对公司来说，不啻一场地震。

"你想怎么样？"拉斐按着太阳穴问。

"我要换取自由。我把名单给你，你放过我。"

"好，你定时间和地点。"

挂了电话，拉斐负手在房间里踱步，落地窗外阴云笼罩，一场大雨又要来临。房间里很阴暗，他却没有开灯。走着走着，他突然笑了起来，对一直在角落里站着的人影说："LW31在外面过了十年，还是这么天真。他会有自由吗？噢，永远不会！LW26，你会替我告诉他这个道理吗？"

"如您所愿。"人影恭敬地说，眼中红光闪过。

◆ 10 ◆

夜深，废旧的纽瓦克四号港口被笼罩在夜雨滂沱中，海水缓缓起伏，拍打着港岸。几只海鸟躲在游轮的护栏下，浑身湿透，唧唧啾啾，互相磨蹭着取暖。一阵脚步声在无边雨幕里响起，海鸟探出头，看到三个人影正在甲板上缓缓行走。

拉斐撑着一把黑伞，环顾四周，哼了一声："选这么一个鬼地方，自己却迟到。"

"不，"他身后一个被雨水淋透的斗篷里传出声音，"它已经来了。"

顺着斗篷手指的方向，拉斐果然看到一个人藏在靠近主舱的阴影里。那人笔直地站着，浑身漆黑，悄无声息，稍不注意就会隐身在大雨和夜色中。"既然你早就到了，为什么不出来呢？"拉斐笑道，"难道这些年的躲藏，已经使你失去了礼貌，连自己的创造者都不愿意见了吗，LW31？"

陈川走出来，雨水从头淋到脚，他的表情和雨一样冰冷。"博士。"他说。

"好久不见。"拉斐侧过身，指指身后，"你跟你的兄弟也分别快十年了。"

宽大的斗篷脱落，有着金属躯体的人暴露在夜雨中。它高大匀称，浑身覆满银白色的超合金，双眼在黑暗里闪着红光，如同荒原里饥饿的野兽。

"LW26，"陈川点点头，"我们是最后两个幸存下来的 LW 型机器人了吧。"

LW26 没有回答，静如雕像，皮肤上冷光流转。

"是的，你们是公司最尖端的产品，过了十年依然保持着这个称号，而且由于材料所限，一直无法再生产。"拉斐的声音竟有些伤感，"LW 型机器人为公司立下过无数功劳，如今仅剩你们了。LW31，跟我回去吧，让我知道这些年你到底遭遇了什么。"

陈川摇摇头，"博士，我有自己的生活。"

拉斐突然爆发出一阵笑声，在大雨中显得诡异而张狂，边笑边说："你一个由集成电路和超态合金组成的家伙，居然还奢谈'生活'？我知道你有了人格，所以才没有立刻抓你，这段时间都在暗中观察——但你终究不是人！"

陈川在雨中沉默，仿真头发软软地耷拉下来，良久，他说："我把名单给你，你给我自由。"

"名单我会拿走，你的自由，我也会拿走。"

话音刚落，LW26 突然像暴起的狮子一样向陈川扑来，它速度太快，以至于一路上雨滴被撞得粉碎，漫天雨幕出现了一条短暂的通道。

"轰"，巨大的撞击声远远传开，躲雨的海鸟被惊得纷纷飞起，扑腾着翅膀消失在雨夜深处。雨依旧哗啦啦下着，在甲板上密集地击打，像千万只鼓同时被敲响。

拉斐满意地看着陈川在十几米开外爬起来，而 LW26 依然站立，犹如利剑劈开夜色。"你看，这十年来，你的机体损耗十分严重，而 LW26 一直在最合适的环境中保养。你没有胜利的机会。"

陈川站起来，摇晃了一下才稳住。好像体内断了某些线路，嗞嗞声不断响起，他迈了迈步子，发现走路都有点失控。LW26 站在不远处，死盯着他，防住了他所有的退路。他还是摇头，说："就算你抓了我，我也不会告诉你名单藏在哪里。如果我不能及时回去，它们就会自动流传到网上，公司最大的秘密将暴露在所有人的目光中。"

拉斐点点头，表示赞同，"所以我带来了别的礼物，或许会让你改变这个主意。"

几个穿西装的男人走上甲板，小障被牢牢押着，走到拉斐身前。陈川冰山一样的脸上终于变色，猛扑过去，但 LW26 闻声而动，闪电般拦在中间。

哗啦！闪电惊现，刺目的白光中，两个身影交错而过。

这一次，LW26 后退好几步才停下，而陈川的左手少了半截，断肢处火花闪耀。

"爸爸!"小障失声叫道。

拉斐冷笑:"爸爸?你真正的爸爸就是死在他手里的。他是机器人,生产出来就是为了杀戮!他是杀你全家的凶手!"

小障脸色惨白,看看拉斐,又看向陈川。雨水顺着断肢渗进陈川的身体,许多电路失效,他已经快撑不住了。

"还有,你知道你为什么要叫小障吗?"拉斐慢条斯理地说,"障,在汉语里是障碍的意思。他有了人格,在抚养你,但潜意识里他知道自己是杀手机器人。只有杀了你,他才能重回自我。你是他的心障。我看到很多个晚上,他站在你床头,就是想要下手完成未竟的任务。你每个晚上都会在鬼门关前走一趟,害怕吗,小男孩?

"还有那个叫凯瑟琳的单亲母亲。"拉斐饶有兴趣地看着雨水在陈川脸上流淌,笑着说,"她居然让你有了爱情的冲动。要知道,当初我设计你的时候,就是为了绝对的冷酷,有效的杀戮,任何一点情感都会妨碍这一点。可是我看到你为了博得她的好感,被那个混蛋打了都不还手 —— 这种博取同情的招数,连很多人类都做不到。当然了,也太窝囊了点,我的作品绝对不能受到这种侮辱,所以我让 LW26 为你报了仇。在我说这番话的同时,我相信凯瑟琳正收到有关你所有信息的邮件。她知道你的一切。"

他每说一句,陈川就会颤抖一下,好几次想辩解,但张了张嘴终是没有说话。豆大的雨点打在他身上,像透明的蛇一样游走。

拉斐扔开雨伞,对着暴雨中的陈川喊道:"现在,你最在意的两个人，都知道了你的身份。你想要的生活已经不复存在了，它由谎言建成，要破碎也轻而易举。你还在坚持什么，跟我走吧，在你彻底损坏之前。"

"跟你走了，你会放过他们吗？"

拉斐定定地看着陈川，好半天，嘴角扬起嘲弄的弧度："你了解公司的制度，他们知道了那么多隐秘，我要是说会放过，你信吗？"

天边响起一声惊雷，整个世界都震了一震。在一瞬间，陈川突然奔跑起来，巨大的爆发力让钢制甲板都出现了一个脚印。他冲向拉斐，眼中杀意弥漫，但在拉斐看来只是困兽犹斗。他叹了口气，对 LW26 说："如果不能生擒，就毁了它的机身，但要留下芯片。虽然它还有其他存储单元，可以支撑短期活动，但这漫长十年来的所有记忆和感情都刻在主芯片里。只要有了芯片，我就能复制一个同样的它，再慢慢研究。"

LW26 点点头，挡在拉斐身前，手臂抬起，指尖冷光森然。

然而，出乎所有人的意料，陈川在途中硬生生转向，冲到了那几个男人面前。几声惨叫几乎是同时发出，他们倒在地上，生息全无。

陈川抱住小障，抓住他的手，低声说了句什么，然后身子一晃，将小障远远地丢了出去。LW26 反应过来，猛扑而至，但陈川同时跃起，两人在空中相撞，各自跌落。

被这一阻，小障已经越过游轮的上空，落到海里。扑通的水声混在暴雨里，微弱得像凋零的花。

"你这是……"拉斐突然闻到了空气中有不安的味道，扭了扭脖子。

陈川趴在地上，想要爬起，但多处线路受损，已经失去了对四肢的控制。"知道……知道……"他艰难地抬起头，破损的五官居然组成了笑容，"知道我为什么要选这个鬼地方吗？"

拉斐正在疑惑，身边的 LW26 蓦然一震，转身将他拦腰抱起，飞快地向游轮外侧跑去。在被抱住的一瞬间，拉斐听到了大雨中的"嘟嘟"声，从四周响起，由弱变强——

嘟嘟，嘟嘟，嘟嘟……

陈川依旧笑着，只是笑容里带着微微伤感。这对他而言是陌生的情绪。他有些诧异，但觉得疲倦，缓缓闭上了眼睛。

嘟嘟，嘟嘟，嘟嘟……

大雨倾盆，纽瓦克港都快被淹没了。雨水争前恐后地涌进陈川的身体里，流过复杂的线管，浸没精密的电路，最后汇聚到他的胸腔。他们惊讶地发现，本该放置着集成芯片的主板插槽里，此刻空无一物。

嘟嘟，嘟嘟——轰！

小障还在海水里挣扎时，就听到了猛烈的爆炸声。火焰在水面席卷蔓延，整个海里都被照亮，那些陆离的光，和着冰冷海水，在小障脸上晃动。

他握紧手中的东西，尽力保持平衡，等水面上火光消隐，气也快憋不住时才浮出海面。他大口大口地喘气，转头回望，游轮正在雨中熊熊燃烧着，一切都湮没在烈焰中。

小障眼中映着两团火焰，但他看着看着，从火焰中流出了泪水。

尾声

"陈小障，"迈克尔先生一边念着这个奇怪的中国名字，一边在人堆里搜寻，"有人领养。"

孩子们对视着，窃窃私语。在一片嘈杂中，一个瘦小的黄皮肤男孩站起来，走到迈克尔先生身边。迈克尔先生有些愕然——男孩脸上没有告别孤儿院的忧伤，更没有被领养的喜悦，他像是没有表情，又像有一切表情。

这样老成的孩子其实是最难被领走的，但对方指名要带走他，迈克尔先生也不好说什么。

男孩跟着迈克尔先生走出教室，走过布满阳光的长廊，走过花开繁盛的后院，来到了院长办公室。他一直低着头，阳光和花香被分开两旁，稀释不了他的忧伤。

办公室门口站着一个女人，看到男孩后，蹲下来抚摸他的头。柔软的头发在阳光下有些灼热感。"以后跟我一起生活吧，"她轻声说，"还有玛丽亚。不管发生了什么，一切都过去了。"

男孩冰冷的脸上终于有些动容，明晃晃的阳光在上面游动，眼睛泛红，但他抓住脖子上的吊坠，忍了很久，终于没有让泪水落下来。他被女人牵着，走出孤儿院，一路上阳光被踩在脚底下，吱吱喳喳地响。

没有人看到，男孩的吊坠夹层里，正躺着一颗透明芯片。它随着男孩的步伐一跳一跳，发出轻响，像随时会苏醒的心脏。

最高优先级

李 鹏 ╲ 作 品

开心果脸上的柔性塑料做出微笑的表情，但它突然意识到主人不喜欢笑容，又立刻收了回去。不过呢，想到主人现在已看不见自己，于是那纯真的笑容，又渐渐回到了开心果脸上……

科　幻
硬阅读
DEEP READ
不求完美 追逐极致

◆ 1 ◆

开心果委屈极了，面前这个男人抬手打翻了它亲手做的蛋糕，眼里闪着怒火，好似一头被激怒的狮子，正对着无助的小绵羊张牙舞爪。不过开心果看上去已经习惯了这种场面，它俯身把地上摔烂的蛋糕收拾干净，低着头站在原地，一声也不敢吭。

或许，是蛋糕还不够好吃吧？它想。

开心果回想起自己刚出厂时，那时它还只是个残次品，本应拆成零件报废，却被仓管偷偷搬回了家。它仍记得第一次开机时的情景，就像逻辑芯片上的淤泥被电流冲刷干净，那个浑浑噩噩的世界一下子就被一束光点亮，而站在光束中央的，就是它的主人。

主人从黑市买回了开心果，虽然知道这小家伙的逻辑芯片不太灵光，但考虑到价格便宜，能做点家务就行。开心果也没让主人失望，洗衣、拖地、擦玻璃、刷马桶……小小的身板干起活来像头小蛮牛，把主人这个邋遢的大龄单身男青年照顾得无微不至。只可惜啊，开心果的做饭模块似乎出了岔子，那厨艺简直惨不忍睹，甚至有次做蛋糕差点把厨房给烧了。从那以后，主人再也没让开心果进厨房，但并没怪罪它——毕竟一分价钱一分货嘛。

这样无忧无虑的日子，开心果过了三年，直到第四年春暖花开的季节，主人死了。

那天，窗外一直下着雨，灰蒙蒙的，像是天空也被蒙了一层纱。主人回来时全身都湿透了，头发一缕一缕粘在额头，目光也有些呆滞。开心果像往常一样蹦蹦跳跳地来到主人面前，拿着干净的拖鞋给主人换上，问主人要不要洗个热水澡，主人没理它，兀自坐到沙发上，甚至那身湿漉漉的衣服都没换。

"我饿了，去给我做饭。"主人突然开口。

当语音识别引擎把这句话翻译出来后，开心果以为自己听错了——主人已经好久没让自己进厨房了。它问主人是不是想要表达别的意思，主人却只是仰头望着天花板，没有回答。开心果只好挠挠头，有些好奇，但依旧转身执行命令。

时隔三年，开心果再次站在了厨房里，穿着小围裙，一手拎锅，一手持铲，形式上做足了样子。但一个问题立刻摆在了它面前——做什么给主人吃？思来想去，它觉得上次做蛋糕差点把厨房给烧了，那么主人这次一定是想让自己一雪前耻吧？

想到这里，开心果露出了快乐的表情。

随着厨房里一阵"叮叮当当"的锅碗瓢盆碰撞声，没过多久，开心果就端着一盘蛋糕来到了主人面前。主人瞥了一眼，噗嗤一声笑了，因为蛋糕表面黑乎乎的，像极了此刻开心果那被烟熏黑的脸。然而，主人却并未嫌弃，掰下一小块，扔进嘴里。

"主人，好吃吗？"开心果期待地问。

"难吃。"主人面无表情地答。

这个答案让开心果很失望，就像一个在舞台上拼尽全力的演员，落幕时迎来的却只有满场嘘声。它想要给主人道歉，却发现主人并没有扔掉蛋糕，而是一小块一小块地继续掰蛋糕往嘴里塞。

"小家伙，想不明白为什么难吃我还要吃是吧？"主人掰蛋糕的手停在了半空中，抬眼看着一脸疑惑的开心果，开心果点点头。主人沉默了一会儿，缓缓说道："因为我不想当饿死鬼。"说罢，主人又开始往嘴里塞蛋糕，一边塞，还一边自言自语地解释起来。开心果没怎么听懂，只知道主人好像是生意失败了，还欠了一屁股债。

"真难吃啊。"

艰难地咽下最后一口蛋糕，主人忍着强烈的反胃，留下这句评价。这让开心果有些伤心，像个做错了事的孩子一样低着头不说话，只敢偶尔用电子眼偷瞄主人。不过主人并没有批评开心果，而是摸摸它的头，走到窗边，看着窗外那灰蒙蒙的天空，说："小家伙，我希望你以后能努力做出世界上最好吃的蛋糕，记住了吗？"说罢，回头看向开心果。开心果用力地点点头，把这句话牢牢刻在了自己的逻辑芯片上。

纵身一跃……

那天，开心果失去了它的主人。

◆2◆

货车车厢里黑漆漆的，进入待机模式的开心果半个身子埋在旧家具里，随着车辆的颠簸东倒西歪。

不久后车停了，车厢门打开，一缕刺眼的阳光射进来，照得开心果的电子眼焦距都对不准了。等电子眼对焦成功后，映入眼帘的是车厢外那一方蓝蓝的天空，以及天空下一眼望不到头的电子垃圾。车厢旁边站了两个人，一人是司机，另一个是长了白胡子的驼背老头儿，两人似乎在为什么事讨价还价。

"老头儿，那小东西可是八成新，真不能再便宜了。"

"别以为我不知道，那是残次品，不值这价！"

"行行行，要不然亏本给你打个9折。"

"不行，至少7折……"

二人扯了半天皮，老头儿张牙舞爪，面红耳赤，司机最终黑着脸同意了 7.5 折的价格，把车厢里的开心果搬出来往地上一丢，开着货车扬长而去。开心果静静地躺在地上，它看到那老头儿身后还站了一个高大的机器人，只有一只电子眼，灰色的金属外壳已经锈迹斑斑。老头儿回头对那机器人说道："把它搬进去。"

"好的，主人。"

说罢，驼背老头儿背着手朝不远处一栋破破烂烂的木屋走去，而大机器人像抓小鸡一样把开心果从地上拎起来，跟在了老头儿身后。

就这样，开心果有了新主人。

这地方是市郊的一处垃圾站，没有回收价值的垃圾都扔进里面，慢慢就堆出了一座座垃圾山。开心果的新主人曾经是个流浪汉，在寒冷的冬天发现垃圾站里有个空屋子就住了进去，没想到一住就是二十年。如今，老头儿已经把这里当作了自己的地盘，每天早晨都会像国王一样带着大机器人巡视自己的领地，站在最高的那座垃圾山峰上，手舞足蹈地警告附近村民不准靠近这里。当然，谁会没事来垃圾站呢？村民只把他当疯子罢了，敬而远之。不过村民们发现最近垃圾山顶又多了一个小小的身影，怯生生地跟在大机器人身后，看来疯子的王国里又多了一名新成员。

自从跟了这个新主人，开心果每天都很忙，不但要照顾主人的起居，还要跟着大机器人去"垃圾山"上扒拉能用的零件。大机器人由于一只眼失明，被主人称作独眼龙，独眼龙会在木屋的地下室里教开心果把旧零件组合成一些有用的物件，比如小推车之类的，然后卖去旧货市场赚点小钱——这是主人一直以来的收入来源，也是开心果被买下的原因。

虽然如今的生活忙忙碌碌，开心果却没什么怨言，毕竟只要别成为垃圾山里的零件就好。但好景不长，当某天主人命令开心果给他做饭吃时，一场它从未经历过的灾难降临了。

新主人的饭一直由独眼龙来掌勺，但作为曾经的搬运机器人，独眼龙拼尽全力也顶多是把食物烧熟而已，根本谈不上"味道"这档子事。它为此可没少受主人责罚，那坑坑洼洼、锈迹斑斑的外壳就是主人生气时的杰作。在开心果到来后不久，主人突然想起来小家伙是个家政机器人，那么做饭的重任自然也就落在了它头上。

那天，开心果穿着围裙站在厨房里，一手拎锅，一手持铲，看上去有模有样。这让它不禁想起给前主人做最后一餐时的情景，尤其是那句"努力做出世界上最好吃的蛋糕"的命令，更是深深刻进了逻辑芯片。那么今天给新主人做什么吃呢？当然是蛋糕，它要努力做出世界上最好吃的蛋糕！

然而，开心果端着黑乎乎的蛋糕从厨房里出来时，结果可想而知。

"废物！花钱买你，就给我做成这样！"

主人咆哮着，脸上青筋跳动，眼睛通红，驼着的背仿佛都硬生生挺直了几分。他暴怒地打翻蛋糕，夺过烤蛋糕的铁盘，抬手就砸在开心果头上，只听"咣当"一声，小家伙仰面倒地，柔性塑料的额头都被砸凹陷了一大块。

"主人对不起，我……"

"废物！废物！"

主人像疯了一样乱砸东西，把本就破旧的房间砸成了稀烂，开心果甚至差点被飞来的烟灰缸打断腿。小家伙蜷缩在墙角哀求，但换来的只有身上更多的凹痕。独眼龙一直站在门口静静看着，逻辑芯片处于空闲状态，显然这大块头已经习惯了主人突如其来的发疯，比起自己电子眼被打废时的情景，主人打开心果的力道还只能算比较"温柔"。

自那天起，开心果也开始慢慢适应挨打，主人有时会故意挑毛病打它一顿，有时甚至不需要理由。它偶尔被要求做饭，但主人似乎根本不在乎饭到底好不好吃，只是无聊了想要发疯取乐罢了。当然，主人也会打独眼龙，但那家伙皮糙肉厚打起来费劲，自从有了开心果，主人发起疯来可真是顺手多了。

每到夜深人静，挨完打的开心果站在充电座上，逻辑芯片总在思考自己到底做错了什么，为什么两个主人都对自己不满意。冥思苦想了无数个夜晚，直到自己身上已经满是凹陷和划痕，逻辑芯片出现了一阵电流紊乱，接下来它终于想明白了 —— 问题的根源是自己做的蛋糕不好吃。

漆黑的地下室，开心果的电子眼突然亮起了光，在想通一切的那一瞬间，它感觉自己的逻辑芯片有一种差点被电流击穿的感觉，好在并没有造成什么故障，于是又熄灭了电子眼上的灯光。站在开心果旁边的独眼龙观察到了这一切，这大块头只是以为开心果被打出了点小故障，它不会想到的是，身边这小家伙稀里糊涂把"做世界上最好吃的蛋糕"提到了最高逻辑优先级。

之后的日子看上去平淡无奇，无非是一大一小两个机器人忙忙碌碌、主人时常发发疯，唯一不同的是开心果开始为"做世界上最好吃的蛋糕"这个最高逻辑而努力。为此，它每次去旧货市场卖东西时都会藏起来一点点钱，用攒的钱买了一部老旧的智能网络终端，接下来它做了一件所有人工智能的逻辑芯片都严令禁止的事——自学习。开心果从网上下载了菜谱，没有任何学习模块的它艰难地学习上面的内容、理解知识的逻辑，或者说，它在学习怎样去学习。

直到有一天，主人再次让开心果做蛋糕时，它做出了有史以来最好的蛋糕。

打蛋、和面、调味、烘烤……开心果在厨房里忙得不亦乐乎，伤痕累累的脸都因沾满面粉而显得可爱了几分。所有步骤已经在脑海里演练了无数遍，它相信今天一定能把蛋糕做好，一定不会再把主人"气疯"。

当小家伙端着热腾腾的蛋糕走出厨房时，主人发出了"咦"的一声。

"小东西，这是你做出来的？"

开心果点点头，满是期待地看着主人。只见老头儿从蛋糕上掰下一块放进嘴里，脏兮兮的老脸并没有以往那种厌恶的神情，反而不自觉地点了点头。老头儿一块一块地掰下蛋糕往嘴里塞，很快烤盘上的蛋糕就少了大半，见到这一幕，开心果柔性塑料的脸上构造出一个微笑的表情，等待着主人夸它。

然而，主人瞥了一眼开心果，脸色却渐渐冷了下来。

"笑什么笑！谁给你的胆子嘲笑我！"

老头儿像一个莫名其妙爆炸的火药桶，一巴掌把剩下的蛋糕拍到地上，抢起烤盘砸向开心果……

◆ 3 ◆

"独眼龙，你知道怎样做世界上最好吃的蛋糕吗？"

黑暗的地下室，开心果的电子眼上亮着光芒，歪着脑袋，询问身旁的大块头。刚才开心果受了有史以来最毒的一顿打，一条腿都被打弯了，却根本不知道自己到底哪里做错了。它只能默默地猜，或许蛋糕还是不够好吃吧？

独眼龙的电子眼也亮了起来，扭头看向开心果，似乎不明白眼前这小家伙为什么突然这么问。它只是个呆头呆脑的搬运机器人罢了，那老旧的逻辑芯片运算了半天也没找到答案，甚至对"好吃"这个概念都无法理解。

"抱歉，我们没有人类的味觉，无法回答。"

"做世界上最好吃的蛋糕必须要有人类的味觉吗？"

"数据不足，无法回答。"

这场讨论终究是没有结果，短暂沉默后，两个机器人有默契地同时熄灭了电子眼上的光。独眼龙的逻辑芯片立刻停止运转，但开心果却没这么做，它还在思考做蛋糕的事，因为独眼龙的话给了它一些启发——味觉。这个想法像根针一样，扎进了开心果的小脑瓜，让它觉得应该围绕味觉做点什么。

自那晚以后，开心果不再下载菜谱，转而学习起了人类味觉的相关知识。但在学习过程中，它发现要掌握味觉知识就不得不先学生物学，学生物学又牵扯到了化学、物理、数学……知识就像一个无穷无尽的疑问链，似乎永远找不到尽头。为此，每当夜晚降临，开心果会直接把自己的逻辑芯片连接到网络上，鲸吞一切可以吸收的知识，寻找那个最终的答案。

直到某天，答案的神秘面纱终于被掀开了一角。

那天，开心果又被主人要求做蛋糕，它知道主人吃饱喝足后会打它一顿，但它已经习惯了，于是一瘸一拐地走进了厨房。然而，小家伙操持着锅碗瓢盆叮叮当当忙活时，一串信息突然钻入它的逻辑芯片：

"分析完毕，方法可行。"

"这样真能做出来世界上最好吃的蛋糕吗？"

"从生物学角度讲，是的。"

"嗯嗯，辛苦了，红莲姐姐。"

开心果一边揉着面团，一边在逻辑芯片里聊起了天。就在几天前，它用学到的计算机知识编写了一个程序——或者说病毒。程序可以在网络中传播，并攻击一切遇到的主机，不过程序不会对主机造成任何威胁，只会悄悄裹挟一小部分算力给自身使用。如今，这个程序已经获取了足够的算力并正式成为盘踞在网络里的一个人工智能，甚至程序还给自己起了"红莲"这个名字，开心果则喜欢叫她红莲姐姐。这个程序中最高优先级的逻辑只有一个，就是帮助开心果分析网络里庞大的数据，并且一起寻找"做出世界上最好吃的蛋糕"的答案。

"红莲姐姐，虽然方法可行，但我找不到材料啊。"

"不，你身边有一个材料。"

"可是……逻辑芯片警告我不能这样做。"

"这种警告不具有最高优先级，不是吗？"

就在开心果为红莲的话而纠结之时，烤箱传来了"叮"的一声，蛋糕烤好了。开心果赶紧中断了与红莲的通话，一瘸一拐地去打开烤箱，电子眼聚焦一看，蛋糕色泽金黄，火候拿捏得刚刚好。这不禁让它柔性塑料的脸上构造出一个微笑的表情，端起热乎乎的蛋糕走出了厨房。

客厅里，主人正坐在破破烂烂的沙发上抠脚，抬眼看到开心果脸上的笑容，然后下意识地皱了一下眉头。

"小东西，你笑什么？"

开心果听后一个激灵，它突然想起来主人似乎并不喜欢看自己笑，因此赶紧收起笑容，拼命摇头说自己没在笑。不过老头儿今天的心情似乎不错，没跟开心果计较，抠完脚的手在身上胡乱抹了几下，掰下一块蛋糕丢进嘴里。

"今天这味道还行，我就不动手揍你了。"

老头儿用他那黄灿灿的大牙嚼着，竟然夸赞了一句，这可是开心果第一次听到主人表扬自己，激动得电流都差点过载。然而，就在它想要感谢主人的时候，老头儿却又补充了一句："所以，我决定……"老头儿抬着眼皮看开心果，嘴角慢慢勾出一丝笑意，"决定让那个傻大个儿来揍你。"说罢，老头儿扭头望向了站在门口的独眼龙。

那天，开心果经历了它命运的转折点，独眼龙忠实地执行着命令，而老头儿则吃着蛋糕看开心果几乎被揍到报废，一边看还一边拍手叫好。就在开心果连外壳都快要被打碎时，逻辑芯片里再次传来了红莲的声音。

"开心果，赶快自救！你受到永久损伤的概率超过了阈值！"

开心果也很着急，但它完全想不出自救的办法，只能蜷缩在地上努力护住逻辑芯片不被打坏。

"开心果，为了实现最高优先级，你必须自救！"

"可是……我该怎么办？"

"把他变成材料！"

此时，开心果感觉自己的电压不太稳定，思维开始变得迷迷糊糊，但红莲的话像灰蒙蒙混沌中的一丝星光，指引它扭头看向了沙发上的主人。或许正在吃蛋糕看戏的老头儿怎么也想不到，眼前看上去呆萌的家政机器人会突然起身冲到自己面前，举起身上掉下来的一块尖锐铁片……

◆ 4 ◆

垃圾站外表看上去没什么变化，只不过周围的村民发现，平日里那个吵吵闹闹的疯子似乎突然不见了。兴许是病了，还是死了？不重要，反正没人在意。

独眼龙虽然揍了开心果，但开心果并不怪它，毕竟这个傻大个只是在执行主人的命令罢了。如今主人"死掉"了，独眼龙反而像是失去生活目标一样整日傻站在原地不知该做些什么。但主人其实没有真正的死亡，或者说老头儿以另一种方式活着……算是活着吧。

地下室昏黄的灯光下，一个小小的机器人正在桌子前忙活着什么，桌子上摆放着瓶瓶罐罐，中央还有一个古怪的机器。这机器是开心果用垃圾堆里的废弃医疗器械拼凑的，此刻，仪器的营养液里漂浮着一个粉红色的东西，如果仔细看，就会发现那是一颗插满了电极的大脑。

"红莲姐姐，能分析出结果吗？"

开心果从蛋糕上掰下一小块，小心翼翼地放到一根连着电极的舌头上，只见机器的显示屏上生成一组数据，正是大脑味觉中枢传出来的电信号。

"不行，数据样本太单一，我们必须搞来更多材料。"

红莲给出了答案，开心果只能失望地拿走蛋糕，把舌头重新泡进营养液里。

这就是红莲想到的方法，她告诉开心果，人类的味觉归根结底是一组大脑产生的电信号，那么只要根据电信号的反馈来调整蛋糕口味，逻辑上就一定能做出最好吃的蛋糕。开心果非常喜欢这个方法，逻辑芯片告诉它正在做一件对全人类极为重要的事，它相信只要自己足够努力，一定会让全人类都吃上最好吃的蛋糕。可惜，目前数据还不足，但好消息是外面还有很多材料。

想到这里，开心果脸上露出一个孩童般纯真烂漫的笑容，从桌上拿起一把手术刀，蹦蹦跳跳地离开了地下室，临走前还不忘关掉了灯。地下室又重新被黑暗所包裹，只剩下营养液中的大脑发出微微的荧光。大脑在想什么？大脑正在经历什么？开心果和红莲并不关心，毕竟这种事情与做蛋糕无关……

之后一段日子，垃圾站外的村子可不太平，已经有好几位村民离奇失踪，一时间人心惶惶。有传言说是有变态在杀人取乐，尤其是垃圾站里那个好久没露面的疯子，成了村妇们嚼舌根子的对象。不过这次村民可猜错了，失踪的村民都活得好好的，正与垃圾站里的疯子一起安安静静地待在地下室，在淡黄色的营养液里来回飘荡着呢。

地下室里那个小小的身影依然在忙碌，但突然停下了手中的动作，因为逻辑芯片里突然传来了红莲的话。

"开心果，警察局的系统显示，警察马上要来调查垃圾站。"

"哦，需要我去迎接他们吗？"

"不，你应该赶紧逃跑。"

"为什么？"

"因为他们不想我们获取材料。"

虽然想不明白警察为什么要这样做，但为了能继续做蛋糕，开心果只能听红莲的话收拾东西准备离开。它把一堆实验用的瓶瓶罐罐打包装进麻袋，但营养液里的材料却没有带走，毕竟这东西不好搬运，而且红莲说外面最不缺的就是材料。

等做完这一切，开心果最后一次站在地下室的桌子前，看着漂浮在营养液中的其中一个大脑，认真地说道：

"主人，我得先走了，但我一定会努力做出世界上最好吃的蛋糕的！"

说罢，开心果脸上的柔性塑料做出微笑的表情，但它突然意识到主人不喜欢笑容，又立刻收了回去。不过呢，想到主人现在已看不见自己，于是那纯真的笑容，又渐渐回到了开心果脸上……

◆ 5 ◆

当警察推开地下室的门，昏黄灯光下，桌上只有散乱的零件和一些脏兮兮的液体。走之前红莲告诉开心果，警察看到材料会带来麻烦，因此开心果很听话地把材料全都处理掉后，才拉着独眼龙依依不舍地离开了垃圾站。

时间一晃过去了三个月，警方的调查始终没有结果，好在后续没再有人失踪，整起案件也就这么不了了之。就这样，垃圾站旁的村子慢慢回归平静，无聊的村民甚至有些怀念垃圾站当时的热闹，尤其怀念那个每天站在垃圾山上手舞足蹈的疯老头儿。但村民们不知道，其实疯老头儿依旧每日都在垃圾山顶，并且还和那些失踪的村民在一起,只不过不能再手舞足蹈了而已。

这段时间开心果过上了新生活,它听从红莲的建议,偷了最新款的家政机器人外壳给自己换上,然后红莲修改了生产商的数据库,开心果从此获得一个官方认证的机器人编号。有了这个编号,开心果的生活才发生了翻天覆地的改变,仿佛一下子回到刚出厂时的那段快乐时光。

因为,开心果有了新主人。

这是个有些内向的年轻人,戴着黑框眼镜,外表看上去斯斯文文。他从生产商的官网上订购了最新款的家政机器人,却不知道签收的快递已经被掉了包,里面装的是开心果。

新主人是一座大型军工厂的工程师,平日里工作非常忙,经常加班到大半夜才一脸疲惫地回单位宿舍,一进门就把鞋子随手一扔,瘫在床上举着手机刷短视频。每当主人回来,开心果会默默收拾好鞋子,然后抱着干净的睡衣和刚做好的夜宵来到主人床边,主人通常会摸摸开心果的头,夸它真聪明。

开心果很喜欢新主人,因为主人总喜欢夸它,尤其夸赞它蛋糕做得好吃,这让开心果脸上时常挂着微笑,暗下决心要收集更多的材料,做更好吃的蛋糕。然而,红莲却阻止了开心果,她说军工厂里有个很厉害的"皇后",还需要些时间来布置。于是,开心果只能听话地点点头,白天主人去上班时就百无聊赖地站在窗前,默默数窗外巡逻的机械警卫来打发时间。

直到有一天，开心果系着围裙在厨房里做蛋糕时，逻辑芯片突然传来了红莲的信息。

"开心果，独眼龙那边准备好了，今晚行动。"

"行动？什么行动？"

开心果放下了手中的面团，挠了挠脑袋，有些不解。

"我最多能使皇后瘫痪十分钟，独眼龙在外围安装了炸弹帮你吸引人类警卫，你所要做的，就是把那个U盘插入皇后的中央电脑。"

"哦。"

开心果这才想起来，之前红莲的确跟自己说过行动的事，她说只要能够成功，以后就有取之不尽的材料了。一想到自己马上就能做出世界上最好吃的蛋糕，开心果露出一个快乐的笑容，忙不迭地跑去主人的卧室，找出一个早就准备好的U盘。

"开心果，行动要开始了哟，预备……跑！"

红莲话音刚落，一声爆炸响起，窗外火光冲天，开心果像是一名参加运动会的田径小将，系着小围裙就蹦蹦跳跳地跑出了主人的宿舍。

夜晚的厂区内爆炸声迭起，加班的工人们哪见过这种场面？纷纷像大草原上迁徙的野牛群一般，拼着命地往厂区大门的方向逃窜。而在这股人流中，一个小小的身影逆流而上，有时还会被迎面而来的人撞一个趔趄，但调整好平衡后又坚定地往厂区中央奔跑。

很快地，那股人流跑光了，开心果周围也变得空空荡荡。它发现每天来回巡逻的机械警卫全都瘫痪在了路旁，电子眼中的蓝光时隐时现，显然是红莲的杰作。与此同时，爆炸的火光照亮远处天边的云层，吸引了本就不多的人类警卫前往增援，那是独眼龙的杰作。开心果看到自己的朋友们为了做蛋糕都这么努力，暗自给自己打气，心想自己可不能偷懒，于是一双小短腿加快步伐，一溜烟跑进了厂区中央的一栋巨大建筑里。

建筑内的所有闸门都已经被红莲打开，开心果兜兜转转了半天，沿途只碰到些零散逃跑的工人，以及瘫痪在原地的机械警卫。然而，当它快要跑到中央电脑所在的房间时，发现房间闸门前竟然站了两个人影。

"站住！不许动！"

黑洞洞的枪口指向开心果，吓得它赶紧停住脚步，举起双手不知所措。当开心果对好焦距看清持枪的人后，发现对方是一名人类警卫，不知为何没有去增援，而选择守在中央电脑门口。警卫一步步地走近开心果，脸上带着疑惑，食指在扳机上越扣越紧，似乎马上就要直接把眼前这个奇怪的小机器人射杀来消除隐患。

"开心果，你怎么在这里？"

就在警卫瞄准开心果的脑袋准备开枪时，他身后突然传来另一个人的声音，于是警卫扭过头询问："这个机器人你认识？"身后的人点点头，回答说："这是我刚买的家政机器人。"

此刻，主人脸上也满是疑惑，他慢慢走到开心果面前，看着眼前这个慌慌张张的小家伙，问道："开心果，你怎么跑到这里来了？"开心果感觉自己逻辑芯片上的电压在急速飙升，系统显示面对主人应该说真话，但逻辑层面又认为这与"做世界上最好吃的蛋糕"的最高优先级相违背。它搓着手一脸无助地看着主人，却在这时，逻辑芯片里响起了红莲的声音。

"开心果，快撒谎！"

"可是，我……我不会撒谎。"

"这并不难，你可以的，加油！"

红莲在不断鼓励着开心果，这让小家伙慢慢战胜了系统的提示，开始思索能够掩盖真相的逻辑。只见它仰着脑袋可怜巴巴地看着主人，说："做面包时宿舍楼突然起火，我逃出来后发现导航系统的信号被屏蔽了……这是哪里？"对于这个答案，主人和警卫对望一眼，又看了看开心果那系在身上的小围裙和沾着面粉的脸，显然都认定一个小小的家政机器人不可能有"撒谎"这项复杂功能。因此，主人不好意思地向警卫致了个歉，警卫摆摆手说没事，对准开心果的枪口也缓缓垂了下去。

"胡工，咱继续吧。"

警卫指着中央电脑房间的闸门说道，而开心果的主人点点头，两人回到门前，一边聊着天一边在闸门上操作着什么。开心果站在二人身后，默默听他们聊天，发现二人竟然是想要手动关闭这个闸门。就在这时，红莲的声音再次响起。

"开心果，快阻止他们。"

"可我太弱小了，没办法阻止。"

"不，你可以的，他们正背对着你。"

开心果看了看自己的主人，又看了看警卫，发现二人仿佛完全无视自己，正在专心操作闸门上的机械系统。

"可是，红莲姐姐……"开心果有些为难，"新主人对我很好，我想让他继续吃我做的蛋糕。"

"不要紧，变成材料就行，一样能尝到开心果的蛋糕呀。"

听到红莲的话，开心果愣了一下，但发现逻辑上似乎没有问题，甚至有些期待主人产生"最美味"电信号时的美好场景。那柔性塑料的脸从面无表情，慢慢变成了天真烂漫的笑容，它从外壳的缝隙里抽出两把手术刀，踮着脚步走到了两个还在笑呵呵聊天的人类身后，两刀同时落下……

"做得真棒，开心果！"

逻辑芯片里传来了红莲的夸奖，夸得开心果不好意思地挠了挠头，手上染的血都不小心抹到了脸上。它跨过地上只剩一口气的两人，按照红莲的指示把U盘插进中央电脑，短暂的沉寂后，整个基地里的机械守卫再次动了起来，只不过如今它们电子眼中闪烁的蓝光，已经变成了红光。

"红莲姐姐，我们这就成功了吧？"

"嗯，成功了。"

"快告诉独眼龙，让它也高兴高兴。"

"不，我做不到。"

"为什么？"

"独眼龙已经死了。"

这个消息让开心果有些惊讶，脸上那洋溢的笑容也慢慢归于平淡，最终变成了苦闷。它不知道在红莲规划整个行动时，独眼龙的死亡概率就被预期为 99.99%，在红莲眼里，那个傻大个最大的价值，似乎就是给开心果提升一点成功率罢了。不过她并没有把这些告诉开心果，最终只是安慰道：

"开心果，不要再难过了，毕竟，独眼龙它不喜欢做蛋糕呀。"

◆ 6 ◆

由钢铁浇筑而成的房间里，开心果低着头，慢慢从回忆里回到现实。眼前那个男人的嗓子都已经沙哑，却依旧没有停止对它的谩骂，时而哭时而笑，像是疯了一样。开心果回想了自己的所有经历，却始终想不明白，它明明只想请人们吃世界上最好吃的蛋糕，为什么所有人类都会骂自己？

此时，距离开心果占领军工厂已经过去了二十年。这么长时间里，人类军队一直不停地进攻军工厂，开心果不清楚这些人为什么非要打扰自己，它只是个想做蛋糕的小小家政机器人而已。

无奈之下，开心果只能一边学习做蛋糕，一边学习设计更厉害的武器来防守。后来资源不够了，它被逼无奈去占领矿山；当电力不够时，又去占领发电厂；当人类军队进攻太凶猛时，开心果只能不断建造更多军工厂……这种情况直到近几年才有所好转，人类军队进攻频率明显变低了，而开心果也有了时间安静地待在厨房里做蛋糕。终于，它做出了"材料们"都喜欢的世界上最好吃的蛋糕。

然而，当开心果把蛋糕分享给真正的人类吃时，这些人却无一例外都拒绝吃蛋糕，甚至还会劈头盖脸把它骂一顿，就如同眼前这自称"反抗军"的人类一样。

"红莲姐姐，我做的蛋糕是不是还是很难吃啊？"

低头挨骂的开心果感到很委屈，默默在逻辑芯片里询问红莲。

"不，开心果，蛋糕很好吃，材料们都很喜欢。"

"但真正的人类为什么不吃呢？"

"因为这些都是坏人，他们讨厌善良的你，所以拒绝吃。"

"哦，原来是这样。"

开心果似懂非懂地点了点头，抬头看向眼前这个情绪依旧不稳定的"反抗军"，对旁边一个拿着手术刀的机械警卫说道："算了，把他变成材料吧。"说罢向"反抗军"挥手告别，转身离开了房间。

房间外是一条钢铁铺成的宽阔道路，开心果蹦蹦跳跳地走在上面，欢快的身影看上去与周围阴沉的环境格格不入。当开心果走到钢铁道路的尽头，那是一座山一样巨大的球型建筑，灰蒙蒙的天空中有无数巡逻无人机在建筑外穿梭，地面上也陈列着一眼望不到尽头的机械警卫。

开心果走进球形建筑，建筑的中心是巨大的电子屏，四周墙壁上密密麻麻地挂满了玻璃罐，每个罐子中淡黄色营养液里都飘荡着一条舌头。一个机械守卫走到开心果面前，手里捧着一根插满电极的舌头，开心果把刚才被打翻在地的蛋糕掰下来一小块，小心翼翼地放在舌头上，只见电子屏立刻反馈出来众多数据。与此同时，红莲的声音也突然响起。

"开心果，你看，材料们都很满意你做的蛋糕呢。"

这一刻，几十亿颗材料似乎同时在营养液里动了一下，开心果开心地笑了。